Oetinger

Maike Stein

Ein halber Sommer

Verlag Friedrich Oetinger · Hamburg

MIX
Papier aus verantwortungsvollen Quellen
FSC® C014496
www.fsc.org

Einband von Carina Crenshaw
Satz: Satz für Satz, Wangen im Allgäu
Druck und Bindung: GGP Media GmbH,
Karl-Marx-Straße 24, 07381 Pößneck, Deutschland
Printed 2019
ISBN 978-3-7891-1051-1

www.oetinger.de

Dies ist eine fiktive Geschichte.
Eine Geschichte, die so hätte passieren können.

Oktober 1961

Marie bemerkte zuerst die silbrig glänzenden Knöpfe. Dann den ausgestreckten Arm. Dann knallte das Licht auf den Lauf. Sie hatte schon Gewehre gesehen. Aber noch nie eine Pistole, auf sie gerichtet. Entweder schwankte sie oder der Pistolenlauf.

Überleben, Marie. Lass dir ja nich' abknallen.

MAI 1961

I

Es gibt keine einfachen Lösungen. Der Satz wollte ihr nicht aus dem Kopf gehen, obwohl sie ihn nicht mochte. Marie starrte auf den Wasserkessel, auf die blauen Gasflammen darunter und lauschte dem Prasseln an der Fensterscheibe. Sie stellte sich vor, wie der Regen drei Stockwerke weiter unten auf den Hinterhof klatschte, die kleinen Löcher und Ritzen füllte, bis die überliefen. Das Wasser würde immer höher steigen. Erst an der Mauer zum Nebenhof hoch. Dann darüber. Dann weiter an den grauen Häuserwänden empor. Dann würde es ans Küchenfenster klopfen. Schwimmen konnte sie.

Vielleicht würde so ein Kahn von der Spree sie an Bord nehmen. Von der Spree auf die Havel, auf die Elbe und weit weg in die Welt. Aufs Meer. Mitten hinein in den Horizont. Das wäre eine einfache Lösung.

Der Wasserkessel pfiff, und hinter ihr stieß jemand die Küchentür auf. Papa, den Schritten nach. Sie goss den Kaffee auf, während Papa sich einen Stuhl heranzog, sich still an den gedeckten Tisch setzte. Mit Fensteraussicht. Die Zeitung raschelte. Draußen ließ der Regen nach.

Marie mochte die Wortlosigkeit am Morgen. Das Flüstern des

Zeitungspapiers, wenn Papa beim Lesen mit den Daumen über die Ränder strich. Das strumpfgedämpfte Tappen ihrer Füße. Das Quietschen von Eckis Zimmertür.

Jetzt würde es mit der Wortlosigkeit gleich vorbei sein. Ihr kleiner Bruder wachte schon redend auf. Bestimmt quasselte er im Bad gerade auf sein Spiegelbild ein, gab den Sportkommentator mit der Zahnbürste als Mikrofon, während er gleichzeitig versuchte, die roten Locken zu bändigen. Zwecklos, wie sie aus Erfahrung wusste. Marie stellte die Kaffeekanne auf den Tisch, setzte sich und starrte Papas Zeitung ins Gesicht.

Bilanz großer Taten zur Stärkung der DDR

Westberliner stürmisch begrüßt

Manifestation der internationalen Solidarität

Optimismus, Lebensfreude, Siegeszuversicht, Solidarität mit dem Befreiungskampf aller noch unterdrückten Völker, neue Taten für den Sieg des sozialistischen und kommunistischen Aufbaus: So begingen Millionen Menschen der Welt mit einer Heerschau der Kräfte des Friedens den 1. Mai 1961. Eine viertel Millionen Berliner aus beiden Teilen der Stadt bekundeten im Anschluß an die traditionelle Maiparade der Nationalen Volksarmee in einer viereinhalbstündigen Massendemonstration auf dem Marx-Engels-Platz ihren Willen zum entschlossenen Kampf für Frieden, Demokratie, Sozialismus und für das Glück aller Menschen auf Erden.[1]

Leise atmete Marie ihren Seufzer aus. Sie erinnerte sich weder an Lebensfreude noch an Optimismus, nur an mechanisch geschwenkte Fähnchen und verkrampfte Hände. Zum Glück ver-

[1] *Neues Deutschland*, 2. Mai 1961

deckte die Zeitung ihr Gesicht vor Papa. Wieso er das alles glauben wollte, blieb ihr ein unlösbares Rätsel. Die Lügen waren so offensichtlich, wenn man hinsah. Aber das tat er nicht. Er ging mit gesenktem Kopf von zu Hause in die Dienststelle und zurück. *Uns geht's doch gut, Marie.*

Hinter ihr wurde das Prasseln an der Fensterscheibe wieder lauter. Wenn sie Papa von ihrer Idee mit dem Kahn und dem Horizont erzählte, wäre er enttäuscht. *Uns dreien geht's doch gut, Marie.* Das war seine Antwort auf alles. *Uns geht's doch gut, Marie, wozu brauchst du schon ein Abitur. Andere träumen von einer Lehre am Theater.* Aber sie hatte noch nie von Nadel und Faden und Kostümen geträumt. Marie beendete das sinnlose Gespräch in ihrem Kopf und schenkte Kaffee in die Tassen. Den Geruch mochte sie lieber als den Geschmack, aber sie trank trotzdem einen Schluck. Bitter und heiß floss er über ihre Zunge, strich über ihren Gaumen. So wie es sein musste.

Die obere Zeitungshälfte klappte hinab, und gleichzeitig polterte Ecki in die Küche. »Morgen, Familie.« Er ließ sich auf seinen Stuhl plumpsen, verfing sich in dem herabhängenden Ende der geblümten Tischdecke, riss sie fast herunter. Marie verdrehte die Augen in seine Richtung, was den Kleenen nicht im Geringsten beeindruckte. Sie drückte ein Grinsen weg. *Kleener* durfte sie ihn nicht mehr nennen, seit ihre Messstriche am Küchentürrahmen auf gleicher Höhe waren. Aber manchmal verdiente er es halt.

»Wer hat den Regen bestellt?«, redete er bereits weiter. »Dem gehört mal ordentlich der –«

Papa schlug die Zeitung weiter zusammen. »Was ist denn für heute geplant?«

»Fußball mit –«

»Fußball im Park.« Marie trat Ecki unter dem Tisch kurz gegen das Schienbein. Mit wem, musste Papa nicht wissen. Ecki zuckte zusammen, streckte aber nur stumm eine Hand nach dem Brotkorb aus.

»Ihr lasst euch doch von so ein bisschen Regen nicht abhalten.« Papa griff nach einer Scheibe Brot, reichte Ecki den Korb weiter. »Meine Kinder sind ja nicht aus Zucker.«

Ecki nickte eifrig, und Marie seufzte gequält, während sie ein Lächeln unterdrückte. »Nee, aber …« Sie zuckte mit den Schultern.

»Frischluft ist besser für euch als Stubenhockerei.« Papa blickte sie mit seinen Ich-weiß-ich-verlange-viel-von-dir-aber-Augen an. »Ihr solltet euch wirklich kein Beispiel an mir nehmen.« Was bedeutete, dass er auch heute ins Büro gehen würde. Oder im Wohnzimmer sitzen und Berichte schreiben. Jedenfalls würde er sie vor dem Abendessen nicht wiedersehen wollen. Volltreffer.

Marie ließ die Schultern nach vorn sinken, gab ihr bestes Ich-bin-siebzehn-und-keine-Kinderaufpasserin-Gesicht zum Besten. »Na jut.«

Ecki grinste und stopfte sich die Stulle in den Mund. »Knorke.«

Hätte er ihre Gedanken gehört, wäre er zutiefst empört über die Kinderaufpasserin gewesen. Sie hatte mit dreizehn auch kein Kind mehr sein wollen.

Weil es immer noch regnete, rannten sie zur Straßenbahn und fuhren die zwei Stationen zum S-Bahnhof. Trocken war trocken. In der S-Bahn erwischten sie zwei Plätze einander gegenüber auf den halb verschrammelten, halb glänzenden Holzbänken. Marie lehnte sich zurück, beobachtete das Vorüberziehen der Stadt, während Ecki auf sie einquasselte. Er schien nicht mal Atempausen zu brauchen. Erwartete auch keine Antworten. Nicht mal auf Fragen.

»Und Manne, der hat gesagt, im Sommer lassen ihn seine Alten bei den Pionieren mitfahren. Is' dit jut, oder is' dit jut? Das wird der beste Sommer überhaupt, wirste sehen! Hörste, Marie? Der beste! Und dann –« Dann brach er ab.

Friedrichstraße.

Stille fiel über den Waggon. Man hörte nur noch das Rattern der Räder auf den Gleisen und ihr Verstummen nach dem Quietschen der Bremsen. Türen öffneten sich, schlossen sich mit einem Knall. Die Schritte der Grenzer hallten laut durch den Waggon, harte Stimmen verlangten nach Ausweisen. Alle, die größere Taschen oder gar Koffer bei sich hatten, wurden unweigerlich kontrolliert. Ecki saß ihr gegenüber still und steif auf der Holzbank. Dabei hatten sie beide nichts zu verbergen. Und auch kein Gepäck dabei. Marie strich den Rock über ihren Knien glatt. Die Stiefelschritte kamen näher. Ecki schlenkerte mit den Beinen und verrenkte sich den Hals, um durch die Scheibe nach draußen zu schauen. Sollte wohl gelassen wirken. Fehlanzeige.

Die Schritte hielten auf ihrer Höhe inne. Kein falscher Blick jetzt. Nicht mal falsch atmen. Marie blickte auf die glänzenden Stiefelspitzen, die Bügelfalten der Hose. Sie zählte stumm vor sich hin. Bei zehn drehten die Stiefel ab. Ecki grinste sie triumphierend an, als hätte er persönlich dafür gesorgt. Sie hätte gelacht, wenn die Grenzer nicht noch im Waggon gewesen wären.

Dieses Mal nahmen sie niemanden mit raus. Das Rattern der Räder wurde zum Klang ihres Ausatmens.

Lehrter Bahnhof. Westluft. Unten floss immer noch die Spree, und sie rauschten an Baumkronen entlang, an Häusern, bei denen die Einschusslöcher längst gefüllt und übertüncht waren. Bellevue. Endlich raus.

Auch im Westen regnete es. Natürlich. Marie musste grinsen. Sie konnten die Stadt in noch so viele Stückchen teilen, der Regen prasselte ihnen allen auf den Kopf. Sie zog Ecki unter einen der S-Bahn-Bögen. Wenigstens den heftigsten Schauer konnten sie im Trockenen abwarten.

»Wohl doch aus Zucker, wa?« Ecki trat einen losen Pflasterstein zwischen den Füßen hin und her und spähte immer wieder auf die Regenwand, hinter der alle Häuser verschwammen. Über ihnen donnerte die nächste S-Bahn heran, kam quietschend zum Stehen.

Marie wartete, bis der schrille Ton verklang, das Rumpeln über ihren Köpfen nachließ. Sie gab Ecki einen leichten Schubs. »Geh vor, wennde dir traust.«

»Nee, danke. Da draußen brauchste ja 'n Boot.«

Ein Boot wäre nicht das Schlechteste. Oder einer dieser lang gestreckten Kähne, die auf der Spree schipperten. Ob die Mädchen als Matrosen zuließen? Der Regen fiel so heftig, dass Wasser aus den Pfützen wieder hochspritzte. Marie streckte eine Hand nach draußen, ließ den Regen darauf einschlagen und Rinnsale auf ihrem Handrücken bilden, die zwischen ihren Fingern abliefen. Sie leckte darüber. Ecki gab Würgegeräusche von sich. Der Regen schmeckte metallisch und ihre Haut leicht nach Salz. Gar nicht wie sonst. Fast konnte sie sich einbilden, die Haut einer anderen zu kosten. Nur das Gefühl ihrer Zunge auf der eigenen Hand störte die Illusion.

Später tröpfelte der Regen aus.

»Los, jetzt aber.« Ecki rannte vor, ohne sich zu vergewissern, ob sie folgte. Die Pfützen weichten ihre Schuhe auf, Wasser spritzte auf ihre Strümpfe, verfing sich in ihrem Rocksaum. Marie streckte die Arme weit zu beiden Seiten aus und rannte schneller, holte Ecki ein, überholte ihn am Café Buchwald, wo Menschen nach Baumkuchen Schlange standen. Sie ignorierte das Kopfschütteln anderer Fußgänger sowie Eckis Rufe, sie solle auf ihn warten. »Lauf halt schneller!«, rief sie zurück und rannte weiter über die Brücke, flitzte an den großen, dunklen Mauersteinen entlang. Erst auf der anderen Seite blieb sie stehen, gab dem Steinbären einen Klaps auf die Flanke. Ecki stoppte vor ihr, keuchte, stützte die Hände auf die Knie. »Nicht. Nett.«

»Was denn?« Sie lehnte sich gegen das steinerne Brückengeländer. »So 'n bisschen Gerenne?« Marie knuffte ihn gegen die Schulter und stieß sich von den Steinen ab. Sie schlenderten weiter die schnurgerade Straße entlang. Es war kühl für Mai, und die feuchten Klamotten wärmten nicht. Den Weg zu Eckis Fußballtreff kannte sie im Schlaf. An der Kirche nach links abbiegen, an der großen Kreuzung rüber zur Turmstraße und von dort in die kleineren Moabiter Straßen, wo es noch graue und abgebrochene Häuser gab.

Auf dem Platz zwischen den halben Mauern standen Pfützen wie kleine Seen, zwischen denen sich ein Wegenetz aus Pflastersteinen hindurchwand. Eckis Kumpel kickten den Ball hart durchs Wasser und sprangen lachend den Spritzern davon – wer zu spät auswich, bekam den vollen Schwall ab. Marie blieb in sicherer Entfernung stehen, und Ecki lief an ihr vorbei, ein kurzes »Später!« und ein leichter Stups an der Schulter dienten als Verabschiedung.

Die Sonne kam zwischen den Wolken hervor. Marie schloss die Augen und hob ihr Gesicht den Sonnenstrahlen entgegen. Die Wärme tat gut. Sie hörte Ecki lachen und seinen Kumpeln irgendetwas zurufen, schaute sich aber nicht noch einmal nach ihm um. Sie lief zurück Richtung Turmstraße, dorthin, wo die Busse hielten. Das Sonnenlicht spiegelte sich in den Pfützen, die sich unter dem aufklarenden Himmel von grau zu blau wandelten. Wolken segelten durch das Regenwasser. Mitsegeln können wäre ein Traum.

»Anna Wilhelmina Luisa! Komm zurück! Sofort!« Die aufgewühlte Mutterstimme zerstörte ihre Pfützengedanken. Ebenso das helle Mädchenlachen der Fünfjährigen, die mitten in die Wolkensegel gesprungen war. Schon kam die Mutter angehetzt und zerrte Anna Wilhelmina Luisa, die Kurze mit dem langen Namen, am Arm aus der Pfütze. Ihre Beine waren bis zu den Knien nass, und schnell mischte sich lautes Geheule unter die wütenden Worte, übertönte sie. Ein Knall, ein empörtes Nach-Luft-Schnappen. Stille und eine gerötete Wange. Anna Wilhelmina Luisa und Mutter entfernten sich.

Manchmal war Marie froh, keine Mutter zu haben. Nach allem, was sie draußen beobachtete, waren die härter als Väter. Zu Töchtern noch mehr als zu Söhnen.

Sie schlenderte zwischen den Pfützen weiter, in entgegengesetzter Richtung von Mutter und Tochter. In eine besonders große sprang sie hinein. Für Anna Wilhelmina Luisa.

Die Fahrt dauerte ewig. Dreimal umsteigen. Mit der S-Bahn wäre sie schneller gewesen, aber die wollte sie nicht riskieren. Nicht hierher.

Sie war nicht die Einzige, die unschlüssig an der Bushaltestelle herumstand und sich fragte, wo sie nun weitergehen musste. Ein Paar entschloss sich zuerst. Die Handtasche, die sie mit einem Arm an sich presste, war groß, aber kaum gefüllt. Seine Aktentasche, genauso unsicher unter einen Arm geklemmt, beulte sich an mehreren Stellen. Marie ging ihnen hinterher.

Die Pflastersteine auf dem Gehweg waren vertraut. Graubraun und glatt getreten, genau wie in ihrem Teil der Stadt. Bei der Nässe konnte man, wenn man ein wenig Anlauf nahm, auf ihnen entlangschlittern. Wie auf Eis. Ihr Rock blähte sich um ihre Beine, und sie grinste in den Wind, der ihr kalt über die Wangen sauste. Die Frau vor ihr drehte den Kopf, gerade bis zur Schulter. Ihre ganze Haltung war starr. Sie presste den Arm noch fester um die Handtasche. Marie wusste nicht einmal, ob sie sich wegen ihr umgedreht hatte oder nicht, aber sie stoppte ihr Schlittern, blieb stehen und tat, als würde sie die grünen Spitzen einer Hecke studieren. Die Schritte vor ihr wurden eiliger, klackten über das Pflaster. Der hektische Klang ließ sie zusammenzucken. Völlig grundlos. Langsam wandte sie sich von der Hecke ab und ging mit gesenktem Kopf weiter, immer dem Klacken nach.

Der Geräuschpegel vor ihr stieg. Unter die Schritte mischten sich vereinzelte Stimmen, ein Rauschen aus Flüstertönen, das keine Worte durchließ. Marie stoppte. Sie drückte sich an einen Baumstamm, als würde der sie unsichtbar machen. Schaute. Eine lange Reihe Menschen. Manche in Gruppen, Familien mit Kindern, andere in Paaren, die Köpfe einander zugeneigt, die Hände aneinandergeklammert, wieder andere allein. Ein Junge fuhr mit den Füßen auf den Pflastersteinen vor und zurück, das schleifende Geräusch lauter als jede Stimme. Der Mann neben ihm, bestimmt sein Vater, knuffte ihn gegen die Schulter. Der Junge hielt die Füße still. Aber nur wenige Momente. Ecki würde genauso sein.

Die Menschenschlange wogte von einer Seite zur anderen, Blicke gingen schnell umher, voran ging es nur im Kriechtempo. Wie lange man da wohl stand, bis man in eines der Gebäude Einlass bekam? Und was geschah dann dort drinnen? Wie lange musste man warten, bis man aufgenommen war?

Ein Mann trat aus der Tür eines Seitengebäudes. Er schob sich ein paar Papiere in die Innentasche seines Mantels und zog den eng um sich. Er blickte nicht zu den Wartenden, eilte mit weiten Schritten an ihnen vorbei. Marie verfolgte, wie er immer näher kam. Nur wenige Meter noch. Sie stieß sich von ihrem Baumstamm ab, stellte sich mitten in den Weg. Er wich zur Seite aus, ohne sie anzuschauen.

Marie blieb auf seiner Höhe. »Entschuldigen Sie bitte, darf ich Sie etwas fragen?«

Er senkte den Kopf noch tiefer, als müsste er sich einem Sturm entgegenstemmen. Beschleunigte seine Schritte.

»Sie kommen doch vom Aufnahmelager?« Marie ließ sich nicht abschütteln. »Wie ist es da drin? Was passiert da?«

Der Mann fuhr zu ihr herum. »Schicken die jetzt schon Kinder zum Spitzeln?« Er lachte bitter auf, schüttelte den Kopf. »Keinen Anstand. Nicht einmal hier ist man sicher.« Dann rannte er los. Einfach so. Marie konnte nicht einen Fuß rühren. *Ich bin kein Spitzel!*, wollte sie ihm hinterherbrüllen. Doch das hätte ihn sicher nicht zurückgebracht.

Sie lauschte dem Flüstern und Schlurfen in ihrem Rücken.

Sie könnte sich dort einreihen.

Warten.

Die Angst und Unsicherheit der anderen teilen.

Irgendwann würde sie durch die Tür eines der grauen Gebäude treten.

Und dann?

Sie hatte nicht einmal jemanden zum Flüstern.

Ecki würde erst denken, dass sie sich verspätete. Er würde warten. Bis zur Dämmerung. In der würde er schließlich doch unruhig werden, sich fragen, ob ihr was zugestoßen war.

Er würde warten. Um sich blicken. Immer mal wieder ein paar Schritte machen. Losgehen. Und dann doch wieder zögern.

Aber irgendwann – bevor es ganz dunkel wurde – würde er doch weitergehen. Allein zurückfahren. Mit Angst in der Kehle.

Papa würde sofort begreifen, was sie getan hatte.

Marienfelde. Notaufnahmelager. Rübergemacht.

Papa würde nie wieder von ihr reden. Ihren Namen verbieten.

Und Ecki? Der würde noch mehr quasseln, die Stille mit bedeutungslosen Worten füllen, sie lauter machen, wo er doch das Gegenteil wollte.

Er würde erst später verstehen, was sie getan hatte. Oder warum. Sie wussten beide, wie sich das anfühlte, wenn jemand plötzlich weg war. Jetzt konnten sie wenigstens miteinander darüber reden, wenn sie die Stille nicht mehr aushielten.

Marie betrachtete ihre abgewetzten Schuhspitzen. Besser, sie ging jetzt los und holte Ecki ab.

2

Rechts von ihr knarrte die Diele, und Lennie zuckte zusammen. Warum hatte sie keine Schritte auf der Treppe gehört? Klare Antwort, sie war zu vertieft in ihr Spiegelbild gewesen. Jetzt war es zu spät. Sie verschränkte die Arme vor der Brust, für mehr war keine Zeit, denn schon war ihr Bild im Spiegel nicht mehr allein.

»Was machst du denn da, Lenchen? Deine schönen Haare! Die musst du doch nicht verstecken.« Rote, rissige Hände rupften an ihrer Wollmütze. »Es hat doch eh aufgehört zu regnen.«

Sie ruckte mit dem Kopf von den Händen weg und schwieg. Ihre Erklärung hätte sowieso nicht gegolten. Die roten Hände verweilten in der Luft, als wüssten sie nicht, wohin mit sich. *Geh einfach wieder*, betete Lennie stumm und versuchte, im Spiegel Mamas Blick einzufangen, hoffte, sie würde verstehen. Mama strich sich durch die langen Haare, als wären sie unten im Laden, als gäbe es Kundinnen, die sie beeindrucken wollte. *Die beste Werbung für einen Salon sind die Haare der Friseurin.* Aber auch Mamas dichte, dunkle Strähnen hielten die Kundinnen nicht davon ab, sich die Haare in der Ostzone machen zu lassen. Am Ende zählte eben doch nur der Preis.

»Wo willst du überhaupt hin?«

»Nur so rumlaufen.« Sie hielt die Arme weiter vor der Brust verschränkt. »Paar Freundinnen treffen.«

»Ich dachte, die sind alle übers Wochenende weg?«

Ja, waren sie. Weil sie Eltern hatten, die sich das leisten konnten. Oder Eltern, die ihnen erlaubten, mit den Pionieren wegzufahren. Weil sie beide Eltern hatten – also auch einen Vater, der die Überängstlichkeit einer Mutter ausglich. Zumindest stellte sie sich das so vor. »Hab gestern im Freibad welche kennengelernt.«

»Hast du gar nicht erzählt.«

Klar nicht. Weil es keine Freundinnen aus dem Freibad gab. Sie kniff die Augen zusammen. Blähte sich der Rock über den aufgekrempelten Hosenbeinen auffällig auf? Der eine unachtsame Moment genügte. Schneller, als sie empört aufschreien konnte, zog Mama ihr die Mütze vom Kopf. Ein Schwall dunkler Haare ergoss sich über ihre Schultern.

»Komm, ich flechte dir Zöpfe, das ist auch praktischer fürs Freibad.«

Sie hielt still. Entkommen war jetzt nicht mehr möglich. Die Mütze lag auf dem Boden, schräg links hinter ihr. Wenn sie vorsichtig ein Bein ausstreckte, konnte sie sie mit dem Fuß heranziehen.

»Zappel nicht so.«

Das zurechtweisende Ziepen an ihren Haaren machte nichts. Was zählte, war die Mütze unter ihrem Fuß. Solange sie die spürte, hatte sie einen Ausweg. Damit konnte sie die Verwandlung, die mit ihr vorging, halbwegs ertragen. Perfekte, gleichmäßige Zöpfe. Perfektes Mädchen. Sie starrte auf ihr Spiegelbild und wünschte sich, es würde nicht zu ihr gehören, wünschte sich das Schrillen der Ladenklingel herbei. Irgendwer musste sich doch an einem Freitagnachmittag die Haare machen lassen wollen.

»Na bitte.« Mama hielt sie an den Schultern, drehte sie hin und her wie ein Püppchen, das sie von allen Seiten bewundern musste. »So hübsch siehst du aus.«

Zum Weglaufen sah sie aus. Nicht mal ihre imaginären Freundinnen aus dem Freibad würden sie wiedererkennen. Lieber aß sie drei Tage hintereinander nichts als Mehlsuppe, bevor sie in dem Aufzug hinaus auf die Straße ging. Nicht an einem freien Tag. »Musst du nicht –« Endlich zerriss das Schrillen der Klingel die Stille unten.

»Komm nicht zu spät heim, Große.« Ein Kuss landete auf ihrer Wange. »Und bring Eier und Milch mit, ja?«

Lennie nickte und wartete stumm auf die Fortsetzung. Die *Große* war sie nur, wenn –

»Und wir brauchen neues Haarwaschmittel im Salon. Das ist doch kein großer Umweg für dich?« Mama drückte ihr einen knisternden Schein in die Hand. »Das sollte für alles reichen. Gönn dir ein Eis, wenn was übrig bleibt.«

»Klar doch.« Sie wollte dem Blick im Spiegel nicht länger begegnen und schloss die Augen, lauschte dem kurzen Schweigen, dann den davoneilenden Schritten. Noch fünf Stufen, noch vier, drei, zwei, eine, die Tür – »Frau Wintzer, wie schön! Was darf ich heute für sie tun?« –, und die Tür fiel zu, dämpfte die Stimmen, verschluckte die Worte. Stille, in der sie nur ihren Atem hörte.

Sie ging in die Hocke. Immer noch mit geschlossenen Augen. Zog die Mütze unter ihrem Fuß hervor, stülpte sie über den Kopf. Sie stopfte die Zöpfe darunter. Dann erst stand sie auf. Dann erst öffnete sie die Augen. Viel besser. Sie atmete tief durch. Ihre Brüste blieben dabei unsichtbar, platt gedrückt vom Verband, den sie fest um sich gewickelt hatte. Entschieden viel besser.

Lennie rannte die Stufen hinunter und nahm den Hinterausgang in den Hof. Die Mauer zum nächsten Hof war glitschig vom Regen, aber sie kam trotzdem leicht hinüber, weil es eine Stelle gab, an der sie ihr nur bis zur Hüfte ging. Sie lief an der Teppichklopfstange vorbei zu den Mülltonnen. Zwischen denen und der nächsten Hofmauer war sie vor allen Blicken sicher, selbst wenn sich jemand aus dem Fenster lehnte. Tat gerade niemand. Lennie schlüpfte hinter die Tonnen. Mit geübten Bewegungen streifte sie den Rock ab und krempelte die Hosenbeine hinunter. Sie knäulte den Rock zusammen, stopfte ihn in die Mauerlücke. Bestimmt würde er heute Abend feucht und dreckig sein, so vollgesogen vom Regen, wie die Steine waren, aber darum konnte sie sich später kümmern. Jetzt zählte nur die Leichtigkeit ihrer Bewegungen.

Die Hoftür quietschte beim Aufziehen, und ihr schlug der Geruch von gekochtem Kohl und frisch gebohnertem Treppenhaus entgegen. Manche Leute hatten echt zu viel Zeit für Unnötiges. Sie nahm Anlauf und schlitterte über den Gang neben der Treppe, fing sich mit beiden Händen an der Haustür ab. Das Schlittern und Poltern dröhnte durch den Flur. Und sofort riss jemand hinter ihr eine Wohnungstür auf.

»Was ist denn da los? 'ne Horde Trampeltiere macht ja weniger Lärm! Bringense euch heute keinen Anstand mehr bei?«, schimpfte eine Stimme in ihrem Rücken. »Sehn Se mich an, junger Mann, ick rede mit Ihnen!« Lennie drehte sich nicht um. Sie grinste und zog die schwere Haustür auf, bremste mit einem Schritt nach draußen die weitere Schimpfkanonade aus.

Grelles Licht empfing sie, als wären die grauen Wolken über dem Hinterhof zurückgeblieben. Sie blinzelte und steckte die Hände in die Hosentaschen, legte den Kopf in den Nacken. Über ihr segelten Wolkenschiffe durch das weite Blau, gaben die Sonne frei. Lennie schloss die Augen, ließ die Wärme ihr Gesicht streicheln. So machte das Leben viel mehr Sinn. Sie schlenderte los, ging die ersten Schritte blind, bis ihr Fuß in einer tiefen Pfütze landete. Gucken war eben doch nicht überbewertet.

Sie sprang aus der Pfütze und lief mit langen Sprüngen weiter, einfach weil sie konnte. Weil sie auf etwas zulief. Und das war so viel leichter, als vor etwas wegzulaufen.

Auch wenn sie keine Schmuggelware dabeihatte, kam sie sich bei der Kontrolle am Übergang in die Zone immer wie eine Verbrecherin vor. Aber heute winkte der Grenzer sie schnell weiter. Lennie schob eine Hand in die Hosentasche. Die runde Scheibe schmiegte sich in ihre Handfläche. Nachher würde sie mehr darüber erfahren. Jetzt folgte sie den vertrauten Straßen, entschied sich gegen die Straßenbahn. Es waren ohnehin nur drei Stationen, und ihr war nach Laufen, danach, das harte Pflaster unter ihren Schuhsohlen zu spüren, die kleinen Erschütterungen in ihrem Körper.

Die Wege auf dem Friedhof waren aufgeweicht, und ihre Schritte quietschten im Matsch, während sie an den Reihen von aufrecht stehenden Grabsteinen entlangging. Die hier waren alle früher gestorben. 1926. 1931. 1813. 1899. 1928, '27, '33, '30, '21. Sie waren alle alt geworden. Manche über siebzig Jahre, viele wenigstens sechzig. Lennie bog an der Kreuzung mit dem großen Steinkreuz nach links ab.

Hier standen keine Steine mehr aufrecht, nur graue Platten lagen im Gras. 1941, 1944, 1944, 1945, 1943, 1945, 1944, 1944, Reihe um Reihe. Seine Grabplatte lag direkt am Weg. In der fünften Reihe. *Paul Egon Krugh. April 1945.* Sie hockte sich neben den grauen Stein, dunkel vor Nässe. *Geboren 18. April 1918.* Gestorben mit 26 oder 27 Jahren, das konnte ihr niemand sagen. Und kurz vorher noch eine Tochter gezeugt.

»Mama ist immer noch nicht hier gewesen«, sagte sie mit Blick auf die Grabplatte. »Sechzehn Jahre, und sie glaubt noch immer nicht, dass du wirklich gestorben bist. Kannst du ihr nicht irgendwie ein Zeichen geben?« Sinnlos, klar. Tot war tot. Und hier lag nicht einmal sein Körper.

Aber alle Berichte sprachen für seinen Tod, was auch immer Mama vorzog zu glauben. »Sie wartet immer noch auf dich. Weißt du das? Sie verlässt kaum das Haus. Hat wohl Angst, sie könnte dich verpassen.« Lennie strich über das Relief der Schrift. Blöder Klumpen in der Brust. Lächerlich das alles. Mit einem Stein reden. Sie blinzelte und hob den Kopf. Außer ihr war niemand auf dem Friedhof.

Sie tappte mit dem Zeigefinger auf das P von Paul. »Deine Hosen passen mir jetzt. Na ja, die Beine sind ein bisschen zu lang. Manchmal ziehe ich auch deine Hemden an. Die sind an den Schultern ein bisschen zu breit, und ich muss die Ärmel hochkrempeln. Aber ich fühle mich wohl darin. Verstehst du das?«

Natürlich war es dumm, ihm Fragen zu stellen. Und bestimmt würde er genau wie Mama wollen, dass sie ein richtiges Mädchen blieb. War sie aber nicht. Und er war tot und konnte keine falschen Antworten geben. »Mama schaut nie in deinen Schrank. Sie merkt nicht, wenn ich mir deine Sachen ausborge. Dir macht das doch nichts?« In ihrer Vorstellung lächelte er. So wie auf dem Hochzeitsfoto, das im Wohnzimmer auf der Kommode stand. Gar nicht lange her, da hatte sie gedacht, wenn sie groß wäre, würde sie aussehen wie er. Nicht wie Mama. Sie beugte sich näher zu dem Stein.

»Mama sagt, ich habe deine Augen. Kornblumenblau, sagt sie. Ehrlich, ich hätte lieber deine Hände.« Sie strich über den glatten Stein. »Deine sehen so kompetent aus. Als würde ihnen alles gelingen, was sie anpacken.« Wind pfiff über ihre Schultern, fuhr kalt über ihre Wangen. Lennie steckte die Hände unter die Achseln und blickte auf ihre Knie statt auf das nackte Grab. Sie sollte gehen. Hier hörte ihr niemand zu.

»Nächstes Mal bringe ich Blumen mit.« Kornblumen. Irgendwo würde sie schon welche auftreiben. Und irgendwie würde sie einen Beweis für seinen Tod finden.

Ilse Krugh, stand in geschwungenen Buchstaben auf dem Klingelschild. Nur dass die Klingel kaputt war. Lennie klopfte an die Wohnungstür. Ilse hatte nicht die Augen ihres Bruders. Ihre waren grau. *Väterlicherseits*, hatte sie bei ihrem ersten Treffen erklärt und sich durch die kurzen Haare gestrichen. »Komm rein«, sagte sie jetzt und schloss die Tür hinter Lennie. Drinnen roch es nach Kohleintopf und nach der Lavendelseife, die sie ihr beim letzten Besuch mitgebracht hatte. *Erinnert mich an unsere Kindheit*, hatte Ilse ihrer Bitte darum eilig hinzugefügt.

»Tee?«

Lennie schüttelte den Kopf. Diese ersten Momente zwischen ihnen waren jedes Mal ungelenk. Als würden sie beide ausschließlich daran denken, wie wenig sie sich kannten. Die große Wanduhr gegenüber dem Herd tickte die Sekunden weg.

»Wie geht es deiner Mutter?«

»Wie immer.«

Tee plätscherte von der Kanne in eine Tasse. Stuhlbeine schabten über Holz. Auf dem Herd blubberte der Eintopf vor sich hin, füllte die Küche mit Dampf und Kohlgeruch.

»Bist du am Grab gewesen?«

Lennie nickte. Sie nahm die Teetasse, die Ilse ihr hinhielt, wie jedes Mal ihre Verneinung ignorierend.

»Hast du gesehen? Die haben bei einigen kürzlich die genauen Sterbedaten hinzugefügt. Vielleicht …« Ilse zuckte mit den Schultern und trank einen Schluck. Die Ärmel ihres Hemds rutschten dabei hinunter, gaben schlanke Handgelenke mit hervorstechenden Knöcheln frei. Um das linke schmiegte sich die schmale Armbanduhr, auf deren Ziffernblatt sich das vertraute Logo abzeichnete: das große, geschwungene Jugendstil-K und die kleinen Buchstaben ihres gemeinsamen Nachnamens in den Zwischenräumen der sich öffnenden K-Linien. Das kleine *r* oben unter der Zwölf, das *u* auf Höhe der Drei, das *g* über der Sechs und das *h*, das sich bei der Neun spiegelverkehrt an das Rückgrat des *K* fügte.

Vielleicht. Wenn es ein genaues Datum gäbe, einen Ort und Zeitpunkt, wo der Körper gefallen war, um nie wieder aufzustehen, vielleicht würde Mama es dann endlich einsehen. Vielleicht würde sie dann wieder mit Ilse reden. Sie mal besuchen. »Ich hab was für dich.«

»Du sollst doch nicht.«

»Ist von ihm.« Sie zog die runde Taschenuhr aus der Hose und schob sie über den Küchentisch. Auf dem goldenen Deckel waren zwei Buchstaben eingraviert, *P* und *K*. »Hab ich im Schrank gefunden, bei seinen Sachen.«

Ilse ließ den Deckel aufspringen, betrachtete das Ziffernblatt mit dem Krugh-Logo und den stillen Zeigern. »Die ist von unserem Vater. Peter Krugh.« Sie tippte auf die gewölbte Glasscheibe. »Er hat sie ihm zu seinem 21. Geburtstag geschenkt. Ich hab gedacht, er hätte sie immer … aber wohl doch nicht. Danke.« Sie ließ den Deckel zuschnappen. »Hast du versucht, sie aufzuziehen?«

»Hat nichts gebracht.« Deswegen lag sie wohl auch in der Schachtel im Schrank, hatte sie gedacht. Bestimmt mit dem Vorsatz dort abgelegt, sie bald zur Reparatur zu bringen.

»Ich schau mal, ob ich sie wieder hinbekomme.« Ilses Finger ruhten auf dem Uhrendeckel. Sie glichen denen ihres Bruders. Bei ihr saß auch sein Hemd perfekt. »Bis wann hast du Zeit?«

»Vor sieben muss ich nicht zurück sein.«

»Na, dann komm, gehen wir in die Werkstatt.«

Sobald Ilse die Tür zur Werkstatt öffnete, mehr eine Kammer mit winzigem Fenster, entspannten sich ihre Schultern. Lennie spürte, wie die Schwere auch von ihr abfiel. Das Licht klickte an, leuchtete den kleinen Raum bis in den letzten Winkel aus. Links an der Wand hingen all die Werkzeuge für die filigrane Arbeit an winzigen Schrauben, Zahnrädern und anderen Uhrenteilen, mit denen Lennie noch unvertraut war. Aber Ilse wurde nie müde, ihr das Innenleben von Uhren zu erklären.

Sie setzten sich auf die Hocker vor dem schmalen Tisch gegenüber der Tür. »Dann schauen wir uns das mal an.« Ilse legte die Uhr zwischen sie auf die Holzplatte. Mit wenigen Handgriffen hatte sie das Gehäuse geöffnet und schob die nun offen liegende rückseitige Schale der Uhr zu Lennie hinüber. Innen waren in winziger Schrift drei Namen und Daten eingraviert.

Pavel, 1897
Peter, 1918
Paul, 1940

»Ist das Papa? Der letzte Name?«

Ilse nickte. »Der erste ist dein Urgroßvater. Er hat diese Uhr angefertigt, als sein erster Sohn geboren wurde. Peter. An ihn hat er sie dann bei Pauls Geburt weitergegeben.« Sie hielt den Blick auf die Zahnräder gerichtet. »Paul hat sie von deinem Großvater bekommen, als er in den Krieg gezogen ist. Sollte als Glücksbringer dienen. Damit Paul heil zurückkommt.«

In ihrem Schweigen war nur noch das leise Klicken von Metall auf Metall zu hören, während Ilse das Innere der Uhr Stück für Stück auseinandernahm. Die kleinen Zahnräder, Schrauben und Stifte legte sie sorgfältig auf ein weißes Tuch. Lennie reichte ihr die Werkzeuge an und beobachtete jeden ihrer Handgriffe. Hier still zu sitzen war leicht – kein Vergleich mit einem Klassenzimmer.

Lennie nahm einen sauberen Lappen aus der schmalen Seitenschublade und begann, die kleinen Zahnräder abzureiben. Legte jedes wieder auf den Platz, von dem sie es zuvor genommen hatte. Jedes winzige Teil trug zum Funktionieren des Uhrwerks bei. Keines durfte verloren gehen.

Lennie träufelte ein wenig Öl auf den Lappen. »Hast du mehr über seine Einheit herausgefunden?« Papa musste die Uhr zu Hause gelassen haben, als er kurz vor Kriegsende noch mal einberufen wurde.

»Ein paar Namen.« Ilse klemmte sich eine Lupe vors rechte Auge und spähte in das verbliebene Innenleben der Uhr. »Aber keine Adressen. Noch nicht.« Sie schob Lennie die Uhr hinüber. »Was siehst du?«

Solange sie auch starrte, Lennie konnte keinen Fehler entdecken. Auch der Blick durch die Lupe zeigte ihr keinen. *Guck halt genauer hin*, mahnte sie sich stumm. Aber auch das half nicht. Dabei hatte sie wirklich schon geglaubt, etwas gelernt zu haben in all den Stunden, die sie hier verbrachte. Genug, um wenigstens von einer Lehrstelle bei Ilse zu träumen. Aber dazu müsste Ilse selbst erst einmal eine Anstellung als Uhrmacherin finden. Der Traum war schlicht zu groß.

Lennie knautschte den Lappen in der linken Hand zusammen und blickte auf die Tischplatte. »Ich seh nichts«, murmelte sie. Sie schob die Uhr zurück zu Ilse. »Zeigst du's mir?«

»Kann ich nicht.« In der Stimme lag ein Lächeln. »Weil da drin nämlich nichts falsch läuft.«

»Echt jetzt?« Lennie wagte einen Blick zu ihrer Tante. Die nickte.

»Echt jetzt.« Ilse schob ihr die Uhr wieder zu. »Dann setz die mal zusammen.«

Sie musste sich verhört haben. Doch da lag die Uhr, genau neben ihren Fingern. »Echt jetzt?« Na toll. Sie klang wie der letzte Depp. Aber andere Worte fielen ihr ums Verrecken nicht ein.

»Klärchen. Hast mir doch zugeschaut.« Ilse hielt ihr einen der kleinen Schrauber hin. »Zeig ein bisschen Selbstvertrauen.«

Ihre Hände blieben ruhiger, als sie sich fühlte. Sie zog die Uhr näher heran und blickte von ihrem Innenleben auf die vielen kleinen Einzelteile, die sie gereinigt hatte. Also gut. Sie konnte das. Sie wusste, was wohin gehörte. Immer ein Teilchen nach dem anderen.

Egal, wie gut Lennie sich zuredete, die Aufregung wollte nicht weichen. Trotzdem fing sie an. Ilse sagte kein Wort, tippte nur manchmal eines der Teile an, wenn Lennie zögerte. Die Ruhe in diesen Gesten brachte das Zittern ihrer Finger zum Verstummen.

Die Stille beim Abendessen mit Mama war eine gänzlich andere. Sie steckte voller zurückgehaltener Fragen. Zur Beruhigung dachte sie an das gleichmäßige Ticken der Taschenuhr. *Manchmal braucht es nur ein wenig Öl im Getriebe*, hatte Ilse gesagt und beim ersten Ticken gelächelt, nachdem sie die Uhr wieder geschlossen und aufgezogen hatten. Jetzt steckte die Uhr in Ilses Tasche, mit dem Versprechen, Lennie bekäme sie zurück, sobald sie den Gesellenbrief hätte.

Ilse stellte sich das so einfach vor. Dabei fand sie ja nicht einmal selbst Arbeit als Uhrmacherin. Der alte Familienladen war nicht mehr. Kaputt gebombt. Und selbst wenn sie hier einen Laden für eine Lehre fände … Lennie schluckte. Klar wollte sie das. Nur ließe sich das vor Mama nicht so verheimlichen wie das Hosentragen. Als Junge wäre alles einfacher. Nur wollte sie keiner sein. Sie wollte nur sie selbst sein. Lennie Krugh, die es mochte, Uhren zu reparieren, und die es hasste, Fremden die Haare zu waschen. Zu persönlich. Mechanik verstand sie. Da hatte alles seinen Platz. Fehler ließen sich finden und reparieren. Uhren stellten keine Fragen, sie erwarteten keine Antworten.

Mama erwartete, dass sie mal den Friseursalon übernahm. Nach diesen Sommerferien nicht in die Schule zurückging, sondern weiter bei ihr lernte. Höflich lächelte, Haare wusch, Strähnen auf Lockenwickler aufdrehte. Die Trockenhauben bediente. An Perücken das Schneiden übte. Haare zusammenkehrte und putzte und Kaffee kochte und so tat, als wäre das alles wunderbar. Wenn es nach Mama ginge, würde sie dieses Haus niemals verlassen.

Wenn es nach ihr ginge, würde sie bei Ilse leben. Gemeinsam würden sie schon einen Laden finden, der sie beide wollte. Ilse würde die verhasste Fließbandarbeit loswerden und sie die Friseurlehre. Bei Ilse müsste sie sich auch mit gar nichts verstecken. Beschissene Minderjährigkeit. Die wäre drüben bei Ilse auch schneller vorbei. Zwei Jahre statt fünf.

3

Das Rattern der Nähmaschinen rechts, links, vor und hinter ihr dröhnte Marie die Ohren voll. Der Lärm bildete eine Kuppel um sie, sperrte alles andere aus. Er hieß auch, dass niemand sie beachtete, weil die anderen alle auf ihre Stoffe starrten. Nicht alles war schlecht an dieser Lehre. Marie steckte das Buch in ihre Tasche, das Darius nach der letzten Kostümprobe unter die graue Robe geschoben hatte. Noch vier Stunden hing sie hier fest. Mindestens. Dann der kurze Heimweg. Dann die relative Sicherheit ihres Zimmers. Da endlich würde sie das Buch aufschlagen können.

Aber jetzt musste sie sich auf ordentliche Nähte konzentrieren. Sich unter dem Rattern der Nähmaschinen nicht wegzuträumen, war eine Kunst. Eine, die sie nicht beherrschte.

Wegen ihrer schiefen Nähte bekam sie immer nur die Kostüme von Nebenrollen. Doch heute würde sie sich zusammenreißen. Schiefe Nähte bedeuteten Überstunden. Die Premiere rückte näher, da gab es keinen festen Feierabend mehr. Alles musste fertig werden. Marie betrachtete das Gebirge aus grauen Roben, das sich neben ihr auf dem Tisch erhob. Sie seufzte und legte den Stoff an. Noch einmal prüfte sie, ob der Faden richtig gespannt war, der

Stoff glatt vor ihr lag. Dann fügte sich das Rattern ihrer Maschine zu dem der anderen, füllte ihren Kopf.

Doch darunter raunte das Buch in ihrer Tasche ihr zu, drängte sie, sich einfach davonzustehlen. Sie könnte plötzliche Krämpfe entwickeln. Einen Anfall vortäuschen. Oder sagen, sie hätte vergessen, dass sie heute ihren kleinen Bruder von der Schule abholen musste. Und wer sollte ihr abnehmen, Ecki fände den Heimweg nicht allein? Sie blickte über die Spule hinweg zu den anderen Schneiderinnen. Die hatten schon genug Arbeit, ohne dass sie ihre auch noch übernehmen mussten. Marie beugte den Kopf wieder über den Stoff. Zu spät. Sie stoppte das Rattern und griff nach dem Nahttrenner.

So alt wie Darius müsste man sein. Obwohl sie sich dreißig nicht vorstellen konnte. Dieses Jahr zwischen siebzehn und achtzehn zog sich länger hin als alle anderen zusammen. Marie rupfte an einem Faden, der sich im Stoff festgebissen hatte. Eigentlich müsste sie Darius hassen. Verachten. Ignorieren wenigstens. Aber sie bekam das nicht hin. Vielleicht stimmte mit ihr etwas nicht. Ecki hätte da kein Problem mit, wenn sie ihm von Darius erzählen würde. Mamas anderer. Sieben Jahre jünger als sie. Der, wegen dem sie vor acht Jahren in dieser Ruine gewesen war, als die einstürzte. Sie begrub, während sie auf ihn gewartet hatte. Der noch lebte, weil er zu spät gekommen war. Sie zog das letzte Stückchen Faden aus dem grauen Stoff. Darius, der ihr die Bücher mit Mamas Notizen an den Seitenrändern gebracht hatte. Der ließ sich nicht so leicht ignorieren. Sie legte den Stoff neu an.

Das Material in gleichbleibendem Tempo unter der Nadel durchschieben, die Bewegung der Hände vom Rattern der Maschine bestimmen lassen. Stupide der angezeichneten Linie folgen. Marie murmelte die Anweisungen der Werkstattleiterin vor sich hin, hoffte, das würde ihre Gedanken bei der Sache halten.

Grau und rau und geradeaus.

Endlos.

Papa hatte von dem anderen gewusst. Die Stille zu Hause war damals genauso bedrängend und laut gewesen wie der Lärm der Nähmaschinen hier. Nachts war sie manchmal von streitenden Stimmen aufgewacht. Selbst beim Streiten hatten sie geflüstert. So angespannt, dass sich alle Wände zusammenziehen wollten. Wenn die Stimmen wieder verstummten, tappten Schritte über den Flur, und dann kam Ecki zu ihr ins Bett gekrochen. Schon da hatte er gegen die Stille angeplappert, hatte ihr eine Geschichte erzählt, war über den eigenen Worten wieder eingeschlafen. Und sie hatte durch die Dunkelheit an die Zimmerdecke gestarrt und sich die Geschichte im Kopf zu Ende erzählt.

Danach war er auch noch oft zu ihr gekommen. Aber da hatte sie dann die Geschichten erzählen müssen, Geschichten von Mama, bis sie beide endlich einschliefen. Morgens war sie vor dem Wecker von Eckis Stimme aufgewacht, der sich die Geschichten wiederholte.

Vielleicht sollte sie ihm von den Büchern erzählen. Aber bestimmt war er noch zu jung für alles, was da an den Rändern stand. Das laute Zuknallen der Werkstatttür übertönte die Nähmaschinen und ließ Marie zusammenschrecken. Sie starrte auf ihre Naht. Fast alles gerade. Ein Wunder. Sie schnitt den Faden ab und zog die nächste Robe von dem grauen Gebirge hinunter.

Es war noch hell, als sie endlich aus der Werkstatt kam. Ein lauer Frühlingsabend. Einer, an dem man nicht allein sein sollte. Sie rannte über die Straße und stoppte vor dem Metallgeländer.

Die S-Bahn-Brücke warf einen langen Schatten über das Wasser. Wenn sie lange genug hier stand und auf das Grau starrte, konnte sie aus den Augenwinkeln eine neben sich stehen sehen. Die würde auch aufs Wasser gucken. Eine Hand in ihre mogeln. Nur sie beide würden wissen, was das bedeutete.

Genauso wie sie jetzt wusste, dass da keine war neben ihr. Hinter ihr quietschte die Straßenbahn heran. Marie stieß sich von dem Geländer ab. Schluss für heute.

In der Straßenbahn roch es nach abgenutzten Plastiksitzen, Schweiß und zu lange getragener Kleidung. Gerüche, die sich klebrig anfühlten auf der Haut. Sie presste ihre Tasche an sich, spürte die Kanten des Buches durch den Stoff. Später.

Papa hatte Kartoffelsuppe gekocht, in der Ecki lustlos mit dem Löffel herumstocherte und nur die wenigen Wurststücke herausfischte. »Iss, Junge, iss«, war alles, was Papa sagte. Eckis Monolog über seinen Schultag füllte die Momente zwischen den Bissen, hielt die Stille in Schach. Sie musste nicht mal was sagen, während sie abwusch und Ecki das Handtuch schwang. Erst als sie fertig waren und er das Handtuch über eine der Stuhllehnen hängte, legte Ecki eine Redepause ein.

Dunkelheit schmiegte sich ans Küchenfenster. Marie zog den Stöpsel aus dem Spülbecken. Das Dreckwasser gluckerte und gluckste weg. Sie wischte sich die Hände am Rock trocken und drehte sich zu Ecki um. »Hausaufgaben?«

»Nee.«

Marie ließ ihm die Antwort ohne Nachfrage durchgehen. Sie hatten beide Besseres zu tun, als Rechenaufgaben zu lösen oder einem Aufsatz die verlangte sozialistische Gesinnung zu verpassen.

Endlich die Tür hinter sich schließen, endlich allein. Nach draußen lauschen. Kein Laut aus dem Wohnzimmer. Und von nebenan das beständige Murmeln von Eckis Stimme, der das Radio kommentierte. Ja, sie hatte die nächsten Stunden für sich. Marie griff nach ihrer Tasche und ließ sich aufs Bett fallen. Der Geruch nach muffigem Keller umfing sie, sobald sie das Buch aus der Tasche nahm. Sie wünschte sich, den Büchern würde ein anderer anhaften, einer nach verschwitztem Sommertag, an dem sie lachend einer Straßenbahn hinterhergerannt waren und sie doch verpasst hatten. Aber Wünsche waren sinnlos. Marie streckte sich nach dem grünen Bleistift, der auf ihrem Nachttisch lag. Sie hatte, was sie jetzt in den Händen hielt.

Alles andere blieb leere Luft.

Sie lehnte sich mit dem Rücken an die Wand und schlug das Buch auf.

Wie immer stand auf der Seite mit der Titelwiederholung innen der Name in ordentlichen, runden Bleistiftbuchstaben:

Elisabeth Marianne Lehmann.

Es war lächerlich und fühlte sich herrlich verboten an. Marie klemmte den Bleistift zwischen Zeigefinger und Daumen, setzte die Spitze auf die leere Stelle unter dem Namen.

Marie Luise Lehmann.

Die zwei Namen sahen gut aus so untereinander. Als wäre das Buch von der einen zur anderen weitergegeben worden. Ohne Zwischenbesitzer.

Sie blätterte die Seiten um, bis sie die erste Bleistiftnotiz an einem der Ränder entdeckte. Wie immer hielt sie die Luft an. Wie immer schweifte ihr Blick kurz über die gedruckten Worte. Aber die hatten nichts mit den Notizen zu tun. Schnell blickte sie über die handgeschriebenen Worte. Volltreffer! Sie ging zum Anfang zurück.

Wieder fortgestohlen. Glaube, M spürt, daß zu Hause etwas nicht stimmt. E ist noch zu klein. Will sie nicht im Stich lassen. Aber wie lange kann ich so noch bleiben? D versteht Freiheitssehnsucht. Aber wie kann ich gehen und M & E zurücklassen?

Warum hast du geglaubt, uns nicht mitnehmen zu können?, schrieb Marie darunter. Natürlich gab es zu viele Antworten auf die Frage. Weil eine Flucht mit Kleinkindern zu riskant war. Weil Papa das nie zugelassen hätte. Weil Darius sich nicht mit Kindern eines anderen belasten wollte (aber ganz egal konnten sie ihm auch nicht sein, immerhin hatte er ihr Mamas Bücher gebracht). Die schlimmste: Weil Mama nicht nur von Papa, sondern doch auch von ihnen beiden hatte weg wollen. Weil sie Klötze an ihren Beinen gewesen waren.

Manchmal war ihr Tod leichter auszuhalten als dieser Gedanke.

Es gibt keine einfachen Lösungen. Aber den Satz hatte sie in einem anderen Buch gefunden.

Nebenan verstummte Eckis Stimme, und stattdessen ertönte das Knistern und Rauschen des Sendersuchens. Schließlich klang eine vertraute Titelmusik herüber, und Marie zuckte zusammen. Er war alt genug, um zu wissen, dass er das besser nicht so laut hörte. Sie hämmerte mit einer Faust gegen die Wand zwischen ihren Zimmern, während der Radiosprecher ankündigte: »Es geschah in Berlin. Eine Sendereihe in Zusammenarbeit mit der Kriminalpolizei. Sämtliche …« Endlich brach der Ton ab. Marie schloss die Augen. Lauschte. Aus Wohnzimmer und Flur kam kein Laut. Papa hatte nichts mitbekommen. Die Nachbarn hoffentlich auch nicht.

Bescheuerte Gedankenlosigkeit. *Weißt du doch besser, Kleener.* Trotz ihrer Anspannung musste Marie grinsen. *Kleener.* Strafe musste sein, also würde er sich das den Rest der Woche gefallen lassen müssen.

Das Buch war zugefallen, klemmte ihren Bleistift an der Stelle ein, die sie bekritzelt hatte. Ob Mama das stören würde?

Sie zog die Knie an und hielt das Buch fest, bevor es ihr vom Schoß rutschen konnte. Ihre Bleistiftfrage blieb nach wie vor unbeantwortet. Logisch. Wenn – schnell blätterte sie weiter. *Was wäre, wenn* führte zu nichts. Die nächsten Seitenränder waren unbeschrieben.

Durch die Stille in der Wohnung drängten die Geräusche der Nachbarn an sie heran. Oben schienen Kinder in Stiefeln Fangen zu spielen, von unten plärrten Schlager durch den Holzfußboden herauf. Nebendran klapperte Geschirr, und drei Stimmen lachten um die Wette. Halbe Treppe rauschte die Klospülung.

Sie tippte mit der Bleistiftspitze auf einen leeren Seitenrand. *Wenn ich könnte, würde ich …*

… auf einem Schiff anheuern.

… immer wieder die Welt umreisen und alle Sprachen lernen.

… wenigstens mit der Schule weitermachen.

Wenn ich wüsste, wo, würde ich eine Freundin finden. Eine für gegen den Rest der Welt. Für alles, was sonst nicht geht.

Marie ließ den Bleistift fallen. Sie schlug die Seite um. Das Gefühl, sie müsste sich für ihre Kritzeleien entschuldigen, schnürte ihr die Kehle zu. Das Buch gehörte ihr nicht, egal, wie oft sie ihren Namen hineinschrieb. Sie stopfte das Buch unter die Matratze zu den anderen und sprang vom Bett auf. Ecki würde sie jetzt nichts fragen, wenn sie zu ihm ins Zimmer kam. Er würde einfach ein bisschen Platz für sie machen und den Kopfhörer seitlich klappen, damit sie auch etwas hören konnte. Sie würden zusammen auf seinem Bett hocken und sich einen Krimi erzählen lassen und alles andere vergessen. Genau das brauchte sie jetzt.

4

Sie lauschte dem Ausklingen der Türglocken und fegte die abgeschnittenen Haarspitzen zusammen. Feine blonde Fussel, die sich an jede Ritze der Dielen klammerten. Das Parfüm der Kundin hing noch in der Luft, mischte sich unter den Geruch des Haarwaschmittels. Lennie stellte den Besen zur Seite. Der Spiegel verriet ihr, dass Mama im Auftragsbuch blätterte. In dem für heute keine Kundinnen mehr standen, das hatte sie gleich heute Morgen überprüft. Lennie wischte sich die schwitzigen Hände an der Bluse ab. Jetzt oder nie. »Mama? Kann ich kurz mit dir reden?«

Der dumpfe Klang von Papier auf Papier klang unverhältnismäßig laut. Alle Sätze, die sie sich seit Tagen zurechtgelegt und heute Morgen im Bett immer wieder aufgesagt hatte, verpufften mit dem Zuschlagen des Buchs. Mamas erwartungsvoller Blick half auch nicht beim Denken. Die Wanduhr tickte. Lennie tappte den Sekundenrhythmus mit dem linken Zeigefinger auf ihr Bein. »Ich will eine andere Ausbildung machen als die hier.« Sie musterte den Haarhaufen neben sich. Den hätte sie erst noch auffegen und entsorgen sollen. Zu spät. »Ich will Uhrmacher werden.«

Mamas Lachen war spitz. »Wie kommst du denn da drauf?«

Die Spitzen drangen ihr unter die Haut wie dünne Holzsplitter. »Papa sollte Uhrmacher werden.«

»Warst du wieder bei …« Mama starrte in den Spiegel.

»Sie heißt Ilse. Und sie fragt jedes Mal nach dir.«

»Hat die dir den Floh ins Ohr gesetzt? Dir was von Familientradition eingeredet? Diese … diese … Von der darfst du dir nichts einreden lassen.« Wieder das Lachen, das die Spitzen tiefer trieb. »Dein Vater hat den Beruf gehasst. Er wollte nur weg von dieser Familie. Deswegen ist er zur Wehrmacht gegangen.«

Die Pause hinter den Worten drückte ihr die Luft ab. *Ist mir egal, was er gemacht hat.* Der Satz hallte durch ihren Kopf, aber sie bekam ihn nicht heraus. Sie würde nie wissen, was Papa gemocht oder gehasst hatte. Er war tot, und sie konnten alle über ihn erzählen, was sie wollten. Wahrheiten. Lügen. Sie konnte nur entscheiden, wem sie glaubte.

Mama ging zu dem Regal mit den Perücken hinüber, schob die Plastikköpfe, auf denen sie hockten, hin und her, wählte einen mit dunklen, glatten Haaren aus. »Hier.« Sie stellte den Kopf auf der Ablage vor den Spiegeln hin. »Das ist unsere Familientradition. Zeig mir eine schöne Hochsteckfrisur. Na komm.«

Die starren, künstlichen Augen schienen sie zu verspotten. Am liebsten hätte sie den Kopf zu Boden geboxt und aus dem Laden getreten. »Ich hasse Hochsteckfrisuren! Und Lockenwickler! Und das *Schnipp-schnipp-schnipp*, den ganzen Tag lang! Und dieses Haarwaschmittel stinkt so süßlich, dass mir die Zähne davon verrotten. Mir ist egal, ob Papa Uhren gehasst hat oder nicht. Ich mag sie. Tausendmal lieber als … als Frisuren.«

»Das meinst du nicht so.« Mama strich über die Perücke, legte und ordnete Haarsträhnen, als hätte sie eine Kundin vor sich. »Du gewöhnst dich schon dran.«

»Niemals.« Lennie stürmte durch den Laden. Riss die Tür auf. Die Glocken schrillten ihr hinterher, zusammen mit Mamas »Bleibst du wohl hier!«. Aber das ignorierte sie. Es tat zu gut, die Starre zu durchbrechen.

Du gewöhnst dich schon dran. Lieber springe ich in die Spree!

»Helene! Komm zurück und –« Endlich fiel die Tür zu, schnitt die Stimme ab.

Sie rannte. Später würde sie das bereuen, denn wegrennen half nicht. Doch im Moment tat es gut. Um später würde sie sich später kümmern. Jetzt vermisste sie erst einmal eine Jacke. Pech. Sie rannte weiter und lauschte nach hinten. Mama rief ihr nichts mehr nach.

Die Haustür zu ihrem Versteck war offen, der Rock schnell entsorgt und die Hose hinuntergekrempelt. Eine Jacke steckte nicht in dem Loch zwischen den Backsteinen, aber die Mütze, unter die sie ihre Haare stopfen konnte. Die Ruhelosigkeit ließ sich nicht zusammenknüllen und wegpacken.

Die Wut über die Worte, die gesagten wie die ungesagten, trieb sie weiter. *Wenn ich nie wieder umkehren müsste, könnte ich bis ans Ende der Welt rennen. Der Zeit davonrennen. Die Zukunft überholen. Wenn ich nie wieder umkehren müsste, hätte ich alles sagen können.* Sie stampfte die Gedanken ins harte Pflaster.

Der Ball schoss ihr in den Weg, und sie konnte gerade so noch einen Satz über ihn hinweg machen, ein Stolpern und Fallen vermeiden. Sie landete auf einem Fuß, drehte sich darauf herum, stoppte mit dem anderen den Ball, stoppte ihren Lauf. Sie hörte nur ihren Atem. Spürte nur, wie ihr Körper sich dehnte und zusammenzog.

»He! Gibste den zurück, oder biste schockgefroren?«

Lennie kniff die Augen zusammen und suchte gegen die Sonne an, wer hinter den Worten steckte. Ein paar Meter vor ihr öffnete sich der Gehweg zu einem kleinen Platz, rechts von einer kniehohen, kaputten Mauer begrenzt. In einer breiten Mauerlücke stand ein rothaariger Junge, schaute zu ihr hinüber. Er breitete die Arme aus und hob die Schultern. Der Rotschopf hielt sich wohl für ganz groß. Sie gab ihm keine Antwort, blickte von der Mauerlücke zum Ball und zurück. Dann legte sie alle verbliebene Wut in den Schuss.

Der Ball flog über das Pflaster, raste auf den Jungen zu, der sich streckte, aber ins Leere griff, während der Ball an ihm vorbeipfiff, die Mauer ganz leicht streifte und hinter ihm ausrollte. Der Rotschopf stand still und glotzte dem Ball hinterher.

»Tor!«, schrie einer der anderen Jungs auf dem Platz.

»Pff, das zählt nicht, der ist nicht von der Mannschaft.« Der Rotschopf trottete auf den Ball zu.

Lennie genoss das Hochgefühl ihres Treffers, kümmerte sich nicht um die hitzigen Worte, die weiterhin auf dem Platz fielen.

»Wetten, denen würden die Ogen aus'm Kopp fallen, wenn die kapieren würden, dit du 'n Mädchen bist?«

Das Grinsen hinter den Worten kribbelte überall auf ihrer Haut.

Die andere streckte die Hand aus. »Marie.« Der Schalk blitzte ihr aus grünen Augen entgegen. Sie musste auch grinsen. Das ging gar nicht anders. *Marie.* Das Kribbeln sank unter ihre Haut.

Sie schüttelte die zierliche Hand. »Lennie.« *LennieMarie*, tanzte ihr durch den Kopf. *LennieMarie.*

»Lässte auch wieder los?«

Niemals, wollte sie sagen. »Klar«, brachte sie heraus und gab die Hand frei. Schon vermisste sie den festen Griff.

»He!« Der Rotschopf hielt auf sie beide zu.

Marie stupste sie mit der Schulter an. »Keene Sorge, ick verpfeif dir nich'.«

Der Rotschopf stellte sich vor Marie auf. »Wat willste mit dem?«

»Klappe, Keule.«

Die Worte drangen nur langsam zu Lennie durch, weil da immer noch ihre zwei Namen in Leuchtschrift umeinandertanzten. Sie schabte mit einem Fuß über das Pflaster. »*Mit der* muss das heißen.«

»Hä?« Der Rotschopf blinzelte zu ihr hoch, und Marie lachte.

»Mit der. Grammatik. Verstehste?« Mit jedem ihrer Worte wurde Maries Lachen lauter, und Lennie wollte noch ewig weitersprechen, damit dieses Geräusch nie wieder aufhörte. »Geschlecht weiblich.«

Vom Platz tönte ein greller Pfiff. »Willste quasseln oder spielen, Ecki?«

Ecki, der Rotschopf, blinzelte. Er blickte Marie an, als erwarte er eine Erklärung. Sie gab ihm keine, grinste nur, bis Ecki mit den Schultern zuckte. »Später dann.« Er drehte sich um und rannte zu den anderen zurück, stürzte sich auf den Ball.

»Kleiner Bruder«, sagte Marie, als würde das alles erklären. Aber Erklärungen waren im Moment gar nicht wichtig. Wichtig war jetzt nur, einen Grund zu finden, länger bei Marie zu bleiben. Leider verweigerte ihr Kopf die Mitarbeit.

»Haste was vor?«

»Bin nur so am Rumlaufen.« Stimmte ja irgendwie. Ein Ziel

hatte sie jedenfalls nicht. Außer heute nicht mehr in den Salon zurückzugehen.

»Magste Gesellschaft?«

»Klar.« Wie abgesprochen wandten sie sich von den Fußball spielenden Jungs ab, folgten der nächsten Seitenstraße. Sie liefen Seite an Seite, schritten weit aus, als hätten sie ein Ziel, und zugleich, als spielte es keinerlei Rolle, wohin sie liefen. Den ganzen Tag könnte sie so herumlaufen, schweigend, mit Marie neben sich. Lennie beobachtete, wie ihre Füße immer im gleichen Rhythmus über den Ritzen zwischen den Pflastersteinen schwebten, und merkte, wie sie grinste. Marie schlenkerte jedes Mal leicht den Fuß, bevor sie ihn wieder aufsetzte. Manchmal streiften sich ihre Arme. Nur zu spüren, wenn man darauf achtete, klar. Aber Lennie achtete darauf.

Bestimmt sollte sie so langsam mal was sagen. Sonst hielt Marie sie für seltsam. Nur rasten ihr die Gedanken zu schnell durch den Kopf, um einen davon festzuhalten, geschweige denn auszusprechen. Wie durchgedrehte Zahnräder, die viel zu schnell liefen, aber immer noch perfekt ineinandergriffen.

Marie sagte auch nichts. Vielleicht machte ihr das Schweigen gar nichts aus. Vielleicht gefiel es ihr sogar. Vielleicht bereute sie inzwischen ihren Entschluss, ihr Gesellschaft zu leisten. Vielleicht erwartete Marie, dass sie etwas tat. Aber was? Und wenn sie nichts tat, würden sie dann ewig immer so weiter nebeneinanderherspazieren? Wortlos? Mit durchdrehenden Zahnradgedanken?

»Wohnt ihr hier in der Nähe?« Die Frage platzte ihr einfach so heraus.

Marie schüttelte den Kopf. »Nur Eckis Kumpel. Die sind alle rüber. Also, mit ihren Eltern.«

»Und eure nicht?«

»Nee. Papa sieht das Glück aller Menschen im entschlossenen Kampf für Frieden, Demokratie und Sozialismus.« Marie verzog das Gesicht und lief schneller, quer über die Straße, auf eine abgebrochene Häuserwand zu. Bevor Lennie sie einholen konnte, stützte Marie sich schon auf der Bruchkante ab und stemmte sich hoch. Sie saß bereits rittlings auf der Mauer, als Lennie bei ihr ankam. »Kommste?« Marie schwang das zweite Bein über die Mauer und sprang auf der anderen Seite hinunter.

Jetzt erst erkannte Lennie die Mauer. Dahinter lag das schmale, verwilderte Grundstück mit dem verrosteten Briefkasten. Der versteckte sich unter dornigen Brombeerranken. Den benutzten Ilse und sie, um sich Nachrichten und kleine Päckchen zukommen zu lassen, von denen Mama nichts mitkriegen durfte. Die Zahnräder in ihrem Kopf stoppten so plötzlich, dass ihr ein wenig schwindlig davon wurde. Konnte das sein? Hatte Ilse ihr Marie geschickt? Sie stemmte beide Hände auf die Mauerkante und schwang sich darüber.

Marie grinste ihr entgegen. »Dachte schon, du lässt mich hier versauern.«

»Niemals.«

Sie standen sich gegenüber, allein, vor allen Blicken geschützt. Die Nähe knipste alle Gedanken in Lennies Kopf aus. Draußen fuhr ein Auto vorbei, rumpelte über das Kopfsteinpflaster. Spatzen huschten durchs Gebüsch, ließen die Blätter rascheln. Und Marie sah sie einfach nur an.

»Wieso hast du gleich gewusst, dass ich kein Junge bin?«

»Hab doch Augen im Kopp.«

Schweigen.

Spatzentschilpen.

»Willste denn einer sein?«

»Nee.«

»Find ick jut.«

Ich auch, hätte sie gerne gesagt. Oder präziser: Ich finde dich auch gut. Aber jetzt dauerte das Schweigen schon wieder zu lange. Es lag wie eine schwere Federdecke über ihr. Erst angenehm weich, dann erdrückend. Heiß und klamm. Sie stützte sich mit einem Fuß gegen die Mauer, lehnte die Schultern an die rauen Backsteine. »Und was machst du so, wenn du deinen Bruder nicht zum Fußball bringst?« Die Worte gingen, die waren leichter auszusprechen. Auch Marie zuzuhören war leicht. Und bald hockten sie nebeneinander an der Mauer, die Knie angezogen, die Schultern dicht an dicht, die Steine warm im Rücken.

»Und wenn du was anderes machen könntest, was wäre das?«

»Studieren. Navigation. Segelschiffkapitän werden.« Marie hatte nicht eine Sekunde gebraucht für die Antwort. »Dann hätte ich mein eigenes Schiff und würde über alle Meere segeln.« Sie stützte das Kinn auf die Knie. »Ist nur so 'n Traum.«

»Muss es ja nicht bleiben.« Daran zumindest wollte Lennie glauben, für Marie genauso wie für sich selbst. »Ich werd' jedenfalls keine Friseuse.« Auch wenn sie noch keine Ahnung hatte, wie sie das anstellen würde.

»Du in einem Frisiersalon?« Marie lachte. »Wie biste denn da rinjeraten?«

»Familientradition.« Sie spuckte das Wort aus, als trüge es die Schuld an allem. »Der Laden gehört Mama. Und die will mich da nicht rauslassen.« Der kurze Streit brach wieder in ihr auf. »Die hält an allem fest, wie es war, und glaubt, wenn sie nur fest genug klammert, bringt das Papa von den Toten zurück. Aber weiß doch jeder – wer jetzt nicht zurück ist, kommt auch nicht mehr. Der ist tot. Hinüber. Verhungert. Erschossen. Totgefroren. Halt irgendwie verreckt. Aber sie will das nicht begreifen. Und deswegen muss alles auf Teufel komm raus beim Alten bleiben. Nichts wird umgeräumt oder weggeschmissen. Am liebsten hätte sie wahrscheinlich, dass ich immer noch ein Säugling wäre – oder in ihrem Bauch, damit ich auf keinen Fall wegkann.« Es tat gut, das alles mal laut zu sagen. Lennie streckte die Arme. Als könnte sie nach ihren Träumen greifen.

»Und wo willste hin?«

»Uhrenwerkstatt.« Auch wenn sie jetzt, beim Aussprechen, zugeben musste, dass das viel banaler klang als Maries Weltmeere, war es doch genauso weit weg wie jedes Meer. »Mama würde dafür nie ihre Unterschrift geben. Ist nämlich die andere Familientradition. Und die hat Papa angeblich gehasst.«

»Is' doch mies.«

Dem ließ sich nicht widersprechen.

»Warum lassen die uns nich' machen, was wir wollen?« Marie zog einen Zweig des an der Mauer wuchernden Gebüschs zu sich heran. Sie begann, Blätter davon abzurupfen. »Wär so simpel. Du könntest an Uhren rumschrauben, und ick könnte uff 'nem Kahn anheuern. Tut doch niemandem weh.«

»Vielleicht nicht. Aber wären wir uns dann heute begegnet?«

»Na jut. Een Punkt für den Status quo.«

Eindeutig mehr als einer, fand Lennie, doch das behielt sie für sich.

Wenn sie allerdings ihren Status quo nicht noch verschlimmern wollte, müsste sie bald aufbrechen. Sich Mama stellen. Sich entschuldigen. Weiter so tun, als ob alles gut werden könnte. Sie schüttelte sich.

Marie ließ eine Handvoll abgerupfter Blätter fallen, und sie sahen beide zu, wie sie zu Boden regneten. Marie seufzte. »Ick muss los.«

»Ich auch.« Lennie sprang auf, denn jeder Augenblick, den sie länger neben Marie hockte, machte das Aufbrechen unmöglicher. Bevor sie zu lange darüber nachdenken konnte, streckte sie Marie eine Hand hin.

Die nahm sie, ließ sich von ihr hochziehen. Ließ sie nicht gleich los. Stand da, nah vor ihr, die Handflächen aneinander.

»Seh ick dir denn wieder?«

Sie spürte Maries Atem über ihre Augenbrauen streichen.

»Klar.«

Marie roch nach warmer Sonnenhaut. Wie würde das schmecken, wenn sie sie auf den Hals küsste? Oder auf die Lippen? Und würde Marie das überhaupt erlauben?

»Gleiche Stelle? Morgen?«

»Klar.« Konnte Marie ihr die Gedanken ansehen? Hätte sie dann trotzdem dieselben Fragen gestellt?

»Kannste mehr als een Wort sagen?«

»Klar.« War aber glatt gelogen, weil sie mehr nicht herausbekam, weil Maries Nähe sie zu sehr ablenkte, weil sie ihre Hand noch immer festhielt. Weil sich das so gut anfühlte. Sie räusperte sich, bevor die Stille peinlich würde. »Wann morgen?«

5

Die Mauer war noch da, auch das Gebüsch, das sich an sie lehnte, all das Gestrüpp bis drüben zur Hauswand, der die Brombeerranken entgegenstrebten und sich mit einigen zarten Auswüchsen an sie schmiegten. Nur Lennie fehlte noch. Marie ging zu der Stelle, wo sie nebeneinandergesessen hatten, und fühlte die Enttäuschung wie ein zartes Flattern, weil ihre Rücken keine Abdrücke auf dem Mauerwerk hinterlassen hatten, kein Anzeichen ihrer gemeinsamen Anwesenheit. Dann musste sie über ihren albernen Gedanken lachen. Sie brauchte kein Zeichen, keine Erinnerung an gestern. Lennie würde gleich da sein, von der Mauer springen und ihr gegenüberstehen.

Sie knautschte die Schiebermütze, die sie aus dem Fundus des Theaters mitgenommen – na ja, geklaut hatte, aber die verstaubte eh nur auf einem der endlosen Regale im Lager, da machte sie sich besser auf Lennies Kopf. Viel besser als die Wollmütze von gestern. Die passte so gar nicht zur restlichen Lennie.

Hoffentlich war sie bald da. Hoffentlich gefiel ihr die Schiebermütze. Hoffentlich – Marie stoppte sich. Nicht zu viel vorausdenken. Das brachte nichts.

Wo blieb Lennie? So viel zu früh war sie doch gar nicht. Die Uhr am S-Bahnhof hatte eine halbe Stunde vor der verabredeten Zeit angezeigt. Sicher, sie war schnell gelaufen. Also war sie hier vielleicht zehn Minuten vor der Zeit angekommen. Warum war nur sie zu früh? Vielleicht hatte sie alles falsch interpretiert, und Lennie war gar nicht so begierig auf ein Wiedersehen wie sie.

Sie hätte sich ein Buch mitnehmen sollen, dann hätte sie jetzt etwas anderes zu tun, als auf und ab zu laufen, auf und ab und hin und her, allein, nur mit ihren Gedanken zur Gesellschaft. Hin und her drehte sie die Schiebermütze in ihren Händen.

Hoffentlich passte die. Schließlich kannte sie Lennies Mützengröße nicht. Sie steckte eine Hand in die Rocktasche, tastete nach dem Maßband, das sie auch von der Arbeit mitgebracht hatte. Nur für den Fall. Wenn die Mütze nicht passte, konnte sie Lennies Kopf ausmessen und nächstes Mal eine in der richtigen Größe mitbringen. Wieder musste sie über sich selbst lachen: nächstes Mal. Dabei hatte dieses Mal noch nicht einmal begonnen. Sie stopfte die Mütze zum Maßband in die Rocktasche.

Aber gleich. Wenn sie nur lange genug auf die Mauerkante starrte, würde dieses Mal gleich beginnen. Es gluckste in ihrem ganzen Körper, als hätte sie Brause getrunken, kribbelte bis unter die Haarwurzeln. Marie verschränkte die Arme hinter dem Rücken. Lange konnte sie nicht stillhalten. Das Kribbeln drängte nach außen, drängte sie zur Bewegung.

Jetzt komm schon.

Sie lief wieder auf und ab, trat Gras und kleine Zweige platt, legte einen Pfad zwischen den zwei fensterlosen Häuserwänden an, immer entlang der Mauer zur Straße. Spatzen flogen auf und tschilpten empört, ließen sich wieder nieder, wenn sie an ihren Ruheplätzen vorbei war, nur um das Spiel von vorn zu beginnen, wenn sie auf dem Rückweg erneut auf ihrer Höhe vorüberging. Das Flattern passte zum Kribbeln und Glucksen in ihr.

Stimmen und Schritte auf der anderen Seite. Nichts davon Lennie. Natürlich nicht, die würde ja allein kommen und nicht mit anderen.

Vielleicht sollte sie sich setzen. Dorthin, wo sie gestern gesessen hatten. Gelassen wirken. Aber nicht gleichgültig. Allein der Gedanke ans Stillsitzen ließ sie schneller laufen. Zehn Minuten mussten doch schon um sein.

Ob Mama sie verstehen würde? Papa mit seinen schnurgeraden Ansichten sicher nicht. Und Ecki – der wollte seine große Schwester für sich haben, der wäre von niemandem begeistert.

Marie strich am Gebüsch entlang und rupfte Blätter von den Zweigen. War sowieso alles egal, sie wusste ja noch nicht mal, wie Lennie zu alldem stand. Absurd, sich all diese Gedanken zu machen! Sie kannten sich doch gar nicht wirklich. Was wusste sie schon von Lennie? Sie trug gerne Hosen und Hemden von ihrem Vater. Der war im Krieg geblieben, wo und wie, an welchem Tag, wusste man nicht genau. Sie hätte lieber kurze Haare, wovon ihre Mutter nichts wissen wollte. Die hatte auch was gegen Lennies Lieblingsberuf. Im Gegensatz zu Lennies Tante. Die wohnte in der Ostzone, gar nicht weit weg von ihr. Lennie freute sich darauf, nach dem Sommer mit der Schule aufzuhören, aber ihr graute davor, dann Vollzeit im Salon zu lernen. Sie hatte die schönsten Grübchen, die Marie je gesehen hatte, und wenn sie lachte, steckte das einfach an. Und wenn ihre Stimme so brüchig wurde, immer dann, wenn sie von ihren Sehnsüchten erzählte, dann wollte Marie sofort alles tun, damit die Sehnsüchte sich erfüllten.

Das alles wusste sie von Lennie. Und das war genug, um sie

wiedersehen zu wollen. Genug, um mehr von ihr erfahren zu müssen. Genug, um ungeduldig zu sein, weil sie immer noch nicht auftauchte. Die banalen Dinge wusste sie nicht. Ihre Adresse. Wo sie zur Schule ging. Eine Telefonnummer. Wenn sie denn einen Telefonanschluss hatten. Aber so ein Frisiersalon brauchte das schließlich.

Musste sie heute alles nachholen. Wenn sie die Adresse wüsste, könnte sie da jetzt einfach vorbeigehen und müsste hier nicht blöd rumwarten. Könnte sich Gewissheit verschaffen. Ob Lennie es sich anders überlegt hatte. Ob etwas dazwischengekommen war. Sie konnte krank geworden sein. Sich verletzt haben. Länger im Salon bleiben müssen. Oder sie hatte das gestern nur so dahingesagt.

Marie stützte beide Hände auf die Mauer und zog sich so weit hoch, dass sie die Unterarme darauflegen, sich festhalten konnte. Die Straße war leer. Rechts wie links. Sie stemmte die Füße gegen die Steine und drückte sich noch ein wenig höher. Das änderte nichts an dem Bild vor ihr.

Wie lange konnte man warten, bevor es armselig wurde? Sie konnte tausend gute Gründe finden, warum Lennie sich verspätete. Und nur einen richtig schlimmen. Na gut, zwei. Drei: Tot. Ernsthaft krank. Gestern gelogen. Wobei das mit der Lüge am schlimmsten wäre. Lügen gingen gar nicht. Marie ließ sich zurück auf den Boden fallen. Sie legte Handflächen und Stirn gegen die Steine. Zehn Minuten waren mit Sicherheit vorbei.

Schritte auf dem Gehweg. Sie hob den Kopf. Die Schritte waren schnell. Kamen näher. Harte Absätze auf Stein. Noch näher. Sie würde nicht über die Kante spähen. Marie lehnte die Schultern an die Mauer und schloss die Augen. Sie würde sich von Lennies

Stimme überraschen lassen. Die Schritte waren jetzt ganz nah. Aber sie blieben nicht stehen. Liefen weiter. Und weiter. Wurden leiser. Marie stieß sich von der Mauer ab.

Sie nahm ihre Wanderung wieder auf. Warum wogen die schlimmen Gründe so viel schwerer als die guten? Sie könnte doch auch von den guten überzeugt sein, statt die schlimmen an erster Stelle zu platzieren. Alles war besser als stillstehen und denken. Könnte ihr doch auch egal sein, ob Lennie sich blicken ließ oder nicht. War es aber nicht. Sie musste sie wiedersehen. Wenigstens erfahren, ob sie sich falsche Hoffnungen machte. Oder nicht.

Warten war schlimmer als Wissen. Diese beschissene Hoffnung, die wuchs und wuchs, je länger das Warten dauerte. Und parallel dazu die Zweifel. Bis man so verrückt war im Kopf, dass man weder ein noch aus wusste. Aber so weit war sie noch nicht. Noch lange nicht.

Ein Auto rumpelte übers Kopfsteinpflaster. Auch das hielt nicht an. Lennie würde eh nicht in einem Auto sitzen.

Die blödesten Lieder gingen ihr durch den Kopf. *Brüder, zur Sonne, zur Freiheit.* Als ob da jemand dran glauben würde. *Non, je ne regrette rien* – die Piaf hatte leicht reden. Was wusste die schon übers Bedauern. Aber egal, was sie den Liedzeilen entgegenhielt, weder Text noch Melodie wollten aus ihrem Kopf verschwinden. Sie summte das Lied sogar vor sich hin, während sie ihm all ihre Argumente entgegenschleuderte. *Wenn eene stirbt, Piaf, dann haste was zu bedauern.*

Nämlich alles, was dann unmöglich geworden war. Alles Ungesagte. Manches Gesagte. *Hör uff, Marie.* Sie stampfte mit dem Fuß auf. *Schluss jetzt mit die Morbidität.* Sie hätte Ecki mitnehmen sollen, der würde sie ohne Rücksicht auf Verluste vollquatschen und von allen blödsinnigen Gedanken ablenken. Aber der musste heute für eine Klassenarbeit lernen. Da hörte sogar bei Papa die Gleichgültigkeit auf. So egal ihm das mit dem Abitur war, gute Noten waren ihm wichtig. Das sollte wer begreifen.

Noch so was, das ich bedauere, Piaf: Ich werde nie erfahren, ob Mama sich ihm da widersetzt hätte oder nicht.

Sie drehte der Mauer den Rücken zu. Ein neuer Weg für neue Gedanken. Was eine schöne Idee war, aber von den Brombeerranken bald ausgebremst wurde. Die Dornen schnappten nach ihren Knöcheln, rupften an ihren Strümpfen. »Blödes Gestrüpp, dir komm ick mit der Heckenschere, pass bloß uff«, murmelte sie vor sich hin. Ein paar Meter vor ihr blinzelte irgendetwas Verrostetes zwischen den Ranken hervor. Aber einen Pfad dorthin müsste sie sich wohl wirklich erst frei schneiden. Knapp zwei Meter neben ihr sah es aus, als hätte schon mal jemand einen schmalen Trampelpfad angelegt. Aber der war von hier aus unerreichbar. Marie blieb im Dornenmeer stehen und zupfte sich Ranken von den Strümpfen. Na toll, die sahen aus wie ein Sieb. Das würde Stunden dauern, die auszubessern.

Oder sie könnte Lennie sagen, sie schulde ihr jetzt ein Paar Strümpfe. Wenn sie denn noch käme. Also gut. Sie würde zur Mauer zurückgehen und sich hinsetzen. An die Stelle von gestern. Sie würde ganz ruhig bleiben. Völlig gelassen. Und wenn Lennie dann kam, würde sie immer noch gelassen bleiben. Abwarten. Sollte die erst einmal auf sie zukommen. Das hatte sie nach all der Warterei verdient.

Marie gab den letzten Ranken einen Tritt und ging weiter Richtung Mauer. Waren das Schritte? Und ob! Eine Person. Das könnte sie jetzt wirklich sein. Die Schritte klangen langsam. Wenn sie das war, dann schlenderte sie in aller Gemütlichkeit. Während sie sich hier die Beine in den Bauch stand! Marie schoss alle Gelassenheit in den Wind. Sie rannte zur Mauer, sprang hoch, legte die Hände flach auf die Kante und stemmte sich hinauf, bis sie sich oben hinsetzen konnte. Die Beine baumelten noch auf der straßenabgewandten Seite, und sie drehte sich mit dem Oberkörper den Schritten entgegen.

Hose und Hemd, aber keine Lennie. Jacketträger. Zu groß, zu alt, zu männlich. Er pfiff und blickte zu ihr hoch. »Brauchen Sie Hilfe da oben, junges Fräulein?«

Marie schüttelte den Kopf. Der sollte nur schnell weitergehen. Platz machen. Sie strich über die abgebröckelten Steine, wollte sich nicht mit dem Kerl beschäftigen. Sie atmete auf, als sie Schritte hörte.

Aber die hielten kurz vor ihr wieder inne. »Keine Sorge, ich beiße nicht.« Jacketträger streckte ihr eine Hand entgegen.

Marie verfluchte sich und ihre Voreiligkeit. »Keene Sorje, mir jeht's jut hier oben.« Der war dreißig, mindestens. Quasi uralt.

»Gute Aussicht, was?« Jacketträger lächelte und kam noch einen Schritt näher. »Vielleicht sollte ich Ihnen Gesellschaft leisten, den Ausblick genießen.« Sein Blick machte die Worte eindeutig.

Der bildete sich vielleicht was ein!

Marie ballte die Hände. *Vielleicht sollte ich runterkommen und dir in die …* Zu gern hätte sie das gesagt. Brachte aber nichts als mehr Ärger. Hatte sie schon getestet. Wenn sie jetzt wieder auf das Grundstück hinter der Mauer sprang, fasste der das womöglich noch als Aufforderung auf, ihr zu folgen. Wenn sie auf die Straße sprang und rannte, hatte sie eine Chance. Allerdings dann keine mehr, Lennie heute noch zu sehen.

»Danke, ich möchte keine Gesellschaft.« Einen Versuch war es wert.

»Ich bin ein exzellenter Gesellschafter.« Er kam so nah, dass ihr der Weg nach vorn versperrt war.

Sie lehnte sich so weit wie möglich von ihm weg. Höflichkeit war an den offenbar verschwendet. »Kann ick druff verzichten.«

»Das sagen Sie jetzt.« Jacketträger legte ihr eine Hand aufs Bein.

Marie holte aus. Der Knall der Ohrfeige, das Brennen auf ihrer Handfläche waren zutiefst befriedigend.

Jacketträger fuhr zurück und hielt sich die Wange. »Was bildest du dir ein, du … du … Göre?«

Marie blieb angespannt, ließ ihn nicht aus den Augen. Die Ohrfeige war zwar ein Punkt für sie, aber das war noch nicht vorbei. Wenigstens hatte sie seine Hand von sich vertrieben. Und er hielt Abstand, während er weiterschimpfte.

Hinter ihr kamen Schritte heran. Schnelle. Aber sie drehte sich nicht um. Die Schritte verstummten. Dann saß sie nicht mehr allein auf der Mauer.

»Alles in Ordnung, Süße?« Lennie hockte neben ihr und legte einen Arm um sie, küsste sie auf die Wange.

Für den Moment stand alles still. Marie spürte nur die Berührung der Lippen an ihrer Haut, Lennies Wärme an ihrem Körper, der sich bei jedem Einatmen noch näher an sie drückte. Sie lehnte sich in die Umarmung.

»Sie kriegen Ihr Fräulein besser mal in den Griff«, tönte es von unten herauf. Jacketträgers Wange leuchtete knallrot.

»Wozu?« Lennie rückte keinen Millimeter von ihr ab. »*Mein Fräulein* hat die Situation doch perfekt im Griff.«

Jacketträger öffnete und schloss den Mund, fand aber keine Worte mehr. Stattdessen schnaubte er nur und wandte sich ruckartig von ihnen ab. Er stapfte mit großen Schritten davon.

Lennie blieb neben ihr sitzen, den Arm noch immer um sie gelegt, bis er außer Sichtweite war. Dann zog sie sich so schnell von ihr zurück, dass jede Berührung zwischen ihnen ein Traum hätte sein können. »Was für ein Ekel. Und entschuldige das *Fräulein*, und – ich meine, du weißt hoffentlich, so sehe ich dich nicht …«

Marie strich sich über den Rock. Lennies Kuss verweilte noch immer spürbar auf ihrer Wange. »Kein Ding.« Sie sprang von der Mauer. »Wieso kommste überhaupt erst jetzt?« Bloß nicht zu viel nachdenken.

»Konnte nicht früher aus dem Salon weg. Blöde Kundschaft mit tausend Ansprüchen.« Lennie stand neben ihr, aber zu weit weg, die Hände in den Hosentaschen vergraben. »Und ich muss gleich wieder los. Mama hat mich zum Putzen verdonnert, nach gestern.«

»Na toll.« Ihr war zum Weglaufen. Warum hatte sie überhaupt gewartet? Da hätte sie gleich zu Hause bleiben und Ecki beim Lernen helfen können. Wär dem sicher lieber als Papas Ungeduld. »Hier.« Sie zerrte die Schiebermütze aus der Rocktasche und warf sie Lennie gegen die Brust. »Hab ick dir mitjebracht.«

Lennie erwischte die Mütze, bevor sie fallen konnte, drückte sie mit beiden Händen an sich. »Mir?« Sie hielt die hellgraue Mütze mit den dünnen weißen Streifen vor sich, blickte zu ihr hinüber. »Echt?« Sie strich mit den Daumen über den Stoff.

»Mit die Wolle kannste ja nich' ewig rumloofen.«

Sie bekam keine Antwort, nur Lennie, die immer noch über die Mütze strich und sie anstarrte, als wäre sie eine Erscheinung und kein wirklicher Mensch.

»Na los, mach schon, setz mal uff. Oder willste die ewig streicheln?« *Statt mir.* Aber das sagte sie nicht. Das schluckte sie runter.

»Ich –« Lennie knautschte die Mütze und musterte ihre Schuhspitzen. »Klar. Ich meine, klar will ich die aufsetzen. Aber du musst die Augen zumachen, wenn ich …« Sie deutete mit der freien Hand den Mützentausch an. »Ist nur, weil … ich mag mich nicht mit langen Haaren.«

Marie zuckte mit den Schultern. »Keen Ding.« Sie schloss die Augen. Ihr blödes Herz schlug schneller, weil sie hoffte. Dabei wusste sie, dass Hoffnung eine trügerische Freundin war. Eine, auf die sie gut verzichten konnte. Auf die sie verzichten *sollte.* Sie kniff die Lider fester zusammen, spürte das Kräuseln der Falten an ihren Augenwinkeln. Der Wind wurde schon kühler. Bestimmt war es spät. Zweige knackten. Wie lange dauerte so ein Mützentausch?

»Kannst gucken.«

Sie blinzelte. Sah zuallererst blaue Augen. Ganz nah. Zu nah, um die Mütze richtig zu sehen. Aber sie konnte nicht einen Schritt zurück machen, das würde das Zittern ihrer Beine verraten, sie würde stolpern, unweigerlich. Schon beim Kopfheben wurde ihr leicht schwindelig. »Sitzt perfekt.« Ihre Stimme kam viel zu leise raus.

»Ist perfekt.« Wenigstens klang Lennie auch nicht lauter.

Dann verschwammen ihre Gesichtszüge, weil sie noch näher kam. Näher. Bis nicht einmal mehr ein Atemzug zwischen ihnen Platz hatte. Bis ihre Lippen miteinander flüsterten. Ganz windkühl zuerst. Und bald atemwarm. Sie schmiegte sich enger an Lennie, sie kämpften kurz mit ihren Armen, bis sie entscheiden konnten, wer wen wo festhielt, lachten leise, Lippen an Lippen. Berührten sich. Wurden stumm.

Lennie schmeckte nach Meer. So, wie sie sich Meer vorstellte – unbändig, bisschen salzig, nie endend. Es zog sie mit und trug sie weit hinaus, ließ sie sicher auf den Wellen tanzen.

Für dieses Mal musste sie sich bei der Hoffnung entschuldigen.

6

Lennie taumelte ein wenig und hielt Marie noch fester, als alle Verunsicherung von ihr abglitt. Die wollte das auch. Die wollte eine wie sie küssen. Sie wollte *sie* küssen! Wenn sich das mit dem Küssen nicht so toll anfühlen würde, hätte sie den Kopf in den Nacken gelegt und vor lauter Glück laut gelacht. So kribbelte das Glück durch ihren ganzen Körper, und sie hielt Marie fest, und sie küsste Marie, und Marie küsste sie zurück, und sie küssten sich. Ihr Körper kam ihr zu klein vor für so viel Glück.

Als Marie sich noch enger an sie schmiegte, knisterte der Zettel in ihrer Hosentasche. Den konnte auch all dieses Glück nicht auslöschen. Und er mahnte sie, dass sie nicht zu lange wegbleiben durfte, auch wenn ihr im Moment nichts ferner lag als Vernunft. Sie wollte ihre Lippen nicht von Maries trennen. Das ging auch gar nicht. Es war eine physische Unmöglichkeit.

Langsam, so langsam, dass sie sich gerade noch einreden konnte, es wäre nur eine neue Art, dieses Küssen zu feiern, schob sie sich von Marie fort. Bis wieder ein Atemhauch zwischen sie passte. Bis der Wind zwischen ihren Körpern Platz fand. Bis ihr Körper begriff, er existierte auch unabhängig von Maries. Gefallen musste ihm das nicht.

»Versprich mir was«, murmelte sie an Maries Lippen.

»Was?«

»Dass das nur ein erster Kuss ist.«

»Sowieso klar. Is' jebongt.« Marie lehnte den Kopf leicht nach hinten. »Jetzt wirste mir so schnell nich' wieder los.«

»Dann ist ja gut.« Sie nahm Marie bei der Hand. Ganz loslassen ging immer noch nicht. »Ich muss dir was zeigen.« Mit jedem Schritt schob sie den Abschied ein wenig auf, wies die Vernunft in die Schranken, die nicht aufhören wollte, in ihrem Hinterkopf Warnungen zu murmeln. *Nicht länger als ein paar Minuten, hast du gesagt. Sonst bemerkt Mama deine Abwesenheit. Und dann gibt's noch mehr als eine Woche Salonschrubben und Hausarrest.* Sie befahl der Stimme, stillzuschweigen.

»Die Brombeeren?« Marie blieb stehen. »Die haben mir vorhin schon die Strümpfe zerfetzt.«

»Ich kenn den Weg da durch. Versprochen.« Lennie hielt die freie Hand zum Schwur hoch und schielte zu Maries Strümpfen hinunter. *Zerfetzt* war übertrieben. Ein paar Löcher waren drin, zugegeben, aber die Strümpfe hielten noch zusammen. »Mein Weg ist sicher. Garantiert.«

»Na jut.«

Sonderlich überzeugt klang das nicht, aber Marie kam weiter mit. Den Weg zum Eingang in den Pfad zwischen den Brombeersträuchern kannte sie längst auswendig, musste die Schritte nicht mehr abzählen. Dann nur noch die abgeschnittenen Ranken aushaken und wie eine Tür aufziehen. Ein paar kleine Zweige ragten bereits wieder in den schmalen Weg hinein. Das nächste Mal musste sie die Gartenschere mitbringen, sie stutzen. Jetzt hielt sie sie vorsichtig beiseite, damit Marie unbehelligt passieren konnte.

Am Ende des Pfades hockte sie sich vor die letzten Ranken, die den Briefkasten verbargen, damit Marie sah, was sie tat.

Sie spürte sie hinter sich, ihre Beine an ihrem Rücken, während Marie sich vorbeugte und über sie hinwegspähte. Lennie packte die dicken Ranken zwischen den Dornen, zog sie zur Seite, bis sie die verrostete Briefkastentür freigaben. Das Schloss war längst herausgefallen, und wenn die Ranken weit genug weggeschoben waren, ließ sich die Tür aufklappen. Rost rieselte über ihre Hände. »Hier können wir uns Nachrichten hinterlassen.« Lennie war dankbar, dass die Brombeerranken ihr eine Entschuldigung boten, sich nicht umzudrehen. »Die nächste Woche komm ich nicht raus. Schule und Salon, totaler Hausarrest. Ich kann mich nur spätnachts wegschleichen, dir hier einen Brief reinstecken.« Sie schluckte, weil, eine Woche, das waren Ewigkeiten. Ihr fehlten Maries Lippen jetzt schon. Und jetzt war das nur Minuten her. »Den Kasten benutzen sonst nur meine Tante und ich. Weil Mama nicht alles mitkriegen muss und ich nicht immer wegkann.« Sie nahm den zusammengefalteten Zettel aus der Hosentasche. Marie sollte was sagen. Warum sagte sie nichts? Wahrscheinlich machte sie alles zu kompliziert. Nach einem Kuss schon anzunehmen, Marie würde jeden Tag ohne Kontakt genauso unerträglich finden wie sie, war zu viel. Natürlich war das zu viel.

Ein Kuss streifte ihren Nacken. »Wennde willst, kann ick den Brief auch bei deiner Tante abgeben.« Maries Hände lagen auf ihren Schultern.

Lennie drehte sich halb zu ihr um. »Echt?«

»Keen Ding.«

Sie mochte, wie Marie das sagte, und fühlte, wie sich Maries Grinsen auf ihrem Gesicht spiegelte.

»Wie lange haste heute noch?«

»Bin vermutlich schon zu lange weg.«

»Dann mach hinne.«

Was sollte das jetzt heißen? Lennie klappte den rostigen Kasten mit mehr Schwung als nötig zu, ließ die Ranken darüberschnellen.

»Eene Woche ist schon fies jenug.«

»Find ich auch.« Da war sie wieder, diese Erleichterung, die sie beim Aufstehen schwindelig machte. Sie drehte sich zu Marie, legte die Arme um sie. Hier wollte sie bleiben, in diesem zweiten Kuss. Dem dritten eigentlich. Obwohl der auf die Wange kaum zählte im Vergleich. Das Lachen gluckste aus ihr heraus, unterbrach sie.

»Was ist so komisch?«

Sie zog Marie zurück an ihre Lippen. Kurz dieses Mal. »Ich kann mich nicht entscheiden, ist das Kuss Nummer drei oder vier?«

»Vier.« Marie beugte sich vor. »Und fünf – und sechs – und sieben – und wennde jetzt nicht uffhörst zu zählen und mir wieder anständig küsst, werd' ick sauer. Nicht verjessen, der Kuss muss 'ne janze Woche vorhalten.«

Mehr musste Lennie nicht hören.

Zurück auf der Straße, hielten sie sich an den Händen und rannten vor bis zu der Ecke, an der sie in verschiedene Richtungen mussten. Hier musste ein Händedruck genügen. »Wie 'n Pflaster abziehn«, sagte Marie. »Uff drei.«

Eins. Sie drückte Marie den Zettel für Ilse in die Hand.

Zwei. Sie flüsterte ihr die Adresse zu.

Drei. Sie ließen einander los und drehten sich um, und dann dröhnte das eigene Rennen und das von Marie in ihren Ohren, und während das eine gleich laut blieb, wurde das andere immer leiser. Und nur das Rennen hielt sie davon ab, sich umzudrehen.

Eine Woche. Nur eine Woche. Eine Woche musste sich aushalten lassen. Irgendwie.

Der Salon war noch immer hell erleuchtet und leer. Sie schloss die Tür auf und hinter sich wieder ab. Einen Moment lang stand sie einfach da, ließ die Schultern hängen, während ihr Blick über feuchte Handtücher, Kämme und Bürsten voller Haare, Scheren, Lockenwickler, Tönungen, Umhänge und die scheinbar endlose Spiegelwand glitt. Auf dem Boden häuften sich Haarspitzen und lange Locken. Der Besen lehnte neben der Tür.

Lennie stopfte den Schlüssel in die Hosentasche. Sie hatte vergessen, ihre Alltagsverkleidung wieder anzulegen. Still stand sie mit dem Rücken zur Tür und versuchte, sich dazu zu bringen, wieder hinauszugehen, den Rock zu holen, die Bluse, bevor Mama etwas bemerken konnte. Aber das ging nicht. Bis gestern, bis vorhin waren Rock und Bluse eine notwendige Verkleidung gewesen, jetzt fühlten sie sich an wie Verrat. Als würde sie auch Marie von sich abstreifen, wenn sie die Kleider wechselte.

Niemals. Sie strich über die Schiebermütze. Marie.

Marie, die sie berührt hatte.

Marie, die sie geküsst hatte.

Marie, die sie noch an sich spürte. Marie, die sie gesehen hatte, vom ersten Augenblick an. Marie, die sie in einer Woche wiedersehen würde.

Lennie schnappte sich den Besen. Bis sie hier fertig war, läge Mama bestimmt längst im Bett. Wenn nicht, würde sie das auch packen.

Samstag, 6. Mai 1961

Liebe Marie,

gerade bin ich im Salon fertig geworden. Hier riecht es nach Putzmitteln und Haarwaschmittel und irgendeinem starken, ziemlich blumigen Parfüm (gräßlich), das sich einfach nicht vertreiben läßt. Ich habe alle Lichter ausgeschaltet bis auf die kleine Lampe auf dem Empfangstresen, dem mit der Kasse und dem Auftragsbuch. Die Rolläden sind herabgelassen, das Draußen ist ausgesperrt. Fühlt sich an, als wäre die ganze Welt verschwunden.

Ist natürlich Quatsch.

Du bist ja irgendwo da draußen. Das sage ich mir immer wieder, und ich kann es nicht erwarten, daß diese Woche vorbeigeht. Die dauert jetzt schon zu lang. Das war alles kein Traum, oder? Ich hoffe, ich habe bald Nachricht von Dir, damit ich das glauben kann.

Wenn ich die Hände nah unter den Lampenschirm halte und die Augen schließe, ist die Wärme ein bißchen so wie die Deiner Berührung. Aber ich will Dir ja schreiben, nicht von Dir träumen. Na ja, eigentlich will ich bei Dir sein. Geträumt habe ich schon viel zu lange. Ich meine, theoretisch habe ich natürlich gewußt, es muß andere geben wie mich – aber daß ich einer begegnen könnte, das ist mir doch immer total unglaubwürdig vorgekommen. Und jetzt bist da Du.

Wenn ich nicht immer noch träume.

Verstehst Du, wie sich das anfühlt? Gleichzeitig so, als könnten alle Banalitäten mir nichts mehr anhaben (obwohl sie mir sonst so auf den Zeiger gehen), wären ganz weit weg, und doch, als hätte alles schärfere Umrisse bekommen. Ich kann das nicht richtig erklären. Alles ist neu und einzigartig, und Nichts kann mir was anhaben. Du gibst mir Mut. Verstehst Du das?

Die Schiebermütze möchte ich gar nicht wieder ablegen. Die werde ich immer bei mir haben. Fürs Erste ist die mein Beweis für Deine Existenz. Denn ohne Dich hätte ich die ja nicht.

Oben in meinem Zimmer habe ich ein Armband mit so grünen Steinen (nichts Echtes, nur Glas), soll laut Mama von meiner Oma sein (von ihrer Seite der Familie). Ich find's ganz schön, nur eben nicht für mich. Aber ich lege es Dir nachher hier mit rein, vielleicht gefällt es Dir ja. Und dann hast Du auch etwas von mir. Wenn Du magst.

Oben ist alles still. Ich schleiche mich jetzt mal da hoch in die Wohnung und hole das Armband. Wenn ich unbemerkt bleibe, stecke ich den Brief dann gleich noch in unseren Briefkasten.

Auf bald, ganz bald.
Küsse,
Deine Lennie

Sonntag, 7. Mai 1961

Liebe Lennie,

das Armband ist wunderschön! Es schmiegt sich an mein linkes Handgelenk und ist wie eine Berührung von Dir. Ja, mich gibt es wirklich. Aber ich weiß, was Du meinst. Es war ganz seltsam, an unserem Ort zu sein, ohne Dich. Den ganzen Weg zum Briefkasten habe ich Angst gehabt, alles nur geträumt zu haben. Als könnte schon der Weg zwischen den Brombeerranken nicht wahr gewesen sein. Aber dann war der da. Und auch der verrostete Briefkasten und vor allem: Deine Nachricht.

Ich meine, eigentlich hätte ich es besser wissen müssen, ich war ja bei Ilse. Die hat erst komisch geguckt, als da eine Fremde bei ihr an der Tür stand, aber dann ist sie schnell total nett geworden, als sie gemerkt hat, daß ich von Dir komme. Glaube, die hat gleich verstanden. Und gemeint, wir wären jederzeit bei ihr willkommen. (Ihre Antwort stecke ich Dir hier mit rein, gelesen habe ich sie selbstverständlich nicht.)

Ich habe mir das Schreibzeug von zu hause mitgebracht, weil ich mich nicht getraut habe, einen Brief vorzuschreiben, für den Fall, daß alles eben doch nicht wahr gewesen ist. Jetzt kommt mir das blöd vor! Aber es ist auch schön, hier an der Mauer zu sitzen, wo wir das erste Mal zusammen gesessen haben, und Dir zu schreiben. Gleichzeitig verstärkt das die Sehnsucht. Das stimmt schon: Alles hat schärfere Umrisse bekommen. Ich habe ganz lange an der Stelle gestanden, wo wir uns geküßt haben, bis es wehgetan hat, Dich so zu spüren, als wärst Du da, obwohl Du gar nicht da bist.

Dann habe ich mich hierhin gesetzt und Deinen Brief gelesen. Vor fünf Tagen hab ich noch gedacht, ich müßte bis ans andere Ende der Welt, um eine wie Dich zu finden. Und jetzt bist Du einfach da. Daneben verblassen alle Weltraumraketenstarts! (Was Ecki vermutlich ganz anders sehen würde, der kriegt sich gar nicht mehr ein, weil die Amis ja jetzt mit einem Raketenstart aufgeholt haben. Gagarin ist sein absoluter Held.)

Fast wäre ich heute nicht hergekommen, weil ich gedacht hab, so schnell wird kein Brief da sein, wieso solltest Du jetzt schon schreiben. Und ein bißchen hab ich auch Angst gehabt, hab so wie Du gefürchtet, es ist alles nur ein Traum gewesen. Ein sehr intensiver Traum. Aber es ist echt. Wirklich, richtig echt.

Das ist so umwerfend.

Die Sonne scheint gerade auf die Brombeeren, und ich male mir aus, wie wir im Sommer hier sitzen, wenn die reif sind, und uns gegenseitig mit süßen Beeren vollstopfen. Ich lecke Dir dann den Saft von den Mundwinkeln und von Deinen Lippen. Die schmecken so gut. Also, nicht nur die Brombeeren, sondern Deine Lippen. Die vor allem.

Ich will hier gar nicht wieder weg. Ich stelle mir vor, wie ich hier sitzen bleibe, bis es Nacht wird und bis Du da bist.

Ich laß Dir ganz viele Küsse hier.

Auf bald, ganz bald.
Noch mehr Küsse,
Deine Marie

Liebe Lennie,

danke für Deine Nachricht. Der Streit mit Deiner Mutter tut mir leid. Du mußt etwas Geduld haben mit ihr. Sie hat es ja auch nicht leicht. Vergiß das nicht, ja?

Ich fahre in den nächsten Tagen nach Leipzig, treffe dort einen Kameraden von Paul. Der hat sich über Umwege gemeldet. Vielleicht erfahren wir da endlich mehr. Ich berichte Dir dann, wenn wir uns das nächste Mal sehen.

Hab es gut, ich denke an Dich.
Deine Ilse

P. S.: Deine Marie ist ja eine ganz Patente!

Montag, 8. Mai 1961

Liebe Marie,

Deinen Brief habe ich unzählige Male gelesen und habe ihn überall bei mir. Ilse sagt, Du bist »eine ganz Patente«, was höchstes Lob von ihr bedeutet. (Und Recht hat sie natürlich außerdem!)

Nachts sieht unser Treff ganz anders aus. Ein bißchen Licht fällt hinein, von der Straßenlaterne, die am Haus daneben steht. Aber alle Entfernungen schienen plötzlich größer. Ich mußte (wie zu Anfang) die Schritte abzählen, um den Brombeerweg zu finden. An der linken Hauswand starten, fünf Schritte an der Mauer entlang. Dann elf Schritte mit der Mauer im Rücken. Nach rechts drehen und noch mal drei Schritte. Wenn ich das nicht mehr gewußt hätte, wäre ich in den Dornen stecken geblieben, und Du hättest mich am nächsten Tag in lauter Ranken verhakt gefunden. Wobei – das wäre auch nicht das Schlechteste gewesen …

Sind echt erst zwei Tage herum? Ich würde der Zeit gern einen Tritt verpassen, damit sie schneller vergeht! Wenigstens muß ich mich während der Woche nicht nachts rausschleichen, sondern kann den Brief vor der Schule einstecken, muß nur ein bisschen früher los. Das ist doch wirklich verrückt: Da werden Raketen ins All geschickt, überwinden alle irdischen Grenzen, und wir müßen uns heimlich Briefe schreiben.

Mama tut so, als hätte es unseren Streit nie gegeben. Als würde ich freiwillig so viel Zeit im Salon verbringen! Ist jedes Mal das Gleiche. Sie legt etwas fest, und dann zählt nur noch ihre Sicht der Dinge. Als würde alles andere nicht existieren! Ilse schreibt, ich soll Geduld haben mit Mama. Aber woher soll ich die nehmen?

Ist doch mein Leben, das da über Lockenstäben und Geschwätz über Lebensmittelpreise und Filmsternchen sinnlos verstreicht. Oft möchte ich die Scheren und Haarbürsten nehmen und damit die Spiegel einschmeißen. Stattdessen werden wir heute den Schließtag zum Grundreinemachen nutzen, hat Mama beschlossen – und mich dabei angestrahlt, als würde es um einen Ausflug an den Wannsee gehen. (Wo ich dann auch viel lieber mit Dir wäre! Bei Dir ist heute Feiertag, oder? Ohne den Hausarrest könnte ich die Schule schwänzen und mich mit Dir irgendwohin verkrümeln. Wir könnten den ganzen Tag zusammen haben, stell Dir das mal vor ...)

Entschuldige, ich wollte Dir eigentlich was Schönes schreiben! Nur irgendwie bekomme ich heute keine schönen Gedanken hin. Und wenn ich an Dich denke, dann ist das zwar schöner, aber gleichzeitig reißt das so ein Loch voller Sehnsucht in mir auf, das sich mit nichts wieder stopfen läßt. Entschuldige, ich höre jetzt auf mit der Jammerei.

Weißt Du eigentlich, daß Du hier weiter zur Schule gehen kannst? Da ist so eine Stelle beim Senat, die geben Dir sogar ein Zimmer und Geld, damit Du hier Abitur machen kannst. Manche von den Ostklassen pendeln auch jeden Tag.

Nur so ein Gedanke. So, jetzt muß ich los, damit Du später diesen Brief vorfindest.

Auf bald, ganz bald.
Küsse,
Deine Lennie

Dienstag, 9. Mai 1961

Liebe Lennie,

als ich heute mit dem Armband in die Werkstatt gekommen bin, haben alle sofort gefragt, ob ich einen Freund habe. Schon so, als ob sie sich für mich freuen würden. Nur daß ich eben nicht von Dir erzählen konnte. Das ist von einer Freundin, hab ich dann gesagt, und alle haben das Interesse verloren. Und dann wollte ich mich sofort bei Dir entschuldigen, weil sich das irgendwie wie Verrat angefühlt hat.

Da will ich vor lauter Glück platzen und muß es doch in mir drin halten. Als würde es überall, wo Du nicht bist, noch einsamer sein als zuvor. So fühlt sich das an. Aber jetzt glaub bloß nicht, ich würde Dich loswerden wollen! Ganz im Gegenteil!! Ich kann es nicht erwarten, daß diese Woche vorbei ist!

Papa hatte gestern einen Anfall von schlechtem Gewissen, was dann immer in einem »Familientag« endet. Und dann ist ihm nichts Anderes eingefallen, als mit uns in den Tierpark zu gehen … als wären wir Kleinkinder! Ecki war noch halbwegs begeistert, aber ehrlich, ich kann mir Schöneres vorstellen, als eingesperrte Tiere anzuglotzen. Und nach dem Abendessen mußten wir dann am Küchentisch sitzen bleiben und Brettspiele spielen und so ein blödes Puzzle zusammenbauen, während er uns tausend Fragen gestellt hat (was macht die Schule, wie läuft es in der Werkstatt, was macht eigentlich … äh … und dann fällt ihm kein Name ein, und er sagt schnell, wir müßten mal wieder Tante Karin besuchen, schauen, wie es dem Rest der Familie geht …). Natürlich werden ausschließlich unproblematische Antworten erwartet. Und nie läßt er uns Zeit, ihm Fragen zu stellen. Das reinste Verhör. Aber eins, bei dem man lächeln und Spaß haben soll – und am Ende sagt er dann immer: Das sollten wir öfter machen. (Bloß nicht.)

Bestimmt hat er Angst, wir könnten Fragen über Mama stellen. Womit er Recht hat, denke ich. Ecki erinnert sich ja nur sehr verschwommen an sie, und ich habe ihm schon alles erzählt, woran ich mich erinnere, wieder und wieder. Aber es ist nie genug. So sitzen wir dann da, reden über Schule und Arbeit und tun so, als wäre alles ganz großartig, während wir alle nur an die denken, die nicht da ist. Da wette ich drauf, daß auch Papa an sie denkt.

Und über alldem konnte ich dann nicht zu unserem Briefkasten gehen. Habe also Deinen Brief von Montag gerade erst gelesen. Wie lang so ein Tag ohne ein Wort von Dir ist! Wenigstens kann ich das Armband berühren und mich so vergewissern, daß Du kein Traum bist. Und ich stelle mir vor, wie die Mütze Deine Haare berührt, so wie meine Hände es gern würden (in meiner Vorstellung sind sie kurz und kitzeln an meinen Fingerkuppen).

Auf ganz, ganz bald.
Küsse,
Deine Marie

P. S.: Daß ich »drüben« zur Schule gehe, würde Papa nie erlauben. Aber vielleicht kann ich das machen, wenn ich achtzehn bin. Neun Monate noch. Und sechs Tage. Aber das würde bedeuten, Ecki im Stich zu lassen. Der tut immer so unabhängig, aber ich weiß, wie sehr er an mir hängt. Papa würde mich als Verräterin sehen. Bestimmt. Nach hause könnte ich dann nicht mehr.

Mittwoch, 10. Mai 1961

Liebe Marie,

jetzt kenne ich also Deinen Geburtstag, 15. Februar. Und ich beneide Dich darum, daß Du bei Euch drüben dann schon volljährig bist. Ich muß darauf bis 21 warten. Ist doch absurd, oder?

Glaubst Du wirklich, Dein Vater wäre so hart? Ich meine, Eure Mutter hat er schon verloren, will er da noch mehr von seiner Familie verlieren?

Sitze an unserem Platz, habe Deine Mütze auf und schreibe Dir im Licht der Taschenlampe. Konnte heute Morgen nicht hier vorbeikommen, weil Mama mich schon vor der Schule in den Salon gezwungen hat. Angeblich habe ich ein paar Stellen beim Putzen übersehen gestern. Reine Schikane!

Wenn ich mir vorstelle, daß so mein Leben aussehen soll, wird mir schlecht. Manchmal überlege ich mir schon, zu Ilse zu flüchten. Fürchte allerdings, die würde zwar Verständnis haben, mich aber trotzdem gleich wieder zurückschicken.

Manchmal ist das alles einfach nur zum Verzweifeln. Dabei will ich gerade einfach nur glücklich sein, weil da jetzt Du bist in meinem Leben.

Muß los.

Denke an Dich.

Küsse,
Deine Lennie

Donnerstag, 11. Mai 1961

Liebe Lennie,

Ecki hat Deine Briefe gefunden! Der kleine Stinker hat sich in meinem Zimmer zu schaffen gemacht und mein Versteck entdeckt. Er ist total durchgedreht. Dabei hat er in meinen Sachen gewühlt! Er hat uns als »abartig« bezeichnet und mich angeschrien, warum ich mich von »so einem Halbmädchen« verführen ließe. Ich bin noch nie so wütend auf ihn gewesen! Und gleichzeitig hab ich Angst vor dem, was passiert, wenn er Papa davon erzählt. Falls er das tut. Papa bringt es fertig und steckt mich ins Heim und wirft den Schlüssel weg.

Das hab ich auch Ecki klargemacht. Hoffentlich läßt ihn das den Mund halten. Ich baue darauf, daß er mich nicht loswerden will.

Gerade hab ich für nichts Anderes einen Kopf. Tut mir leid. Ich hätte gern mehr geschrieben. Und bitte laß Dich nicht von weiteren Briefen abhalten! Ab sofort hab ich die immer bei mir, damit Ecki nicht mehr drankommt.

Ich vermisse Dich.

Küsse,
Marie

Freitag, 12. Mai 1961

Liebe Marie,

würde am liebsten sofort zu Dir fahren! Aber das würde die Sache vermutlich nicht besser machen ... Ich hoffe, Dein kleiner Bruder hält die Klappe. Würde Dein Vater das wirklich tun? Das darf nicht passieren!

Heute bin ich früh weggekommen, weil Mama eine ihrer schlaflosen Nächte hatte. Dann läuft sie in der ganzen Wohnung herum und redet mit den Fotos von Papa. Und am nächsten Morgen kommt sie erst kurz vor Salonöffnung aus dem Bett.

Jetzt kann ich kaum still sitzen und Dir schreiben – dabei habe ich eine ganze Stunde Zeit dafür. Wollte Dir all die Sachen sagen, die mir so durch den Kopf gehen, während ich in irgendeinem Unterricht hocke und doch nur an Dich denken kann. Denke jetzt auch an Dich, klar, aber eben anders. Ist alles noch gut bei Dir?

Morgen Nachmittag, sobald der Salon schließt, um vier, ist mein Hausarrest vorbei! Ich komme dann sofort hierher. Und hoffe, Du kannst auch herkommen.

Dann laßen wir uns was einfallen wegen Ecki.

Manchmal wünsche ich mir, wir könnten einfach hier auf diesem Fleckchen bleiben, sicher vor der Welt. Wir würden uns im Sommer von Brombeeren ernähren und den Winter verschlafen, wie Bären.

Hoffentlich auf ganz bald, bald!
Küsse,
Deine Lennie

7

Marie starrte auf den grauen Stoff, den grauen Faden, die auf und nieder gehende Nadel. Sie drückte den Rücken durch und lauschte unter dem Rattern der Maschinen auf das Knistern der Briefe unter dem Bund ihres Rocks. Morgen! Was Ecki auch androhte, er würde morgen wie immer zu seinen Fußballkumpeln wollen. Und das hieß, er konnte sie nicht davon abhalten, Lennie zu treffen. Es war ein verrücktes Risiko gewesen, heute in der Mittagspause zu ihrem Ort zu gehen, aber sie hatte es nicht länger ausgehalten.

Lennie würde heute nur wenige Worte von ihr vorfinden (Werde da sein! Küsse, Küsse, Küsse, Marie), doch das machte nichts, weil sie sich morgen sehen konnten.

Anfassen konnten.

Sich vergewissern, dass sie nicht träumten. Briefe waren ja schön, aber lange nicht genug. Sie schob den Stoff im Ratterrhythmus vorwärts. Noch diese und dann noch zwei Roben, dann war sie mit dem Grau endlich durch. Die Werkstatt roch nach Öl und heiß gelaufenem Metall. Als würden selbst die Maschinen gegen die Arbeit protestieren. Leider half auch das nicht.

Seit Lennie das mit dem Abitur drüben geschrieben hatte, schlich sich der Gedanke immer wieder ein. Darüber hatte Ecki sich noch mehr aufgeregt als über die Tatsache, dass Lennie ein Mädchen war. Marie schnitt den Faden ab und drückte eine Hand auf die Briefe, die sich unter ihrer Kleidung verbargen. Es war ein verrücktes Risiko, die mit sich herumzutragen, wenn sie über die Zonengrenze ging. Wenn sie durchsucht würde, wenn die Briefe gefunden würden – was da alles drinstand! Da hieße es sofort, sie würde fliehen wollen. Dann wäre alles vorbei. Dann würde sie wie die Viecher im Tierpark hinter Gitter gesperrt werden.

Sie musste ein anderes Versteck für die Briefe finden. Das Sicherste wäre, sie drüben bei Lennie zu lassen. Da käme weder Ecki noch sonst irgendwer dran. Was sie mit einschloss. Und wie sollte sie das aushalten, wenn sie Lennies Worte nicht jederzeit lesen konnte? Nicht drüber nachdenken. Marie warf die Robe auf den Stapel mit den anderen fertig genähten Teilen und griff nach dem nächsten Stoff. Bestimmt machte dieses Rattern ihr das Hirn kaputt. Über der Eintönigkeit musste man doch verblöden. Kein Wunder, dass ihr hier keine guten Lösungen einfielen. Die mussten warten, bis sie wieder bei Lennie war, an ihrem Ort.

Als sie um fünf endlich die Tür der Werkstatt hinter sich zufallen lassen konnte, stand Ecki da. Er lehnte auf der anderen Straßenseite am Mast einer Laterne, die Arme vor der Brust verschränkt, den Blick fest auf die Tür gerichtet. Marie schlenderte auf ihn zu, hoffte, es wirkte so gelassen, wie sie beabsichtigte. Das wäre ja noch schöner, wenn der Kleene merkte, wie sehr er sie jetzt einschüchterte. Erst wenige Zentimeter vor ihm blieb sie stehen. Mit ihren Absätzen überragte sie ihn immerhin noch ein bisschen.

»Na, Kleener, nüscht zu tun?« Zum Glück hatte sie Lennies Brief schon in der Mittagspause geholt. Zum Glück zitterte ihre Stimme kein bisschen.

»Darf ick meene Schwester nich' von der Arbeit abholen?«

»Sicher darfste.« Sie verharrte vor ihm, bis er den Blick senkte. »Dann ma los.« Sie gab ihm keine Zeit zu reagieren, drehte sich um und ging los. Keine Straßenbahn, beschloss sie. Wenn er sie überwachen wollte, würde er eben die knappe Stunde mit ihr nach Hause laufen müssen. Sie brauchte Luft nach dem Tag in der Werkstatt. Ecki trottete neben ihr her und hielt einen Monolog über seinen Schultag. Bald hörte sie nur noch auf die Pausen, die mit jedem Mal ein klein wenig länger wurden. Aber sie schwieg.

Morgen um diese Zeit würde sie mit Lennie zusammen sein. Sie bogen zur Spree ab und liefen am Ufer weiter. Das gleiche Wasser floss auch in Moabit.

»Wat grinste so?«

Marie zuckte zusammen. Schnell hob sie die Schultern. »Wegen nüscht.«

»Blödsinn.«

Marie ging weiter, sagte nichts. Ecki murmelte etwas vor sich hin, was sie vorgab, nicht zu hören. Er murmelte weiter, und sie beschwor die Piaf herauf. *Je ne regrette rien.* Im Kopf drehte sie das Lied lauter und lauter, bis es alles andere übertönte – Schritte, Worte, Möwenschreie, Straßenbahngerumpel. *Nein, ich bedauere nichts, gar nichts.*

Und wenn der Kleene seine große Schwester zurückhaben wollte, würde er sie so annehmen müssen, wie sie war. Sonst konnte sie ihm nur eine Hülle bieten. Auch wenn das wehtat. Scheußlich. Sie blickte zu ihm hinüber, aber da war niemand mehr. Marie fuhr herum. Gut fünf Meter hinter ihr war Ecki stehen geblieben. Sie kannte diese Haltung, die steifen Arme, die durchgedrückten Knie, den verkniffenen Mund. Vor ein paar Tagen noch hätte sie ihn jetzt schimpfen lassen, hätte sich seine ganze Tirade angehört und etwas gefunden, worüber sie zusammen lachen konnten. Aber vor ein paar Tagen war sie auch noch nicht der Grund für seine Wut gewesen.

Sie starrten einander durch die Leere zwischen sich an. Marie biss sich innen auf die Wangen. Sie würde nicht die Hände ballen wie Ecki. Sie würde ihn nicht sehen lassen, wie sehr sie sich ihren kleinen Bruder zurückwünschte. Der Kleene schüttelte die Hände aus, schloss sie wieder zu Fäusten. Dann kam er mit steifen Schritten auf sie zu.

Marie hielt still. Vielleicht würde er einfach an ihr vorbeigehen. Jedenfalls sah er sie nicht einmal an. Vielleicht würden sie nie wieder ein Wort miteinander wechseln.

Er ging nicht an ihr vorbei. Er blieb vor ihr stehen und musterte ihrer beider Schuhspitzen. »Du hörst mir gar nicht zu.«

»Was erwartest du?«

»Ich flieg von der Schule, wenn ich bis Montag nicht –«

»Was hast du angestellt?« Marie streckte eine Hand nach ihm aus. Er sah so verdammt verloren aus, wie er da stand, die Fäuste gegen die Schenkel gedrückt. Gar nicht mehr wie der fiese Kleene, der sie abartig genannt hatte. Der sie verraten wollte. Sie zog den Arm zurück. »Und wieso sollte mich das interessieren?«

»Weil du meine Schwester bist!«

»Ach, plötzlich wieder?«

»Wenn du mir nicht hilfst, dann sag ich Papa –«

Sie lachte auf, auch wenn sich der Laut wie Glassplitter in ihrer Kehle anfühlte. »Du musst dich schon entscheiden, was du sein willst. Erpresser oder kleiner Bruder.« Jetzt ballte sie doch die Hände zu Fäusten.

Ecki starrte auf ihre Hände. »Das wird dir noch leidtun.« Er drehte sich weg. Zögerte. Drückte den Rücken durch. Rannte los. Wohin, konnte sie sich denken.

Sie sollte ihn aufhalten. Ihm versprechen, was er hören wollte und sie nicht einlösen konnte. So oder so würde sie ihn verlieren. Marie trat gegen das Ufergeländer. Wieso verstand Ecki nicht, dass sie auch ihr eigenes Leben leben musste? Dass sie ihn trotzdem nie im Stich hatte lassen wollen? Elender Mist. Marie stützte die Arme auf das Geländer, blickte über die blaugrauen Wellen. Sie hatte keine Eile mehr, nach Hause zu kommen.

Je nachdem, was Ecki dort erzählte, sollte sie vielleicht besser gar nicht nach Hause gehen. Marie drückte eine Hand gegen ihren Bauch, wo sie Lennies Briefe unter ihrer Kleidung spürte. Wenigstens lagen die nicht mehr in ihrem Zimmer. Ecki würde sie Papa nicht als Beweis unter die Nase halten können. Langsam zog sie die vier Umschläge heraus und strich darüber. Die Worte kannte sie längst auswendig. Trotzdem tat es so gut, einen Beweis für Lennie anfassen zu können. Einen Beweis, den nie wieder jemand anders in die Hände bekommen durfte.

Marie schloss die Augen und riss eine kleine Ecke von einem Umschlag ab. Sie zwang die Augen auf. Wahrscheinlich hatte sie noch nicht einmal was von Lennies Schrift erwischt. Sie lehnte sich weit über das Geländer. *Es sind nur ihre Worte.* Das sagte sie sich immer wieder, bis sie das erste kleine Papierstück endlich loslassen und in die Spree werfen konnte.

Stück für Stück zerriss sie den ersten Brief, warf die Fetzen ins Wasser, wo sie kurz schwammen und sich vollsaugten, untergingen. Als sie mit Brief zwei begann, kam eine Entenfamilie heran, pickte nach den sinkenden Papierfetzen. Marie versuchte, sie wegzuscheuchen. »Das ist kein Fressen für euch.« Die Enten blieben unbeeindruckt. Bald kamen weitere herbei, auch zwei Schwäne glitten heran. »Ihr seid doch total verblödet.« Marie schüttelte den Kopf. Schnell lief sie ein paar Schritte weiter. Das half nur kurz. Sobald die erste Ente die herunterschwebenden Papierfetzen wieder entdeckt hatte, folgten ihr alle anderen. Sie blickten fordernd zu ihr hoch.

»Hier jibt's nüscht für euch!«, schrie Marie sie an und schmiss eine Hand voll Papier ins Wasser. Die Enten pickten und schnatterten, spuckten die durchweichten Papierstückchen wieder aus. Marie beachtete sie nicht länger. Sie riss und riss und sah zu, wie die Briefe im Blaugrau versanken. *Nur Papier.* Sie wischte sich über die Augen.

»Na, Kleene, Liebeskummer?« Eine alte Frau war neben ihr am Geländer stehen geblieben. Eine Hand hatte sie in den alten, abgetragenen Mantel geschoben, mit der anderen hielt sie ihn am Kragen zusammen.

Marie schüttelte den Kopf.

Die Alte blinzelte ihr zu. »Leben is' manchmal beschissen.« Sie zog die Hand aus der Manteltasche und ließ einen Regen aus Brotkrumen aufs Wasser niedergehen. Die Enten stürzten sich darauf. Die Alte warf mehr Krumen hinterher. »Wird aber ooch wieder besser.«

Die hatte gut reden. Marie zuckte mit den Schultern. Was sollte sie darauf schon sagen. Für die Enten jedenfalls waren gute Zeiten angebrochen. Die Alte stieß ihr einen spitzen Ellbogen in die Seite.

»Jetzt hörste mir ma zu, Frollein. Ick hab eenen prügelnden Mann überlebt und dit Nazijesocks und denne die Russen. Na jut, mit denen sind wir noch nich' durch, kommt aber ooch noch. Ick kenn mir aus mit Kummer. Den darfste nich' füttern.« Wieder landete eine Handvoll Brotkrumen im Wasser, die unter Geschnatter und Flügelschlagen vertilgt wurden. »Dem musste ins Jesicht lachen. Und dann musste globen, janz feste, dassde da durchkommst. Mach, wat für dir dit Richtige is'. Allet andere is' Mist. Klar?«

»Klar.« Marie schluckte.

»Dann ma ab mit dir. Hast doch bestimmt besser wat zu tun, als mir alte Schachtel beim Entenfüttern zu bekieken.« Die Alte wandte sich dem schnatternden Haufen zu und beachtete Marie nicht länger.

Nach Lachen war ihr nicht zumute. Aber das Nachhausegehen wollte sie nicht länger aufschieben. Was immer sie erwartete, würde nicht von selbst verschwinden. Und was auch immer heute passierte, morgen würde sie Lennie wiedersehen. *Musste globen, janz feste.* Marie stieß sich vom Geländer ab.

Das mit dem Glauben war gar nicht mehr so leicht, als sie vor der Wohnungstür stand. Marie steckte den Schlüssel ins Schloss. *Morgen Nachmittag, um vier.* Daran würde sie sich festhalten. Marie trat in den Flur, hörte schon die Stimmen von Papa und Ecki in der Küche. Klang nach Streit.

Marie holte tief Luft und eilte die wenigen Schritte über den Flur, zögerte nicht vor der Tür, denn wenn sie jetzt stehen blieb, würde sie für immer stehen bleiben.

Papa stützte sich auf die Lehne eines Küchenstuhls und lehnte sich halb über den Tisch. Auf der gegenüberliegenden Seite drückte sich Ecki an die Spüle, als wollte er darin verschwinden, während

Papas Tirade sich über ihn ergoss. »… Ich bin so enttäuscht. Wieso? Was –« Er bemerkte sie und verstummte.

In das Schweigen und Starren hinein sagte sie: »Hallo, Familie.«

Eckis Grinsen blieb aus. Und auch Papa schenkte sich jede Begrüßung. »Ist das wahr, was dein Bruder erzählt?«

Morgen Nachmittag, um vier. »Was erzählt er denn?« Marie versuchte ein Lächeln und fühlte es scheitern.

Papa zog den Küchenstuhl zurück, auf dem er sich abgestützt hatte, und ließ sich daraufsinken. »Dass ihm ein Schulverweis droht, weil ihr euch immer im Westen rumtreibt und er in der Schule Westpropaganda verbreitet.« Er schüttelte den Kopf. »Was denkt ihr Kinder euch bloß? Ich hab euch doch besser erzogen.«

Marie tastete hinter sich nach der Klinke, schloss die Finger um das kühle Metall. Ecki hatte sie nicht verraten. Sie hätte die Briefe gar nicht versenken müssen. Jetzt wollte das Lächeln auf ihre Lippen. Weil das alles so absurd war. Aber lächeln wäre jetzt das Letzte. »Das ging doch nur um Fußball. Is' doch fies, wenn der Kleene seine Kumpel nicht mehr treffen darf, nur weil die weggezogen sind.«

Papa schlug mit der flachen Hand auf den Tisch. »Die sind nicht nur weggezogen, Marie.« Sie zuckten alle zusammen, und er senkte die Stimme. »Das weißt du genau. Also bitte, keine Spielchen.«

»Das mit der Propaganda ist übertrieben.« Sie sah zu Ecki hinüber, der ihren Blick nicht erwiderte. »Bestimmt.« Marie ließ die Türklinke los und ging ein paar Schritte auf Papa zu. »Du weißt doch, wie viel Ecki redet. Der kann jar nich' anders. Wahrscheinlich hat er nur irgendwas nachjeplappert, was er von einem Kumpel jehört hat, ohne groß drüber nachzudenken. Irgendwer hat dit in den falschen Hals bekommen und een Drama draus jemacht.«

»Soll ich das vielleicht so dem Direktor erklären?« Papa schüttelte den Kopf. »Kinder, Kinder. Das hört ab sofort auf, verstanden? Keine Ausflüge mehr. Ich will euer Versprechen darauf.«

Sie nickten beide. Voll synchron. Auch wenn Ecki immer noch den Boden musterte. Wenigstens sah er sie nicht lügen. Marie wünschte sich die Türklinke zurück. *Morgen Nachmittag, um vier.*

»Und du hilfst deinem Bruder, übers Wochenende diesen Aufsatz zu schreiben. Ihr bleibt mir beide zu Hause, bis der perfekt ist.«

»Aber –«

»Kein Aber. Du hängst da auch mit drin. Und es geht um die Zukunft deines Bruders.« Papa sah sie an, bis sie wieder nickte. Ging ja nicht anders.

8

Jede Minute kam Lennie länger vor als die ganze Woche. *Werde da sein, Küsse, Küsse, Küsse, Marie.* Die Worte von Maries letztem Brief kreisten unaufhörlich durch ihren Kopf, hielten sie davon ab aufzugeben. Auch wenn sie schon stundenlang allein hier war. Gefühlt wenigstens. Sie lief an der Mauer entlang, von der einen Häuserwand zur anderen und wieder zurück und wieder und wieder – so oft, dass sie schon einen neuen Weg durchs Unkraut getrampelt hatte.

Jede Sekunde konnte Marie über die Mauer kommen. Lennie stopfte ein paar lose Haarsträhnen zurück unter die Schiebermütze. *Werde da sein.* Und dreimal Küsse. Das klang nicht danach, als hätte Marie es sich anders überlegt. Aber was, wenn ihr kleiner Bruder sie verpetzt hatte? Sie hätten diese Briefe nicht schreiben dürfen! Und was sie da alles hineingeschrieben hatte … Lennie wurde immer noch übel bei dem Gedanken, dass jemand anders die Worte gelesen hatte, die einzig und allein für Marie bestimmt waren.

Wenn sie wenigstens etwas tun könnte! Etwas anderes, als hier wie blöde hin und her zu laufen und zu warten. Sie ging zur Mauer und stemmte sich hoch. Spähte die Straße entlang. Leer. Sie hätte

Papas Taschenuhr behalten sollen. Dann wüsste sie jetzt, wie viel Zeit verstrichen war. Dann könnte sie sich vornehmen, wie lange sie noch warten würde, bis sie – Lennie blieb stehen. Bis sie was? Gehen würde sie ganz sicher nicht. Und wenn sie die ganze Nacht hierbleiben müsste.

Werde da sein, hatte Marie geschrieben. Lennie ging in die Hocke und lehnte sich mit dem Rücken an die Mauer. Natürlich waren verschiedene Katastrophenszenarien denkbar.

Eins. Das schlimmste zuerst. Ecki hatte gepetzt und die Briefe dem Vater gezeigt. Und der hatte dann genau das getan, was Marie fürchtete. Sie wegsperren lassen.

Zwei. Marie war in der S-Bahn kontrolliert worden. Die Grenzer hatten die Briefe gelesen. Dann hockte sie jetzt in Verhören fest. Ließ sich aus den Briefen erkennen, dass sie von einem Mädchen geschrieben waren? Vielleicht konnte Marie sich da herausreden. Konnte sie nicht. Sie hatte jeden mit *Deine Lennie* unterschrieben. Für den Leichtsinn wollte sie sich jetzt eine reinhauen. Aber vielleicht wog ohnehin schwerer, dass die Briefe als Fluchtplan ausgelegt werden konnten. Wie auch immer: Irgendwann würde die Polizei Maries Vater benachrichtigen. Siehe Szenario eins.

Es musste auch andere, weniger katastrophale Möglichkeiten geben.

Drei. Nichts von alldem war eingetroffen, aber Marie hatte einen Unfall gehabt. Lag im Krankenhaus. Konnte ihr keine Nachricht zukommen lassen.

Vier. Marie hatte es sich anders überlegt.

Lennie schüttelte den Kopf, als könnte sie Möglichkeit vier damit vertreiben.

Fünf. Die S-Bahn war ausgefallen. Eine technische Störung,

Gleisbauarbeiten, ein Problem mit einer Weiche, irgendwas halt. Marie musste den ganzen Weg zu Fuß gehen und brauchte einfach länger.

Schon besser. Davon brauchte sie mehr.

Sechs. Maries Vater oder Bruder oder beide waren krank geworden, und Marie musste zu Hause bleiben und sie pflegen.

Sieben. Der Vater hatte Pläne für die Familie gemacht, die nicht zuließen, dass Marie sich davonstahl.

Acht. Marie hatte einen anderen Streit mit ihrem Vater gehabt, einen, der nicht um die Briefe ging, und hockte jetzt mit Hausarrest fest.

Möglich. Lennie sprang auf. Alles davon war möglich. Genau das war ja ihr Problem. Sie schwang sich über die Mauer. Genug mit der blinden Warterei! Auf der Straße konnte sie wenigstens sehen, ob Marie kam. Wenn sie kam. Falls sie kam.

Auch das Gucken half nicht. Die Szenarien drehten sich weiter in ihrem Kopf, angetrieben von tausend Rädchen. Lennie durchwühlte ihre Hosentaschen. Ein Stück Draht, ein paar Pfennige, ein Knopf, Papas Taschenmesser, ein Stift und ein etwas zerknitterter, leerer Zettel. Sie könnte Marie schreiben.

Blödsinn.

Sie würde zu Marie gehen.

Jetzt. Sofort. Sie würde sich auf der Fahrt einen guten Vorwand ausdenken für Maries Vater. Sie würde sich Gewissheit verschaffen. Und falls Marie nicht zu Hause war, würde sie zu Ilse gehen. Die würde Rat wissen. Musste sie.

Lennie stopfte alles in ihre Hosentaschen zurück und lief mit großen Schritten los. Mit dem Plan im Kopf fühlte sie sich gleich besser.

Ein Gefühl, das nur so lange anhielt, bis sie vor Maries Wohnungstür stand. Für den Weg hatte sie kaum einen Blick übriggehabt, hatte sich nach dem Aussteigen am Marx-Engels-Platz nur an den Straßenschildern orientiert. Quer über den Hackeschen Markt, die Rosenthaler Straße finden, dann in die Neue Schönhauser Straße abbiegen, die in die Alte Schönhauser Straße übergeht. Bis zur Nummer sieben laufen. Die schwere Haustür aufstoßen, zum Hinterhof durchgehen, die kleinere Haustür öffnen und drei Stockwerke nach oben steigen. Hier stand sie nun. Klingeln oder klopfen?

Lennie strich sich mit den Händen über die Hosenbeine, zog die Jacke gerade. Klingeln.

Warten, bis der Klingelton verhallt.

Hinter der Tür blieb es still. Vielleicht war niemand zu Hause. Vielleicht blieb ihr nichts anderes übrig, als auf dem Zettelblock, der an der Tür hing, eine Nachricht für Marie zu hinterlassen – eine, die nur Marie verstehen würde – und unverrichteter Dinge umzukehren.

Schritte. Jetzt doch. Lennie schluckte gegen die Aufregung an. Sie hätte sich einen Plan machen sollen. Sich was überlegen, was sie sagen würde, je nachdem, wer die Tür öffnen würde. *Zu spät, zu spät, zu spät, zu spät,* war alles, was ihr durch den Kopf ging. Die Schritte verstummten. Die Tür wurde aufgezogen.

Vor ihr stand ein mittelgroßer Mann mit Brille, über die er sie fragend anblickte. Das Schweigen machte es schwer, ihn direkt anzusehen. Lennie räusperte sich und sprach zu seinem grauen Jackett. »Herr Lehmann? Ich, also, ich wollte zu Marie. Ist sie da?«

»Und du bist …?«

»Lennie.« Sie hätte sich mit Marie absprechen müssen. Sie hätten sich eine Geschichte ausdenken sollen, woher sie sich kannten. Jetzt wusste sie ja nicht einmal, was Marie zu Hause erzählt hatte. Ob sie überhaupt irgendetwas erzählt hatte.

Das graue Jackett schob sich zusammen, als Herr Lehmann die Arme verschränkte. »Und?«

»Ich arbeite auch am Theater.« Da waren wieder durchdrehende Zahnradgedanken in ihrem Kopf, und sie versuchte verzweifelt, wenigstens einen davon zu erwischen. Herr Lehmann schwieg und starrte sie bestimmt immer noch über seine Brille hinweg an. Lennie steckte die Hände in die Jackentaschen. Damit er nicht sah, wie ihre Finger zitterten. Und wie sehr ihre Handflächen schwitzten. »Wir Lehrlinge haben da bald alle Bergfest, da wollten wir was für planen.« Sie stellte sich aufrechter hin. Hoffentlich wirkte sie größer. Erwachsener. Sie blickte ihm ins Gesicht. Wenn die gerunzelten Brauen bedeuteten, dass er alle am Theater kannte, war sie verloren. Er drehte sich von ihr weg in den Flur hinein.

»Marie? Da ist jemand vom Theater für dich!« Leider trat er nur ein wenig zur Seite, machte keinerlei Anstalten, sich von der Tür zu entfernen. Lennie hätte sich zu gern den Schweiß von der Stirn gewischt (hoffentlich sah man den nicht), mit den Füßen getrappelt oder sich wenigstens auf die Lippe gebissen. Irgendetwas, um die Sekunden zu überbrücken. In der Wohnung klickte eine Tür. Dann waren da wieder Schritte. Dann war da Marie.

Reden. Schnell. Sie sollte etwas sagen, bevor Marie das Falsche sagte. »Hallo, Marie. Ich … ich hoffe, das ist in Ordnung, dass ich einfach so vorbeikomme. Ich … wir … also, wir wollten uns doch was überlegen, wegen dem Bergfest. Steht ja bald an. Wollte fragen, ob du mitkommst. Wir treffen uns alle im …« Lennie stockte. Verdammt. Sie kannte hier kein Lokal, wo sie sich treffen könnten. Fiktiv treffen könnten. Denn sie trafen sich ja gar nicht. Außer dass Marie da vor ihr stand. Lennie krümmte die Finger in den Jackentaschen. *Sag was, bitte, sag was.* Sie wusste nicht einmal mehr, ob sie sich selbst oder Marie anflehte.

Marie lächelte. Sie leuchtete. »Das war heute? Das hab ich ja ganz vergessen! Wie schön, dass du …« Die Worte rauschten auf Lennie ein, und Maries Strahlen ging auf sie über. Sie konnte gar nicht anders, als zurückzulächeln. Alles andere war körperlich unmöglich. Marie richtete ihr Leuchten auf ihren Vater. »Bitte, darf ich mit? Der Entwurf für Eckis Aufsatz ist fertig, er muss ihn nur noch schön hinschreiben. Ich bleibe auch nicht zu lange weg.«

Herr Lehmann brummte. Dann seufzte er. Lennie presste die Finger um die Daumen. Sie würde Maries Strahlen niemals etwas abschlagen können. Er hoffentlich auch nicht. Herr Lehmann seufzte wieder. »Ich sehe mir diesen Entwurf erst einmal an. Du kannst hier warten.«

Bevor Lennie noch nicken konnte, schloss er die Tür, schnitt sie von Marie ab.

Warten.

Lennie starrte auf die dunkelbraune Tür.

Wünschte sie weg.

Wünschte sich in den Flur dahinter. Oder wo auch immer dorthinein, wo Marie jetzt war. Sie wollte das Leuchten zurück. Ein wenig davon spürte sie noch. Es lag auf ihrer Haut und erinnerte sie daran, wie es sich anfühlte, Marie zu berühren. Das machte die Tür noch dicker. Noch geschlossener. Sie wollte die Tür eintreten, nach Marie rufen, Marie in die Arme schließen, ganz egal, wer zuschaute, sie nie wieder loslassen.

Lennie presste die Finger noch fester um die Daumen, bis sie meinte, die Knöchel knacken zu hören. Lesen konnte doch nicht so lange dauern! Sie hätte gern ein Ohr gegen die Tür gedrückt, gelauscht. Aber bestimmt würde in genau dem Moment jemand die Tür aufreißen, sie würde in den Flur stolpern, sich komplett lächerlich machen.

Sie hätte einen falschen Namen sagen sollen. Ecki kannte ihren Namen. Wenn er gepetzt hatte – oder jetzt gerade petzte. Lennie wich einen Schritt von der Tür zurück.

Wenn Ecki gepetzt hätte, dann müsste Herr Lehmann ihren Namen erkannt haben. Dann hätte er anders reagiert. Bestimmt. Bislang musste der Kleine also dichtgehalten haben. Aber das konnte sich genau in diesem Moment hinter der geschlossenen Tür ändern.

Sie würde nicht zulassen, dass man Marie wegsperrte. Wenn nötig, würde sie Marie packen und mit ihr weglaufen, auf der Stelle. Sie würden allen davonrennen. Und dann – dann würde ihnen schon etwas einfallen.

Ihr Starren beeindruckte die Tür kein bisschen. Die rührte sich keinen Millimeter. Gab nichts preis.

Bei ihr im Haus, wenn da wer im Treppenhaus so herumstände, würde die alte Schmitt von gegenüber schon längst am Türspion stehen und dem Fremden ein Loch in den Rücken starren. So wie Lennie versuchte, ein Loch in die Tür vor sich zu starren. Sie zog die Schultern zusammen. Nicht umdrehen. Wer sich umdrehte, hatte verloren. *Wer sich umdreht oder lacht, kriegt den Buckel blau gemacht.* Der blöde Kinderreim wollte nicht mehr aus ihrem Kopf verschwinden. *Dreht euch nicht um, der Plumpsack geht rum, wer sich umdreht oder lacht …* Wer dachte sich solchen Blödsinn aus?

Wer dachte sich geschlossene Türen aus? Jedenfalls sollte man sich dazu auch einen Schlüssel ausdenken, der jede Tür öffnen konnte.

Wie lange sie auf die Tür gestarrt hatte, wusste sie nicht, als sie plötzlich die vertraute Stimme dahinter hörte. »Danke, Papa!« – »Mach ich, Papa!« – »Tschüs, Papa!« Die Tür wurde von innen aufgerissen. »Schnell, bevor er sich's wieder anders überlegt«, flüsterte Marie und schlug die Tür zu. Sie packte Lennies Hand und rannte ihr voran die Treppe hinunter. Lennie stolperte hinterher, fing sich und rannte mit, während sie noch zu begreifen versuchte, dass da vor ihr wirklich Marie war, dass sie wirklich ihre Hand hielt. Dass diese Woche wirklich vorbei war!

Auch draußen rannte Marie mit ihr weiter, stoppte erst an der Ecke zur Mulakstraße. Sie standen sich gegenüber, ein bisschen außer Atem, ein bisschen fassungslos. Einfach nur weiteratmen. Nicht loslassen. »Wie lange kannst du wegbleiben?«

»Zwei Stunden.« Marie drückte ihre Hand. »Höchstens.« Viel zu kurz, sagte ihr Blick.

Lennie nickte, zu ihrem Ort würden sie nicht gehen können. Da verschwendeten sie schon zu viel Zeit mit dem Weg. Sie zog Marie näher zu sich. Weil jeder Zentimeter Luft zwischen ihnen zu viel Abstand bedeutete. Weil ihr für den Moment egal war, wer sie sah, wer sich was denken könnte. Marie legte den Kopf auf ihre Schulter. Maries Lippen wisperten an ihrem Hals. Lennie schloss die Arme um sie, verbarg das Gesicht in Maries Haaren.

»Ich weiß, wo wir hinkönnen«, flüsterte sie.

»Lass noch nicht los«, flüsterte Marie zurück.

Lennie schluckte und spürte, wie sich die kleinen Muskeln an ihrem Hals unter Maries Lippen bewegten. Sie hielt still, ganz still.

Weiter vorn rumpelte eine Straßenbahn vorbei. Sie wollte Marie nicht loslassen. Sie wollte mit ihr allein sein. Jetzt, sofort.

Aber erst war da noch der Weg. Marie hakte sich bei ihr unter, und sie liefen so schnell sie konnten, verschwendeten keine Zeit mit Worten, überquerten die Wilhelm-Pieck-Straße, eilten die Schönhauser Allee hinauf, schritten gleich weit aus, die Körper nach vorn gebeugt, als wollten sie die vorwärtsdrängenden Schuhspitzen überholen – das eine Paar braun, das andere dunkelrot, bildeten sie die Farbtupfer über dem Grau des Gehwegpflasters.

Nur die Querstraßen verlangsamten vorübergehend ihre Schritte. Fehrbelliner. Zionskirch. Schwedter. Oderberger. Der einsetzende Nieselregen trieb sie noch schneller voran. Über die große Kreuzung mit Eberswalder und Dimitroff. Endlich in die Cantian abbiegen. Die Regentropfen wurden schwerer, das Prasseln auf dem Pflaster lauter. Sie hetzten am Sportplatz entlang, überquerten die Gaudystraße, die Gleimstraße und rannten unter dem trommelnden Regen links in die Kopenhagener. Nur noch wenige Meter, nur noch über die Sonnenburger und dann bis zur 66, bis zu Ilse.

Hinter der breiten Haustür empfing sie Dämmerlicht und Kühle, die Lennie frösteln ließ. Die Mischung aus Schweiß und Regennässe klebte an ihrer Haut. Sie nahm Maries Hand, schmiegte ihre kalten Finger aneinander.

Durch die schmalere Haustür im Hinterhof passten sie nicht zusammen, mussten sich loslassen, griffen aber gleich wieder nacheinander. Sobald sie die Treppe erreichten, rannten sie Seite an Seite hinauf.

Die vertraute Wohnungstür wirkte mit einem Mal fremd. Auch wenn sie in der Theorie sicher war, dass Ilse sie willkommen heißen würde, überfielen Lennie jetzt Zweifel. Bevor sie sich hineinsteigern konnte, streckte sie den freien Arm aus und drückte auf die Klingel.

»Na hallo.« Unter Ilses Blick mit dem belustigten Lächeln wurde Lennie ihr Zustand bewusst. Sie waren beide regennass und tropften auf den Hausflur, ihr Atem ging laut, und wahrscheinlich waren ihre Wangen genauso gerötet wie die von Marie, während sie so dastanden, sich immer noch an den Händen hielten und keine von ihnen Worte fand.

Ilse trat zur Seite. »Denne mal rin mit euch. Du weißt ja, wo die Handtücher sind. Ich setz einen Tee auf.« Und schon standen sie drinnen und stießen mit den Schultern aneinander, als sie sich gleichzeitig bückten, die Schuhe abstreiften. Lennie zog Marie mit sich in das kleine Badezimmer, in dem man sich zu zweit zwischen Badewanne, Waschbecken und Tür kaum umdrehen konnte, ohne sich zu stoßen.

Die Handtücher lagen auf einem Brett über der Tür. Lennie warf die durchweichte Jacke in die Wanne, die von Marie folgte, schlug nass und dumpf neben ihrer auf. Sie standen sich gegenüber, sahen sich an.

Lennies Finger, die schon auf ihrem ersten Hemdknopf lagen, erstarrten plötzlich. Sie war mit Marie allein. Das Einzige, was hier hereindrang, waren die Geräusche aus der Küche. Kochendes Wasser. Klappende Schranktüren. Maries Atem. Der war ganz nah. Und kam noch näher, als Lennie sie an sich zog. Durch die nassen Klamotten konnte sie Maries Gänsehaut spüren. Konnte überhaupt Maries Haut viel mehr spüren als sonst. Marie drückte sich an sie. Strich mit den Händen über ihren Rücken. All die Entfernung zwischen ihnen, der ganze angestaute Abstand der vergangenen Woche, fiel von ihr ab. Sie waren beide hier. Zusammen. Kein Millimeter Platz mehr zwischen ihnen.

Marie schmeckte nach Regen und Salz. Der beste Geschmack aller Zeiten. Sie konnte darin untergehen, ohne zu ertrinken.

Später saßen sie sich am Küchentisch gegenüber. Marie mit einem Handtuchturban und in Ilses Bademantel gehüllt, Lennie in geborgtem Hemd und geborgter Hose. Ilse saß am Kopfende, schenkte ihnen Tee ein. »Mieses Wetter für einen Spaziergang«, sagte sie über das Teeplätschern hinweg.

»Dit war ’ne Flucht.« Marie legte beide Hände um ihre Teetasse.

Ilse prostete ihnen zu. »Na denn, herzlich willkommen im Unterschlupf.«

Wenn sie einfach hierblieben, könnte es jeden Tag so sein. Der Gedanke wärmte Lennie noch mehr als der erste Schluck Tee. Hier könnte ihr Zuhause sein. Ein sicherer Ort.

Ilse stellte ihre Tasse ab. »Wollte sowieso mit dir reden.« Die Worte waren zwar an sie gerichtet, doch Ilse blickte nicht einmal zu Lennie hinüber. »Leipzig war ein Reinfall. Wenigstens zur Hälfte. Der Typ war zwar in Pauls Einheit, aber er hat ihn nur kurz gesehen, da waren sie irgendwo bei Berlin. Dann wurden sie angegriffen, er kam in russische Kriegsgefangenschaft und hat keine Ahnung, was aus dem Rest der Einheit geworden ist.« Ilse drehte ihre Tasse hin und her, und Lennie beobachtete die kleinen Wellen, die der Tee darin schlug.

»Dann sind wir jetzt wieder bei null?«

»Nicht ganz.« Aber Ilse sprach nicht weiter.

In der Stille streckte Lennie eine Hand nach Marie aus. Ihre miteinander verschränkten Finger gaben Geborgenheit. Marie streichelte mit dem Daumen über ihren Handrücken. Und für den Moment war es nicht mehr wichtig, was mit Papa geschehen war.

Ilse hörte nicht auf, ihre Tasse auf der Tischplatte zu drehen. »Ich hab ein paar mehr Namen von ihm bekommen. Aber das ist es nicht, was ich dir sagen muss.« Das Drehen stoppte, nur die Teewellen schwappten weiter hin und her. »Ich habe Arbeit als Uhrmacherin gefunden.«

Lennie riss den Kopf zu ihr herum. »Das ist doch –«

»In Leipzig.«

»Oh.«

»Ja.« Die Stille machte die Luft stickig. Ilse legte ihr eine Hand auf den Unterarm. »Hör zu. Ich … ich will auch weiter für dich da sein. Leipzig ist nicht das Ende der Welt, das sind nur ein paar Stunden mit dem Zug. Du kannst jederzeit zu mir kommen, oder ich komme her, und wir treffen uns in Berlin.« Mit jedem Wort redete Ilse schneller. Mit jedem Wort hörte Lennie sie leiser und leiser, und die Entfernung drängte sich ihr auf wie kalte, schwere Regentropfen. »Ich kann diese Chance nicht ungenutzt lassen. Wenn ich noch länger hier am Fließband stehe, gehe ich ein. Das ist kein Leben, das verstehst du doch.«

Lennie nickte. Klar, verstand sie. Die Regenfront dröhnte so laut, dass sie nicht zu sprechen wagte. Sie blickte auf ihren Unterarm hinab, sah Ilses Hand, spürte sie aber kaum. Sie zog ihren Arm weg.

»Das ändert nichts zwischen uns. Darauf kannst du dich verlassen.«

Sicher. Lennie schüttelte den Kopf. »Wann?«

»Bald.«

»Wann?«

»Ich fange am ersten Juni an.«

Nur ein bisschen über zwei Wochen. Marie streichelte noch immer ihren Handrücken. Lennie wünschte sich, sie könnte sich ganz zwischen diesen Fingern verkriechen. Die Worte drückten ihr die Kehle zusammen, aber sie mussten raus. »Wann ziehst du um?«

»Nächste Woche. Ich weiß, wie plötzlich das alles kommt. Für mich ja auch. Das ist alles so schnell gegangen. Ich musste das buchstäblich von einem Tag auf den anderen entscheiden. Ich verspreche dir –«

»Nee. Lass mal. Ich will keine Versprechen.« Lennie blickte auf Maries Daumen. *Ich will nicht, dass du weggehst.* Das wollte sie sagen. Ging aber nicht. Weil sie verstand, warum Ilse gehen musste. Sie hatte nur nie gedacht, dass so etwas passieren könnte. Sie hatte überhaupt nicht an so etwas gedacht. *Kannst du mich nicht mitnehmen?* Noch mehr Worte, die sie nicht sagen konnte.

Zum einen, weil das hieße, von Marie fortzugehen.

Zum anderen, weil sie das Nein fürchtete.

»Ich versteh das«, zwang sie sich zu sagen. »Echt.«

»Wir können uns immer noch schreiben.«

»Klar.« Sie konnte nicht länger hier sitzen. Lennie fing Maries Daumen ein. »Du musst bald zu Hause sein, oder?«

Maries Daumen zuckte, aber sie nickte. »Ich … ich brech dann gleich mal auf.« Sie ließ Lennies Hand los. Lennie fing sie schnell wieder ein.

»Ich bring dich.« Sie versuchte, eine Erklärung in ihren Blick zu legen, doch die würde sie wohl nachholen müssen, sobald sie draußen waren.

Ilse sprang auf. »Wartet noch kurz, ja?« Sie hastete aus der Küche, bevor Lennie etwas erwidern konnte.

Das Kratzen der Stuhlbeine hing ihr noch in den Ohren, als die Küchentür zuklappte.

»Ick dachte schon, du wolltest mir loswerden.« Marie beugte sich über den Tisch zu ihr, und Lennie lehnte sich ihr entgegen.

»Nie nich'.«

Vielleicht war das mit dem Aufbruch vorschnell gewesen. Mit Maries Lippen auf ihren wollte sie hier gar nicht weg. Sie küssten sich, bis ein Räuspern sie unterbrach. Lennie hielt weiter Maries Hände fest und lehnte sich langsam auf ihrem Stuhl zurück. Sie drehte sich nicht um.

»Ich wollte dir noch was mitgeben«, sagte Ilse in ihrem Rücken. Eine Stoffrolle klatschte dumpf neben ihr auf den Küchentisch.

»Was ist das?«

»Schau halt nach.«

Lennie knüpfte die Schnüre auf, die die schmale Rolle zusammenhielten. Sie biss sich auf die Wangen. Sie würde nicht heulen. Sie saß da, spürte Ilse in ihrem Rücken und starrte auf die kleinen Instrumente in ihren Stoffschlaufen.

»Damit du weitermachen kannst.«

JUNI & JULI 1961

Sonnenlicht tanzte auf Maries Nase. Bienen summten. Nach der Kühle im Mai war es endlich Sommer geworden. Die ersten Brombeeren leuchteten grün und hellrot. Ihr verwunschener Ort hinter der abgebrochenen Mauer gehörte noch immer ihnen allein. Der verrostete Briefkasten diente als trockenes Versteck für die Stoffbahn, die Marie aus der Werkstatt mitgebracht hatte, als Decke zum Draufsitzen. Oder Liegen. Wie gerade jetzt. Ihre Arme als Kopfkissen, die Seiten aneinandergedrückt, die Augen auf den Himmel gerichtet.

»Siehste die da? Wie 'ne Katze, die 'nen Buckel macht.«

Die bucklige Katze trieb weiter, ließ den Himmel blau zurück.

Ins Freibad, war Lennies Standardantwort auf Mamas Frage, wo sie denn jetzt noch hinginge. Mama hielt sie nie zurück. Als hätten sie eine Vereinbarung getroffen: Du redest nicht mehr über diesen Uhrmacher-Unsinn, dafür lasse ich dich jeden Nachmittag vor Ladenschluss gehen. Die Worte blieben zwar unausgesprochen, aber der Waffenstillstand funktionierte.

Maries Vereinbarung mit Ecki hingegen war nach langen Verhandlungen geschlossen worden. Schließlich hieß sie: Du hältst dicht, und ich bringe dir dafür Comichefte mit. *Tarzan*, die Großbände, da war Ecki sehr präzise.

Seit Lennie vor ihrer Tür gestanden hatte, gab Papa ihr mehr

Freiheiten, sagte nichts, wenn sie erst spät heimkam. Nur auf dem Sonntagsfrühstück beharrte er. Damit die Familie mal zusammenkam. *Unsere Marie wird erwachsen*, sagte er zu Ecki, der schnaubte und die Augen verdrehte und schwieg.

Lennie war meistens die Erste an ihrem Ort. Sie breitete die Decke hinter dem schützenden Brombeergestrüpp aus, legte den neuen *Tarzan* für Ecki darauf und beschwerte das Heft mit einem Stein. Dann nahm sie die Werkzeuge aus der Tasche und Ilses Armbanduhr. Die hatte sie ihr auf dem Bahnsteig gegeben. Kurz bevor sie in den Zug gestiegen war. Als Lennie schon nichts mehr hatte sagen können, weil sie sonst losgeheult hätte. Und Ilse hatte auch nichts gesagt, hatte nur ihre Uhr vom Arm gelöst und sie um Lennies linkes Handgelenk gelegt. Eine kleine Beule zeigte noch immer an, bei welchem Loch Ilse das Uhrenarmband geschlossen hatte. Lennies Handgelenk war zwei Löcher schmaler.

Sie platzierte die Uhr vor sich auf der Decke, zerlegte sie zum unendlichsten Mal und setzte sie wieder zusammen. Das machte das Warten leichter. Vermutlich lernte sie dabei längst nichts mehr, kannte sie diese Uhr doch inzwischen in- und auswendig. Genau wie jede andere Uhr zu Hause.

Aber an Uhren wollte sie jetzt nicht denken. Nicht, solange sie mit Marie zusammen war. Nicht, wenn Marie ihre Hand nahm und sie an ihre Lippen hob, einen Kuss daraufdrückte, der so leicht war wie eine Wolke und ihr doch durch den ganzen Körper kribbelte. *Wir könnten zusammen abhauen*, dachte sie. Und dann sprach sie es einfach so aus, als wären auch die Worte so leicht wie Wolken.

Marie wollte wissen, wohin.

»Nach Leipzig, zu Ilse.« Lennie drückte sich enger an Marie.

»Wir können warten, bis du volljährig bist. Dann kann dir keiner mehr Vorschriften machen.«

»Aber dir.« Marie drehte sich auf die Seite, stützte sich auf einen Ellbogen.

»Mir fällt schon was ein.« Schließlich waren es noch Monate bis zu Maries Geburtstag. Bis dahin würde sie Mama irgendwie überzeugen können, sie gehen zu lassen. Oder eben ohne ihre Erlaubnis abhauen. Solange sie nur mit Marie sein konnte, spielte das keine Rolle. Sie zog Marie zu sich hinunter und küsste sie. Auf den Mund. Kein Wolkenkuss. Einer, der mehr wollte. Der ihrer beider Atem schwer machte und sie ihre Hände unter all die Lagen von Kleiderstoff schieben ließ. Der Gänsehaut verursachte. Vergessen machte, wo sie waren, mitten unter blauem Himmel, nur eine abgebrochene Mauer hoch und ein Gestrüpp weit vor Entdeckung geschützt.

Sie wollten so viel mehr.

Am Ende siegte jedes Mal die Vernunft.

Auch wenn das mit jedem Mal schwieriger wurde.

Lennie hatte genau einen Plan, wie das mit Leipzig gelingen könnte. An den Tagen, an denen sie sich nicht sehen konnten, durchforstete sie Telefonbücher nach den Namen, die Ilse ihr gegeben hatte. Sie sammelte Groschen, stahl sie manchmal aus der Kassenschublade im Salon, auch wenn sie dabei ein schlechtes Gewissen bekam. Aber ohne Groschen konnte sie nicht telefonieren. Und sie musste viel telefonieren. Es gab einfach zu viele Einträge unter *Andreas Schmidt, A. Schmidt, Kristian* – entweder mit *K* oder mit *Ch* – *Müller*.

Noch weigerte sich das Glück, ihr zu helfen, und keiner von ihnen wollte einen Paul Krugh gekannt haben. Einige hatten auch gleich wieder aufgelegt, sobald sie den Krieg nur erwähnte. Deren Namen und Adressen notierte sie sich. Denen schickte sie erst einmal einen Brief. Erklärte ihr Anliegen und bat um Rückmeldung. Dann wartete sie. Noch hatte sie nicht entschieden, wie viel Zeit sie ihnen geben würde, bis sie persönlich an ihre Türen klopfte.

Lennie gefiel die Vorstellung von diesen Überraschungsbesuchen zwar nicht, aber sie musste den finden, der wusste, wo und wie ihr Vater gestorben war. Sie brauchte einen Beweis für Mama. Einen, den sie ihr vorlegen konnte. Am besten einen, den sie ihr in Person vorstellen konnte. Der sich nicht wegschieben oder leugnen ließ. Der Mama das alles selbst erzählte. Dann musste sie es endlich glauben. Und wenn sie es glaubte, würde sie auch einsehen, dass sie nichts für ihn bewahren musste.

Marie hatte sofort versprochen, sie zu begleiten, wenn sie zu den Unbekannten ging. Zu zweit schien Lennie die Sache schon eher machbar.

Die Brombeeren färbten sich allmählich dunkler, die Pflanzen tranken jeden Regen, den der Sommer brachte und den Marie und Lennie verfluchten. Ihr Ort bot keinen Schutz davor. Regen bedeutete lange Spaziergänge, untergehakt, aber ohne Küsse, ohne verräterische Berührungen.

Manchmal suchten sie Unterschlupf in einer Telefonzelle. Da war es trocken. Doch die Enge machte den Verzicht auf verräterische Berührungen noch schwerer. Ihre Schultern stießen gegen den großen grauen Kasten, brachten den Hörer auf seiner Gabel zum Klappern. Manchmal, wenn draußen jemand stand und wartete, dass sie die Zelle freigaben, hielten sie den Hörer zwischen sich und standen da, Ohr an Ohr, lauschten dem Freiton und dem Regen, taten so, als würden sie mit jemandem telefonieren, während sie miteinander sprachen.

Erst wenn das Klopfen von draußen zu laut und zu ungeduldig wurde, legten sie auf und stürmten an dem Wartenden vorbei, lachten, wenn sie als freche Gören beschimpft wurden.

Sie lehnten als Einzige am Geländer der Moabiter Brücke und starrten den offenen Lastkähnen hinterher. Manche hatten Sand geladen, andere Kohle, manche ragten weit über das Wasser hinaus, fuhren leer.

Der Regen ging in einen leichten Schauer über, aber sie waren nass bis auf die Haut von den schweren Tropfen davor. Die rannen über ihre Hände, fielen von ihren Fingerspitzen hinab ins Wasser der Spree. Da unten gluckten kleine Wellen gegen die Steinsockel der Brücke.

Wenn sie sich beide gleichzeitig zueinanderdrehten, würden sich ihre Lippen berühren. Ging aber nicht. Jemand könnte vorbeikommen. Lennie hielt die Stille nicht länger aus.

»Wo würdest du hinfließen, wenn du Wasser wärst?« Blöde Frage. Lennie wollte sofort die Zeit zurückdrehen, die Worte zurücknehmen. Sie kniff die Augen zusammen. Sie wollte nicht sehen, wenn Marie das gleiche Lächeln aufsetzte wie Mama, dieses Alles-unmöglich-sei-realistisch-Lächeln. Als hätte gerade Mama es mit der Realität!

»Ins Meer«, sagte Marie und beugte sich weit über das breite rote Steingeländer. »Stell dir dit mal vor, icke im Meer.« Sie grinste. »Kommste mit, Lennie?« Marie stellte sich auf die Zehenspitzen.

Egal, was sie vorhatte, schauen oder springen, Lennie wusste, sie wäre dabei. Sie presste die Finger um die raue Steinkante. Die Sonne hatte eine Wolkenlücke erobert, und das Licht malte ihre Schatten auf die Spree.

»Uff drei.« Marie zählte.

Nach *drei* spuckte sie kräftig aus. Der weiße Spuckeklumpen segelte durch die Luft, und Marie stieß ihr leicht einen Ellbogen in die Seite. Schnell spuckte sie hinterher.

Die zwei Spuckeklumpen trafen kurz nacheinander auf dem Wasser auf. »Siehste, die fahrn schon mal vor. Dit is' ein Verprechen. Irjendwann müssen wir denen nach.«

»Und wie?« Das Meer schien ihr noch unerreichbarer als Leipzig.

Marie zwinkerte ihr zu. »Wenn wir's zu deiner Tante schaffen, kriegen wir dit ooch hin. Musste globen, janz feste.«

Sie lehnten mit den Oberkörpern auf dem breiten Steingeländer, und für den Moment schien alles möglich. Unter ihnen zog ein weiterer Lastkahn hindurch.

»Kennste dit: Ick steh uff da Brücke und spuck in'n Kahn, da freut sich die Spucke, det se Kahn fahren kann.«

Dem nächsten Kahn spuckten sie auf die Ladung Schüttkohle. *Nur als Versicherung*, meinte Marie. Falls die andere Spucke sich im Wasser verirrte.

Die ersten Brombeeren waren reif, und ihr dunkler Saft lag auf Maries Lippen. Lennie leckte ihn ihr von der warmweichen Haut, und Marie schob die Fingerspitzen unter Lennies Hemd. »Ick will nicht mehr vernünftig sein.« Sie hielt den Atem an. Lennie hielt ihr Handgelenk fest, lehnte die Stirn gegen ihre.

»Ich auch nicht. Gehen wir zu mir.«

Es war ein verrücktes Risiko. Aber egal. Wichtig war nur, sich zu spüren. Haut an Haut. *Eine Freundin*, hatte Lennie Mama im Vorbeigehen gesagt, *aus dem Freibad*. Die hatte flüchtig über den Spiegel zu ihnen geblickt, sich dann wieder den Haaren der Kundin zugewandt. *In der Küche steht Kuchen*, war alles, was sie gesagt hatte. Auf der Treppe nach oben kämpfte Marie noch immer gegen ihr Kichern an. Das ließ sie erst heraus, als Lennie die Zimmertür hinter ihnen schloss.

Das Kichern steckte Lennie an, und dann ertrank es in ihren Küssen, wurde lauter, jedes Mal, wenn sie die Münder voneinander lösten, um noch ein Kleidungsstück von der anderen abzustreifen. Hastig. Ungelenk. Bis nichts mehr zwischen ihnen war.

Sie drückten die Münder aneinander und dann wieder das Gesicht in die Halsbeuge der anderen. Es war wie ein Kuss, der über den ganzen Körper floss, nur noch intensiver. Keine Stelle unberührt lassen. Alles auskosten. Dicht aneinandergedrängt stolperten sie zum Bett.

Das Kichern klang wieder auf, als Marie die Decke über sie beide zog und Lennie die Decke wegschob. Die war zu viel. Sie wollte nur Marie um sich spüren, an sich, sie beide ineinander. Das Kichern verklang.

Sie waren so ineinander versunken, dass sie das Öffnen der Tür nicht hörten. Das Aufschlagen des Kuchentellers auf dem Fußboden dann aber schon. Scherben knirschten unter Mamas Schuhen, während sie beide sich hochrappelten, sich gegenseitig zu bedecken versuchten.

Mama blieb stumm. Sie zerrte Marie ohne ein Wort vom Bett, ließ gerade noch zu, dass Marie ihre Kleider einsammelte, hastig, hielt sie dabei am Oberarm gepackt, zog sie weiter, sobald Marie auch ihre Schuhe in der Hand hatte, zog sie vorwärts, bis sie über die Scherben tappte, über die Türschwelle stolperte, stieß sie in den Flur.

Die Tür schlug zu. Lennie sprang auf. Rannte zur Tür. Bekam sie nicht auf. »Mama, lass sie –«

»Kein Wort!«

Die Stimme klang nah. Bestimmt lehnte Mama mit dem Rücken an der Tür. Deswegen bekam sie sie nicht auf. Lennie rüttelte trotzdem am Türgriff. »Lass mich raus!«

»Ich will kein Wort von dir hören!«

»Lassen Sie mich los!« Marie, die da draußen war, allein mit Mama, die wer weiß was vorhatte. Lennie hämmerte mit beiden Fäusten gegen die Tür, als würde das etwas nutzen.

»Zieh dich an. Verschwinde.« Mamas Stimme klang dumpf durch die Tür, die unter ihren Faustschlägen vibrierte. »Lass dich hier nie wieder blicken. Meine Tochter ist nicht so eine.«

»Lennie!«

Das Klatschen einer Ohrfeige übertönte ihre Fäuste. Sie erstarrte. Vor der Tür wurde nichts mehr gesagt. Sie hörte nur noch das Rascheln von Kleidung. »Marie!« Den Namen zu schreien, löste ihre Starre. Sie hämmerte wieder gegen die Tür. Von draußen kam keine Reaktion.

Auch als alles ganz still war, als alle Schritte längst verhallt waren, blieb sie an der Tür hocken, stocherte mit einem Finger im zermatschten Kuchen herum. Sie würde Marie morgen wiedersehen. Das konnte Mama nicht verhindern. Sie stach den Finger in ein größeres Kuchenstück, pulte eine Scherbe heraus. Draußen vor dem Fenster raschelten die Blätter der Buche, die im Hinterhof stand. Zweige kratzten am Glas.

Sie kratzte mit einer Scherbe drei Linien in die Dielen. Ihre Tür brauchte einen Riegel. Sie würde einen zimmern. Gleich morgen. Sie lehnte sich mit dem Hinterkopf an die Tür. Es klopfte, und sie zuckte zusammen. Es klopfte wieder, aber nicht hinter ihr, nicht am Holz. Das Klopfen kam vom Fenster.

Marie saß auf einem Ast der Buche, hielt sich mit einer Hand fest, lehnte sich so weit vor, wie es nur ging, und spähte zu ihr hinein. Sie grinste den Schrecken fort.

So schnell war sie noch nie von der Tür zum Fenster gerannt. Sie half Marie vom Ast aufs Fensterbrett, und dort hockten sie, hielten sich fest, atmeten sich ein. »Ich dachte schon …«

»Ick find immer einen Weg.« Marie küsste sie. »Kannste globen.«

Sie flüsterten und blieben auf dem Fensterbrett sitzen, rittlings, ein Bein draußen, ein Bein drinnen. Marie lehnte mit dem Rücken am Fensterrahmen, und Lennie lehnte an ihr.

»Kriegste jetzt wieder Hausarrest?«

»Weiß nicht.«

»Ejal. Ick weeß ja, wie ick zu dir komme.«

Sie hätte für immer so mit Marie bleiben können. Doch irgendwann würde es hell werden, und Marie musste rechtzeitig zu Hause sein. Bevor jemand merkte, wie lange sie wirklich weg war.

Statt des Hausarrests bekam sie ein Gespräch. Ein einseitiges, weil sie auf Mamas Sätze keine Antworten hatte.

Das hört sofort auf.

So eine ist kein Umgang für dich. Das weißt du doch.

Klar, dass sie damit auf Ilse anspielte, aber keine von ihnen sprach das aus. Lennie nicht, weil sie einfach zu wütend war, und

Mama – Mama vermutlich nicht, weil sie Ilses Namen immer vermied.

Ich mache mir doch nur Sorgen um dich. Du sollst es doch gut haben im Leben. Und mit so was machst du es dir unnötig schwer.

Als wäre Marie eine Entscheidung. Dabei war sie eine Notwendigkeit. So wie eine Uhr alle ihre Einzelteile brauchte, um zu laufen, brauchte sie Marie, um sich ganz zu fühlen. Aber das würde Mama sowieso nicht verstehen. Also schwieg Lennie weiter.

Ich kann dir das nicht erlauben, das siehst du doch ein, das ist nur zu deinem Besten. Später wirst du das verstehen. Du willst schließlich nicht immer allein bleiben, so wie …

Aber sie war ja nicht allein. »Sag wenigstens ihren Namen, Mama.« Das blieb ihr einziger Satz in alldem, denn Mama weigerte sich, darauf einzugehen, und daraufhin weigerte sich Lennie, noch ein einziges Wort zu sagen. Sie hörte auch nicht mehr zu. Dieses ganze Gespräch war sinnlos. Keine von ihnen würde etwas verstehen. Oder einsehen. Oder gar nachgeben.

»Kann ich jetzt gehen?« Lennie stand vom Tisch auf, fing an, das Frühstücksgeschirr zusammenzuräumen. Immerhin waren Sommerferien. Da konnte nicht mal Mama sie in den Salon zwingen.

Ecki trat von einem Fuß auf den anderen und schielte zu dem Bus hinüber, bei dem sich langsam immer mehr Kinder sammelten. *Kinder*, Marie biss sich auf die Lippe und drückte ihr Grinsen weg. Gut, dass sie das nicht laut gesagt hatte.

Eltern wurden lautstark verabschiedet, Freunde noch lauter begrüßt, Rucksäcke auf den Gepäckberg an der Längsseite des Busses geworfen. Sommerferien knisterten in der Luft. Ferienlager.

Wochenlang hatte Ecki davon geschwärmt. Marie knuffte ihn gegen die Schulter. »Was los? Plötzlich Bammel vorm Wegfahren?«

»Blödsinn.« Er zog an den Riemen seines Rucksacks, machte aber keine Anstalten, zu den anderen zu gehen.

»Papa muss arbeiten, weeßte doch.« Marie steckte die Hände in die Rocktaschen. Sonst würde sie ihm den Kopf tätscheln oder ihn gar umarmen. Beides unverzeihlich vor seinen versammelten Freunden. Die winkten ihm schon ungeduldig zu. Und sowieso würde sie ihn nicht umarmen, denn sie war immer noch sauer auf ihn. Eigentlich. Und sie wollte hier weg. Lennie wartete.

Ecki räusperte sich. »Versprichste mir was?«

»Was?« Sie musterten gemeinsam seine Schuhe. Die linke Schleife drohte sich aufzulösen.

»Mach keen Unsinn, wenn ick weg bin.«

»Klar nicht.« Jetzt musste sie doch grinsen. Weil das Lennie-Worte waren.

»Versprochen?« Er klang wie der kleine Junge, den sie abends vor dem Einschlafen damit beruhigt hatte, dass sie am nächsten Morgen noch da sein würde. Sie hielt ihm den linken Zeigefinger hin.

»Versprochen.«

»Na denne.« Ecki hakte seinen Zeigefinger um ihren. »Bis in drei Wochen.«

Sie drückten gleichzeitig zu und ließen sich dann los. Der Rucksack war breiter als seine schmalen Schultern, und Marie drängte das Verlangen zurück, ihn Ecki abzunehmen und für ihn zum Bus zu tragen. Das wäre noch so eine unverzeihliche Aktion. Also verschränkte sie die Arme vor der Brust und beobachtete, wie er auf den Bus zuschlenderte, Manne auf die Schultern klopfte, den

Rucksack von den eigenen Schultern schwang, ihn auf den Gepäckberg gleiten ließ. Sie sah zu, wie der Busfahrer einen Rucksack nach dem anderen im Bauch des Busses verstaute, wie Ecki zusammen mit Manne in den Bus kletterte, wie er sich nicht noch einmal umdrehte, wie sich die Türen schließlich schlossen, nachdem der Fahrer eingestiegen war.

Vom vorderen Ende des Busses nickte ihr einer in Uniform zu. Als müsste sie ihn kennen. Der lächelte sogar. Sie wollte sich schon wegdrehen, da erkannte sie ihn. Mannes Bruder. Der war in der Schule zwei Jahrgänge über ihr gewesen. Beim Zurücknicken fiel ihr sein Name wieder ein. Werner. Der hatte Abi machen dürfen. *Was für eine Verschwendung von Schulbildung.*

Marie presste die Arme fest an sich, während der Bus anfuhr. Sie blieb so stehen, bis er um die Ecke bog und verschwand. Drei Wochen kleiner-Bruder-frei. Marie hatte mehr Erleichterung erwartet.

»Ich wünschte, wir könnten wenigstens zusammen wegfahren.« Lennie streckte ihre miteinander verschränkten Hände himmelwärts.

»Da jibt's was Besseres.« Marie guckte an ihren Händen vorbei ins Blau. »Wenn Papa losfährt zu seiner Schwester, muss ick nicht gleich mit. Ick hab ihm dit erste Augustwochenende abjeschwatzt. Ick fahr dann erst am Montag ...« Sie drehte langsam den Kopf zu Lennie. »Verstehste?«

Lennie drückte den Mund an Maries. »Echt jetzt?«

»Janz in echt.« Ein leichter Kuss, der von ihren Lippen bis hoch in ihre Finger floss und weiter hinauf in den Himmel. »Kannste so lange weg?«

»Das krieg ich hin.« Musste sie. Danach war Marie zwei Wochen lang weg. Familienurlaub. Schlimmer als Hausarrest. Sie würden in verschiedenen Städten sein, für zwei elend lange Wochen. Lennie zog ihrer beider Hände an sich, küsste jede von Maries Fingerspitzen. »Kannste globen.« Sie musste nur die perfekte Gesprächseröffnung finden und jedes von Mamas Argumenten aushebeln, bis die gar nicht anders konnte, als ihre Einwilligung zu geben. Die Rädchen mussten sich drehen und ein Zähnchen ins andere greifen.

Das krieg ich hin. Leichter gesagt als getan. Sie brauchte einen guten Vorwand für Mama. Und soviel sie auch hin und her überlegte, sie kam auf nichts Besseres als: Ich fahr Ilse in Leipzig besuchen. Klar würde Mama das nicht schmecken. Musste es auch nicht. Nur erlauben musste sie es. Da waren sie wieder, die durchdrehenden Zahnradgedanken. Ein ganzes Wochenende mit Marie. Von Freitagabend bis Sonntagnachmittag. Volle 45 Stunden lang. Und mit jedem Ticken des Weckers neben ihrem Bett kamen die näher.

Ihre Zimmertür hatte jetzt einen Riegel. Mama hatte das bislang wortlos hingenommen. Für die Wochenendfrage konnte sie darauf nicht hoffen. Mit jedem Weckerticken drehten die Zahnräder sich schneller. Was natürlich Unsinn war. Uhren liefen nicht von selbst schneller. Sie blieben nur irgendwann stehen.

Lennie zwang ihre Gedanken zu dem Problem zurück. Sie brauchte eine gute Einleitung für dieses Gespräch. Eine gute Grundstimmung. Frühstück. Sie würde Mama Frühstück machen. Lennie sprang aus dem Bett. Das war ihre erste wirklich gute Idee heute.

Sogar die Kacheln an den Küchenwänden schienen müde zu blinzeln, und die erste Gasflamme zuckte nur zweimal, bevor sie wieder verlosch. Lennie fluchte leise und fummelte ein neues Streichholz aus der Packung. *Musste globen*, hörte sie Marie flüstern, *janz feste*. Als stünde Marie wirklich hinter ihr, als schmiegte sie sich an ihren Rücken, als wäre ihr Mund ganz dicht an ihrem Ohr. Dabei war nur die Gänsehaut auf ihrem Hals echt.

Das Marie-Gefühl blieb, während sie den Tisch deckte, das Brot aufschnitt und schließlich den Kaffee aufgoss. Auch als Mama in die Küche kam. Das Lächeln zum Guten Morgen fiel leicht mit Marie in ihrem Rücken. Sie schenkte Mama Kaffee ein. »Setz dich.«

»Womit hab ich das verdient?«

»Darf ich dir kein Frühstück machen?«

»Du hast Ferien und darfst ausschlafen.«

»Ich kann dir doch auch mal was Gutes tun.«

»Das ist lieb.«

So weit, so gut. Die Grundstimmung war gesetzt, und bislang lief alles wie geplant. Jetzt nur das Uhrwerk nicht anhalten. »Mama?«

»Ja?«

»Ich hätte da eine Frage ...« Lennie konnte den Sand schon zwischen den Zahnrädern knirschen hören. *Locker bleiben. Komm schon, du kannst das.*

Mama griff nach dem Brotkorb. »Ja?«

Keine Pausen zulassen. Die geben zu viel Zeit zum Denken. Lennie konzentrierte sich auf das Gefühl von Maries Hand auf ihrer Schulter. »Ich meine, also, fast alle von meiner Clique sind weggefahren, und – ich meine, ich weiß, wir können uns keinen richtigen Urlaub leisten, und ich will mich da auch gar nicht beschweren, echt nicht ... Ich wollte einfach nur fragen, also, wenn du nichts dagegen hast – könnte ich vielleicht ein Wochenende zu Ilse? Die hat geschrieben, sie hätte Zeit und sie würde mir gern zeigen, wo sie jetzt lebt und so – und, na ja, ich vermiss sie schon so ’n bisschen, und sie ist ja ganz allein da in Leipzig, kennt noch niemanden …« Lennie krampfte unter dem Tisch die Hände zusammen, um sich zu stoppen. Sonst würde Mama merken, dass sie log. Auch wenn viel von dem Gesagten stimmte. Nur manches eben nicht. Sie schwieg und wartete. In ihr hielt alles an.

Es regnete, als Marie am S-Bahnhof Bellevue ausstieg. Sie machte große Schritte und hielt den Kopf hoch, die Schultern gerade. Nass wurde sie sowieso, kein Grund, sich all den anderen gekrümmten Gestalten anzupassen, die meinten, mit ihrer gebückten Haltung besseren Schutz vor dem Getropfe zu finden. Da die Wolken wirkten, als hätten sie vor, eine Weile zu bleiben, ging Marie Richtung Alt-Moabit. Die Schlange an der Kasse vom Welt-Kino war lang, aber wenigstens konnte man im Trockenen anstehen. Lennie war noch nicht da. Sollte sie aber, denn Marie würde platzen, wenn sie nicht bald erfuhr, ob Lennie das Wochenende mit ihr verbringen würde. Schlimm genug, dass heute erst Montag war. Alles lag viel zu dicht beieinander: noch eine ganze Woche, in der sie mit Lennie sein konnte, vielleicht sogar ein ganzes Wochenende ohne Verabschiedungen – und dann zwei Wochen Dresden. Auf die sie sich Anfang Mai noch gefreut hatte.

Kannte sie Lennie wirklich erst drei Monate? Unmöglich. Sie mussten schon viel, viel länger zusammen sein. Wie sonst sollte sie so sicher sein, dass ihr Herzschlag im gleichen Takt hämmerte wie Lennies, die gerade um die Ecke gerannt kam und auf den Eingang vom Kino zusprintete. Sie wünschte sich, all die Menschen um sie herum würden ihrem Gefühl entsprechen, mit Lennie allein auf der Welt zu sein, würden tatsächlich verschwinden, damit sie Lennie nicht nur an sich drücken, sondern sie auch küssen konnte. Aber den Gefallen taten sie ihr nicht. So presste sie sich fester an Lennie und verbarg ihr Lächeln an ihrem Hals, sicher, dass Lennie es spürte, als sie flüsterte: *Geht klar mit unserem Wochenende.*

Montag, 31. Juli 1961

Liebe Ilse,

hoffe, es geht Dir gut in Leipzig!

Warum ich Dir heute vor allem schreibe: M und ich können das erste Wochenende im August allein zusammen verbringen. Natürlich konnte ich das Mama so nicht erzählen. Daher habe ich ihr gesagt, ich möchte zu Dir fahren, und sie hat das nach einiger Überredung erlaubt. Ich mußte dafür nur versprechen, ab Mitte August wieder im Salon zu arbeiten, auch wenn eigentlich noch Sommerferien sind.

Ich hoffe, Du bist mir nicht böse, daß ich Dich als Vorwand benutzt habe. Und ich hoffe, ich kann Dich bald wirklich mal besuchen. Du fehlst mir.

Liebe Grüße,
Deine Lennie

AUGUST 1961

Auch in der S-Bahn dankte Lennie immer noch Kundinnen, die an einem Freitagnachmittag unangemeldet in den Salon kamen und auf einem Haarschnitt vor dem Wochenende beharrten, als wäre es eine Angelegenheit auf Leben und Tod. War es ja auch. Nicht der Haarschnitt – aber dass Mama beschäftigt blieb und sie nicht zum Zug bringen konnte. Zu dem Zug, den sie nicht nehmen würde. Das hätte alles so viel komplizierter gemacht.

Aber es war gut gegangen. Die tief stehende Sonne blinzelte zum Fenster hinein, während die Räder über die Gleise rumpelten. Nächster Halt Marx-Engels-Platz. Und dann nur noch ein kurzer Fußweg. Marie. Marie. Marie. Sie tappte mit den Fingerspitzen gegen das Fensterglas, tappte den Rhythmus zu dem Marie-Gesang in ihr. Ein ganzes Wochenende lag vor ihnen. An Montag würde sie einfach nicht denken. Der war weit weg. Sie schloss die rechte Hand um Ilses Armbanduhr an ihrem linken Handgelenk, spürte dem Ticken des Sekundenzeigers nach. Jedes davon brachte sie Marie näher.

Beim Klingeln zuckte Marie zusammen und musste dann über sich selbst lachen, während sie durch den Flur rannte. Sie riss die Wohnungstür auf, und da war sie. Stand einfach da. Grinste. So wie sie wohl auch. Der ganze lange Tag fiel von ihr ab, all dieses

Warten. Als hätte sie nicht nur die Wohnungstür aufgerissen, sondern jede Tür in ihr, die verschlossen gewesen war. Sonne strömte in sie hinein, und alles wurde weit. Himmelweit.

»Komm rein.« Sie flüsterte und krächzte zugleich und musste noch mehr grinsen. Lennie hatte noch nicht einmal ein Wort gesagt. Musste sie aber auch nicht. Ihre Hände sprachen für sie. Hände, die sie berührten, sanfter Druck, der sie aus ihrem Starren löste, sie mitnahm in den Flur. Lennie stieß mit einem Fuß zurück, und die Tür fiel ins Schloss. Sie schwankten beide ein wenig.

»Du hast gar keinen Koffer dabei.«

»Schließfach. Wollte nicht riskieren, dass die mich rausziehen und durchsuchen und aufhalten.«

Die gemurmelten Worte klangen laut in dem stillen Flur. Sie waren wirklich hier. Nur sie beide. Ganz nah. Und dann waren sie noch näher, berührten sich von den Lippen bis hinunter zu den Fußspitzen. Küssten sich. Endlich.

Lennie hatte immer noch ihre Schuhe an. Und überhaupt waren da zu viele Lagen Kleidung zwischen ihnen. Hier konnte sie niemand überraschen, sie mussten weder ganz, ganz leise sein und den Atem anhalten, statt zu schreien, noch sich vor dem Morgengrauen verabschieden. Keine musste sich allein fortschleichen, keine musste allein zurückbleiben.

Ihre Kleidungsstücke ließen eine Spur zurück, den Flur entlang bis vor ihr Bett. Sie konnten sich nicht loslassen, fielen stolpernd umarmt darauf. Lachten, und verstummten dann wieder in einem Kuss.

Später lagen sie aneinandergeschmiegt da und machten Pläne. Ihr Flüstern war kaum lauter als das Knistern des Kissens, wenn eine von ihnen den Kopf bewegte. Marie drückte das Gesicht in Lennies Halsbeuge, spürte ihren Pulsschlag an ihren Lippen. Das hier, das war genau, wo sie sein wollte.

Lennie streckte ihre miteinander verschränkten Hände nach oben. »Wir sollten das echt tun.«

»Und wohin?« Marie schmiegte sich noch enger an ihren Hals, an die weiche Haut dort. Sie wollte die Realität nicht, aber ihre Gedanken ließen sich nicht aufhalten. »In Leipzig bei deene Tante finden die uns sofort.« Sie sprach mit den Lippen an Lennies Haut, als könnte das die Worte weicher machen. »Und denne stecken nicht nur wir bis zum Hals drin … willste ihr dit echt antun?«

»Nee.« Aber vielleicht konnten sie anderswohin, weit, weit fort, wo niemand sie finden würde. Auf einem Frachter anheuern und irgendwo an Land gehen. Marie lächelte bei dem Vorschlag, auch wenn sie tausend Einwände fand. Der letzte wog immer am schwersten. »Ick weeß nich', ob ick dit dem Kleenen und Papa antun kann.« Marie wusste, wie sich das mit dem Verlassenwerden anfühlte. Lennie kannte das nicht. Ganz leise erzählte sie ihr von Papas Heldeneltern, denen er wohl immer nachstreben und die er doch nie erreichen würde.

»Die haben jüdischen Familien bei der Flucht geholfen. Und dann sind sie von Nachbarn verraten worden. Sie hatten gerade ihre eigenen Kinder weggeschickt, also Papa und Tante Karin, und wollten nachkommen. Aber dann sind sie nie gekommen. Wurden verhaftet und umgebracht.«

Lennie zog sie enger an sich. »Bin bloß froh, dass dein Vater rechtzeitig weg war. Sonst gäb's dich nicht.«

»So hab ich das noch nie gesehen. Papa ist immer so damit beschäftigt, dass so etwas nie wieder passieren darf, diese janze Nazisache. Er meent, es ist nur jerecht, wenn wir dafür Opfer bringen und so.« Marie kuschelte sich bei Lennie ein. Ihr konnte sie auch davon erzählen, wie Papa mit anderen Jugendlichen ein befreites Konzentrationslager hatte besuchen müssen, wie ihn die Bilder der ausgemergelten Gestalten verfolgten, wie er dann aussah wie ein kleiner Junge und nichts mehr sagen konnte als *Nie wieder, Marie, nie wieder, niemals.* Und damit schien er immer mehr zu meinen als diesen Anblick. Wenn er so aussah, wollte sie ihn nur umarmen und nie loslassen. Aber er schüttelte das jedes Mal ab, bevor sie den Mut dazu fand.

Marie nahm Lennies Hand, küsste jeden Finger, ließ nach jedem Kuss ein Versprechen fallen.

Dit hier, uns, dit kann uns keener nehmen.

Sobald wir unser eigenes Geld verdienen, ziehen wir zusammen. Wo auch immer.

Wir finden einen Weg, kannste globen.

Wat auch kommt, wir ham uns. Immer.

Sie schmiegten sich so eng aneinander, dass kein Lufthauch mehr zwischen ihnen Platz fand, und verkrochen sich ganz unter die Decke. Hier im Dunkeln ließ es sich ertragen, Pläne für die unmittelbare Zukunft zu machen. Lennie murmelte Marie die Nummer einer Telefonzelle ins Ohr, bis sie sich die Ziffern eingeprägt hatte und sie auswendig aufsagen konnte trotz aller ablenkenden Berührungen. »Ich kann mich um elf rausschleichen, da schlafen alle.« Marie küsste Lennies Schulter, küsste sich weiter voran bis zu ihrem Hals. »Jeden zweiten Abend, einverstanden?«

»Einverstanden.« Lennie zog Marie zu sich hoch, suchte ihren Mund. Mehr mussten sie darüber nicht sagen. Jetzt konnten sie sich in den Moment fallen lassen.

Als sie Sonntagnachmittag auf dem Gleis standen, strich Lennie über Maries Finger, und sie wussten beide, welche Worte der anderen durch den Kopf gingen. Sie hielten sich fest, die Köpfe aneinandergelegt.

Der Zug fuhr ein, und keine von ihnen wollte loslassen. Sie hörten, wie die Türen aufgingen. Sie hörten Begrüßungen und Abschiedsworte. Sie standen still, doch die Zeit tat ihnen nicht denselben Gefallen. Schon erklang die Durchsage zum Einsteigen. Schon musste Marie Lennie noch einmal an sich drücken. Einatmen. Ausatmen.

»Morgen um elf«, flüsterte Marie.

Lennie nickte.

Marie bückte sich nach ihrem Koffer. Lennie kniff die Augen zusammen. Nicht heulen jetzt. Sie öffnete den Verschluss ihres Uhrenarmbands. Griff nach Maries freier Hand. Vielleicht zitterten ihre Finger, vielleicht auch Maries, es dauerte jedenfalls bis zur letzten Aufforderung zum Einsteigen, bis sie das Band endlich durch die Schnalle gefädelt und neben dem grünen Glasperlenarmband um Maries Handgelenk geschlossen hatte.

Nicht verlieren.

Niemals.

Dann musste Marie rennen. Sie verschwand im Zug, und hinter ihr klappten die Türen zu. Kurz lehnte sie sich gegen die Zugwand und schmiegte eine Hand um die Armbanduhr, spürte das Ticken an ihrer Handfläche wie einen Pulsschlag.

Der Zug ruckte an. Marie schob ihren Koffer vor sich her zum nächsten Fenster, zerrte es hinunter. Der Fahrtwind trieb ihr die Haare ins Gesicht. Sie hielt sie mit einer Hand zusammen, damit sie Lennie dort auf dem Bahnsteig sehen konnte. Sie winkten sich nicht. Sie standen beide nur da, schauten und schauten, während der Zug Marie immer schneller davontrug. Marie schloss das Fenster erst, als der Zug den letzten Berliner Bahnhof hinter sich zurückließ.

Sie fand ihr Abteil und ihren Platz, lehnte jedes Hilfsangebot ab, wuchtete ihren Koffer auf die Gepäckablage. Dann setzte sie sich, lehnte sich zurück, schloss die Augen, legte die rechte Hand wieder um die Armbanduhr, spürte dem Pulsschlag nach. Auch wenn die Entfernung zwischen ihnen mit jeder Umdrehung der Räder wuchs, brachte jedes Ticken dieses Zeigers sie schon wieder näher.

Lennie stand noch auf dem Bahnsteig, als der Zug lange nicht mehr zu sehen war. Erst ein Blick auf die Bahnhofsuhr brachte sie in Bewegung. Schnelle Bewegung. Obwohl sie sich fühlte, als wären ihre Füße zu schwer zum Laufen. Sie musste ihren Koffer holen und rechtzeitig am Bahnhof sein. So tun, als käme sie mit dem Zug aus Leipzig an. Als wäre dieses ganze Wochenende nicht gewesen.

Sie schaffte es gerade rechtzeitig und mischte sich unter die Aussteigenden, bevor Mama sie bemerkte. Aber mit Mamas Lächeln konnte sie nicht mithalten. All die Geheimnisse schnürten ihr die Kehle zu. Mit jeder Lüge, die aus ihrem Mund kam, wurde ihr schlechter. Dass Mama so nett und verständnisvoll war, machte das Ganze nur schlimmer.

»Ich hab uns einen Kuchen gebacken.« Mama legte ihr einen Arm um die Schultern. »Und du kannst sie ja wieder besuchen. Sie ist doch nur in Leipzig, nicht am anderen Ende der Welt.« Was immer diesen Wechsel in Mama hervorgerufen hatte, Lennie war dankbar dafür. Sie bemühte sich, die Mundwinkel ein wenig nach oben zu ziehen. Nickte. »Na, siehst du.« Mama drückte sie an sich. Dann redete sie weiter und weiter. Lennie zwang sich zuzuhören, obwohl sie wirklich nicht interessierte, wer sich welche neue Frisur hatte machen lassen. »Heide Wintzer war wieder da, und sie hat mich auf eine großartige Idee gebracht, wie wir mehr Kunden für unseren Salon bekommen können.« Mama strahlte, als sie sich in der Küche gegenübersaßen. Sie wedelte mit ihrer Kuchengabel wie wild in der Luft herum, und entgegen all ihren elenden Gedanken konnte Lennie nicht anders, als einem kleinen Glücksgefühl nachzugeben, weil sie gar nicht wusste, wann sie Mama zum letzten Mal so aufgekratzt gesehen hatte.

Vor lauter Reden war das Kuchenstück auf Mamas Teller noch immer unangetastet. »Wir werden die Hälfte unseres Salons an einen Herrenfrisur vermieten. Das bringt uns mehr Grundsicherheit, und Kundinnen wie Heide Wintzer werden den Salon ihren Männern empfehlen, die dann die Empfehlung an Freunde weitergeben, die wiederum ihre Frauen zu uns schicken werden. So gewinnen wir dann für beide Seiten des Salons mehr Kundschaft. Du wirst sehen, das wird großartig!«

»Bestimmt, Mama.«

»Du hast noch gar nichts von deinem Kuchen gegessen.« Mama deutete mit ihrer Gabel auf das unangetastete Kuchenstück. Schokolade und Kirsch. Ihre Lieblingsvariante.

Lennie nahm ihre Gabel auf und erwiderte die Geste. »Du auch nicht.«

Mama lachte. »Stimmt.« Sie versenkte die Gabel in ihrem Kuchen. »Ich rede und rede. Wie war dein Wochenende? Hat dir Leipzig gefallen?«

Schnell stopfte Lennie sich Kuchen in den Mund, damit sie nicht gleich antworten musste. Aber so langsam sie auch kaute, irgendwann musste sie was sagen. *Gut. Und irgendwie nett. Klein halt.* Jedes Wort riss eine Wunde in ihre Kehle, machte sie rau. Als würde jede noch so kleine Lüge einen Teil von ihrem echten Wochenende auslöschen. Sie schob sich mehr Kuchen in den Mund. Nur das Ticken der Küchenuhr klang durch die Stille. Lennie lauschte jedem einzelnen davon nach. Jede verstreichende Sekunde brachte sie Marie näher.

»Du trägst deine Uhr gar nicht mehr.« Mamas Stimme durchbrach die tröstenden Gedanken.

»Ist in Leipzig kaputtgegangen. Ilse hat sie dabehalten. Will sie reparieren und schicken.«

»Bist du deswegen so still? Das wird schon.« Mama tätschelte ihr die Hand. »Mit Uhren ist sie gut.«

Lennie nickte. *Ich auch*, wollte sie sagen. Sagte sie aber nicht. Der Kuchen lag als schwerer Klumpen mit all den Lügen in ihrem Bauch. »Ich geh mal meinen Koffer auspacken.« Übermorgen, Dienstag, würde sie mit Marie sprechen können.

Sie redeten über alles und schwiegen, wenn ihnen die Worte ausgingen, lauschten auf den Atem der anderen, bis es sich so anfühlte, als würden sie wieder nebeneinander in Maries Bett liegen und nicht in zwei Telefonzellen stehen, fast zweihundert Kilometer voneinander entfernt, die Hände um Telefonhörer geklammert.

»Ilse hat geschrieben«, flüsterte Lennie nach endlosen Atem-Momenten. »Sie ist nicht wirklich glücklich darüber, dass ich sie als Ausrede benutzt habe, aber sie hat versprochen, nichts zu verraten.«

Marie seufzte auf. »Wenn sie noch in Berlin wäre …«

»Ich weiß.« Lennie schluckte und lehnte sich gegen die kühle Glaswand der Telefonzelle. »Vielleicht können wir sie ja mal zusammen in Leipzig besuchen.«

»Dit wäre schön.«

»Kriegen wir hin.«

Die Tage zogen sich. Marie machte endlos lange Spaziergänge an der Elbe, wo sie die Wolken im Wasser beobachten konnte und den Schiffen ihre Gedanken mitschickte. Lennie durchstreifte die Stadt auf allen ihren Spuren und fand sich am Ende immer an der Spree wieder, wo sie sich Marie am nächsten fühlte.

Donnerstag erzählte sie Marie, dass die Mauer zu ihrem Versteck eingerissen worden war, dort eine Baugrube entstand. Sie hatte sich durch eine Lücke im Zaun gedrückt und den verrosteten Briefkasten zwischen den Brombeerranken gerettet. Der hing jetzt bei ihr im Zimmer an der Wand. Sie hatte ein Vorhängeschloss dafür gekauft und trug den Schlüssel dafür immer bei sich. Im Briefkasten steckten alle von Maries Briefen.

»Wir müssen uns nach dem Sommer sowieso einen wärmeren Ort suchen«, sagte Marie und spürte dabei ihren Pulsschlag bis in die Fingerspitzen, die sie auf den Telefonhörer drückte. Auch wenn die Tage hier endlos schienen, kam immer wieder der Abend, und sie konnten von Zukunft sprechen.

Am Samstag flüsterten sie einander aufgeregt ins Ohr, dass schon fast eine ganze Woche herum war. Nicht mehr lange.

»Ick schick dir Wolkenküsse.«

»Ich dir auch.«

Tag 1

»Marie.«

Die Stimme passte nicht zu ihrem Traum.

»Marie, wach auf.«

Es war nur ein Flüstern, aber es drängte ihren Traum immer weiter fort. Sie versuchte, sich an ihm festzuhalten, aber jetzt nahm sie die Helligkeit hinter ihren Augenlidern wahr. »Was ist?« Sie blinzelte. Ja, es war hell, aber eindeutig zu-früh-morgens-hell. Ecki hockte mit krummem Rücken auf ihrer Bettkante. Er hatte die Arme um seine Knie geschlungen. Starrte sie an. All ihre Schläfrigkeit verschwand. Sie saß aufrecht im Bett, bevor sie sich ihrer Bewegung bewusst wurde. »Was ist passiert?«

»Die haben Berlin getrennt.«

»Was?« Vielleicht träumte sie ja doch noch, einen ganz üblen Traum jetzt, einen mit weit offenen Augen und dem Gefühl von zu viel Wirklichkeit. Aber vielleicht lag sie noch lang ausgestreckt da, und nur ihre Angst flüsterte ihr mit Eckis Stimme einen Albtraum zu.

»Im Radio – die sagen, da ist Stacheldraht – und Gräben – die machen die janze Grenze dicht – und – und – und wir dürfen da nicht mehr rüber und – ick meene, dit jeht doch nicht, wie sollen wir uns denne denn …« Ecki ließ die abgehackten Pausen hinter sich, und Worte rauschten aus ihm heraus, und Marie ließ ihn reden, obwohl sie nichts mehr davon hörte, weil sich in ihrem Kopf nur noch die Worte drehten: Wir dürfen da nicht mehr rüber.

Sie kniff sich wieder und wieder. Die Worte verschwanden nicht. Auch nicht das Gefühl von Wirklichkeit. Das passierte in echt.

Wir dürfen da nicht mehr rüber.

Sie bemerkte die Stille nur, weil die Worte in ihrem Kopf plötzlich lauter klangen. Wie lange das Rauschen schon aufgehört hatte, wusste sie nicht. Ecki hockte vor ihr, drückte die Stirn auf die Knie, als wollte er sich so klein wie irgend möglich machen. Marie senkte den Kopf neben seinen. »Biste dir sicher?«, flüsterte sie in die Dunkelheit zwischen ihren Körpern.

Sie spürte ihn nicken.

Beim Frühstück versuchte Papa, sie alle zu beruhigen. Das sei sicher nicht endgültig. Abwarten und ruhig bleiben. Tante Karin sagte nichts bis auf: »Schschsch, die Nachbarn!«, wenn Marie oder Ecki zu laut gegen Papa protestierten. Im Hintergrund lief das Radio, verkündete, die Bürger der Deutschen Demokratischen Republik wären jetzt endlich geschützt vor Kindesräubern und vor erpresserischen Spitzeln der Menschenhandelszentralen, vor den Unmenschen, Arbeitsscheuen und Spekulanten. Marie war so übel, dass sie keinen Bissen hinunterbekam. Was tat sie hier? Sie sollte aufspringen, den ganzen Weg nach Berlin rennen, wenn nötig. Eine Lücke finden. Die konnten unmöglich jede Verbindung zu Lennie dichtgemacht haben. Das ging doch nicht. Eine ganze Stadt teilen und die Hälften voneinander abriegeln. Alle Menschen darin voneinander abschneiden. Sie von Lennie abschneiden. Das war zu absurd.

Papa beugte sich über den Tisch und tätschelte Ecki und ihr die Arme. »Jetzt bleiben wir erst einmal ruhig und genießen unseren Urlaub hier, ja?«

Sie blickte zu Ecki, der sich seine Schrippe in den Mund stopfte, als wäre das die einzige Möglichkeit, eine Flut von Worten zurückzuhalten. Seine Augen waren groß und rund und glänzten verdächtig. Marie blickte zu Papa. Sie presste die Handflächen fest auf den Tisch, damit sie ruhig sprechen konnte, statt zu schreien. »Spinnst du? Wir werden eingesperrt und sollen ruhig bleiben?«

»Marie, das reicht.«

»Nein, das reicht nicht. Hörst du dir eigentlich selbst zu? Ich kann keinen Urlaub genießen, wenn … wenn …« Sie versuchte, gegen die Worte anzuschlucken, aber die wollten sich nicht aufhalten lassen. »Wenn ich Lennie nicht mehr sehen kann.«

»Reiß dich zusammen, Marie, und red nicht so einen Unsinn.« Auch Papa klang jetzt, als würde er lieber schreien. Tante Karin blickte immer wieder zu der Wand, die an die Nachbarwohnung grenzte. Dann streckte sie sich zum Küchenschrank und drehte das Radio lauter. Papa senkte seine Stimme noch weiter, was nur das Beben darin verstärkte. »Wieso hat das überhaupt mit Lennie zu tun? Der arbeitet doch bei dir in der Werkstatt, oder ist er etwa –«

»Sie wohnt in Moabit.«

Jetzt war nur noch das Radio zu hören.

Warum hatte sie das gesagt?

Marie starrte auf ihre Hände und zog sie zurück, bis sie die Finger um die Tischkante klammern konnte. Das war verrückt. Das war alles vollkommen verrückt. Sie war verrückt. Sie konnte nirgendwohin und hatte sich an den tiefsten aller Abgründe geredet. Nur ihre um die Tischkante geklammerten Finger gaben ihr Halt. Und dann war da noch etwas. Eine Hand auf ihrem Arm. Ecki blickte sie nicht an, aber seine Hand lag da auf ihrem Arm, ruhig und fest.

Stuhlbeine schabten über den Küchenboden. Papa schob sich vom Tisch weg, als müsste er so viel Abstand wie möglich zwischen sie legen. »Du hast mich angelogen? Hast dich die ganze Zeit drüben im Westen herumgetrieben?«

Eckis gemurmeltes *Ich auch* ging in Tante Karins Auflachen unter. »Das ist ja jetzt nicht wahr, Klaus. Ist das alles, worüber du reden willst?«

»Das entscheide ich, Karin, hier geht es um meine Tochter!«

»Hast du ihr überhaupt zugehört?«

Marie hielt den Atem an. Vorsichtig löste sie eine Hand von der Tischkante und legte sie auf Eckis. Ihr war immer noch nach Flucht zumute. Aber sie hatte keine Ahnung, wohin sie rennen könnte.

»Begreifst du das nicht, Marie? Mit meiner Arbeit im Ministerium habe ich eine Vorbildfunktion. Und die erstreckt sich auch auf meine Familie. Ich habe wirklich mehr von dir erwartet.« Papa seufzte. »Wenigstens ist das jetzt alles beendet.« Er stand auf. »Ich möchte kein Wort mehr darüber hören, solange wir hier sind.«

»Papa –«

»Von dir auch nicht, Ecki.« Papa blieb an der Tür stehen, eine Hand schon auf der Klinke. »Ich weiß, ich bin nicht immer für euch da gewesen, wie ich das hätte sein sollen. Ich habe zu vieles schleifen gelassen. Das wird sich jetzt ändern.« Und damit ließ er sie mit Tante Karin am Küchentisch zurück.

Die erhob sich, kaum dass die Tür sich hinter ihm geschlossen hatte. »Dann räum ich das hier mal weg.« Sie stapelte Teller und Tassen. Jedes Klirren von Porzellan auf Porzellan schrillte in Maries Ohren. Sie kniff die Augen zusammen und wünschte sich mehrere Stunden zurück. Oder auch Tage. Wochen.

»Helft ihr mir mal? Wirklich, Kinder, ihr hattet auch mal Manieren.« Tante Karin knallte den Deckel des Brotkastens zu.

Sie standen zögernd auf. Marie traute ihren Beinen nicht. Aber sie trugen sie. Vom Tisch zum Kühlschrank und zurück. Immer wieder. Sie zuckte sogar nur leicht zusammen, als Tante Karin ihr eine Hand auf die Schulter legte. »Dein Vater ist nicht so gut mit Reden. Das weißt du schon, oder? Er hat dich gehört. Und er wird dich verstehen. Ich kenne doch meinen Bruder.« Sie drückte Maries Schulter. »Gib ihm ein wenig Zeit. Dann wird er mit dir reden wollen.«

»So wie er über Mama redet?« Marie wollte sich aus dem Griff wegdrehen, aber Tante Karin war schneller und zog sie in ihre Arme.

»Das wird schon.« Sie strich Marie über die Haare. »Das wird schon.«

Marie wünschte sich, sie könnte einfach so bleiben. Wünschte sich, sie könnte ihr glauben.

Lennie starrte auf den Stacheldraht. Das war falsch. Ihre Augen mussten verrücktspielen. Das durften die doch gar nicht machen. Aber da lagen Rollen von Stacheldraht auf der Straße. Dahinter standen Soldaten mit Gewehren über den Rücken. Sie sah die Gewehre, weil die Soldaten zu der Ansammlung auf ihrer Seite des Stacheldrahts blickten. Dort drüben schienen sie den Stacheldraht ebenso wenig zu begreifen wie sie. Der verknäuelte Draht reichte den Soldaten an den niedrigsten Stellen gerade mal bis zu den Knien, an den höheren bis zum Saum der Uniformjacken.

Auch direkt vor den Menschen drüben standen Uniformierte. Die mussten einander direkt in die Augen blicken. Wie durch Watte hörte Lennie Stimmen laut werden. Manche schrien wütend, andere weinten ganz offen. Wären da nicht die Gewehre, könnten die da drüben einfach losrennen und über den Stacheldraht springen. Sowieso, die würden doch nicht schießen. Nicht auf Menschen.

Sie konnte nicht länger still stehen. Sie lief los. Ein Ziel hatte sie dabei nicht. Sie folgte den Absperrungen. Suchte nach Lücken. Sah Menschen auf der anderen Seite, die dort am Stacheldraht und an den Gräben entlangliefen, sah, wie Straßen tiefer aufgerissen wurden, mehr Draht ausgerollt wurde, sah Menschen starren, sah, wie manche sich über den Zaun hinweg an den Händen hielten, bis sie von Uniformierten zurückgedrängt wurden.

Später hielt Mama ihre Hände fest, während sie vor dem Radio saßen und den Berichten lauschten. Menschen sprangen aus Häusern. Sogar ein Soldat sprang über den Stacheldraht. An der Ebertstraße war es einigen Menschen gelungen, den Maschendrahtzaun mit einer Zange zu durchtrennen, sich hindurchzudrängen, auf die andere Straßenseite zu laufen. Flucht geglückt. Für einige. Dann bemerkten die Grenzer die Lücke, drängten alle noch davor Stehenden weg, schlossen den Zaun.

Politiker hielten Reden, empörten sich. Doch letzten Endes schienen sie genauso hilflos wie Mama und sie. Mama hatte sie nicht mehr losgelassen, seit Lennie wieder nach Hause gekommen war. Sie hatte gerade die Wohnungstür zugezogen, als Mama angelaufen kam und sie in ihre Arme zog.

»Kind, Kind, Kind, ich hatte schon Angst, du wärst auf der falschen Seite von alldem.« Sie ließ sie nicht los, und Lennie ließ sich festhalten. Hielt sich an ihr fest. Wünschte sich, sie wäre klein genug zu glauben, Mama könnte alles wieder richten. Sie hatten keine Worte mehr gewechselt, nur den Berichten im Radio zugehört.

Jetzt war das Wohnzimmer in Dämmerlicht getaucht. Lennie blickte auf. Draußen senkte sich der Abend über die Stadt. Obwohl sie bei den Nachrichten die Uhrzeit angesagt haben mussten, konnte Lennie sich nicht erinnern, seit wann sie hier saßen. Mama drückte ihre Hände.

»Wir gehen morgen früh als Erstes einkaufen.«

Mamas Stimme klang unwirklich in Lennies Ohren nach all den Radiostimmen. Wie konnte Mama an so etwas Profanes wie Einkaufen denken, wenn eine Wunde quer durch die Stadt ging. Lennie zog ihre Hände weg, schlang die Arme um sich selbst. Es half nichts.

»Falls die uns noch mal komplett abriegeln wie achtundvierzig.« Mama schauderte. »Du warst gerade mal drei Jahre alt.« Sie wischte sich schnell über die Augen und stand auf. »Ich mach uns was zu essen.« Sie drückte Lennies Schultern. Im Hinausgehen knipste sie die Stehlampe neben dem Sofa an. Die Möbel warfen Schatteninseln ins Licht.

Lennie erinnerte sich nicht daran, wie es mit drei Jahren gewesen war. Aber heute würde sie niemals vergessen. Allein hielt sie es nicht am Radio aus. Doch ausschalten ging auch nicht. Sie ließ das Radio an und folgte dem Geruch von Speck und Rührei in die Küche.

Keine von ihnen aß etwas, sie stocherten auf ihren Tellern herum. Keine von ihnen wollte schlafen gehen, auch wenn das Schweigen zwischen ihren Sätzen immer länger wurde.

Ihre Gedanken hatten sich verlangsamt, wechselten nicht mehr im Sekundentakt wie den ganzen Tag über. Sie nahmen sich jetzt Zeit. Das tat mehr weh.

Marie mit Brombeerlippen.

Marie, wie sie in die Spree spuckte.

Marie mit einem Handtuchturban.

Mit Marie unter der Bettdecke.

Morgen werde ich ihre Stimme hören, sagte sie sich immer wieder. Daran musste sie einfach glauben. *Musste globen, janz feste.*

Mach ick, Marie, versprochen.

»Habt ihr mal darüber gesprochen?«, fiel Mama in ihre Gedanken ein. »Ich meine, hat sie mal was gesagt, dass sie …?«

Lennie musste mehrere Male schlucken, bevor sie überhaupt etwas sagen konnte. Sie steckte ihre Hände unter die Schenkel, weil sie vor Hoffnung zitterten. »Länger nicht.«

»Aber glaubst du, sie möchte? Jetzt, wo alles anders ist?«

»Vielleicht.« Vielleicht konnte sie Marie morgen danach fragen. Vielleicht konnten sie eine Möglichkeit finden. Lennie war schwindelig von den Möglichkeiten, die Mamas Worte bedeuteten.

»Kind, du zitterst ja.« Mama kam um den Tisch herum und legte einen Arm um sie. »Du musst völlig übermüdet sein, und ich halte dich hier mit Fragen über deine Tante wach. Tut mir leid.« Mama drückte sie. »Komm, auf ins Bett.«

Tante. Lennie sank in sich zusammen. Ohne ihre Hoffnungen

würde sie sich darüber freuen, dass Mama freiwillig von Ilse sprach. Jetzt war es, wie ohne Vorwarnung gegen eine Wand zu knallen.

Im Bett fand sie einen kleinen Trost. Wenn sie einen Weg für Ilse fanden, dann konnte sie vielleicht auch einen für Marie finden. Wenn Marie das überhaupt wollte.

Tag 2

Die Telefonzelle war besetzt. Der Mann darin wählte seit Minuten eine Nummer nach der anderen, fluchte, steckte immer weiter Münzen ein, wollte einfach nicht aufhören. Lennie schlug mit flachen Händen an die Tür. »He! Andere Leute wollen auch telefonieren!«

Der Mann drehte sich nicht einmal um. Marie musste am Durchdrehen sein, weil die ganze Zeit besetzt war. Bestimmt würde sie nicht aufgeben. Bestimmt nicht. Lennie trat von einem Fuß auf den anderen, wagte nicht, ihren Platz vor der Tür aufzugeben. Sie war längst nicht die Einzige, die trotz der späten Stunde noch vor der Telefonzelle anstand. Endlich stieß der Dauertelefonierer die Tür auf. Lennie drängte sich an ihm vorbei.

»Hat keinen Sinn, da stimmt was nicht mit den Leitungen«, hörte sie ihn noch sagen, bevor die Tür zuklappte. Sie glaubte ihm kein Wort. Gleich würde das Telefon klingeln. Sie würde den Hörer abnehmen. Und dann würde sie Maries Stimme hören. Alles andere zählte jetzt nicht mehr. Sie legte eine Hand auf den Hörer.

Komm schon.

Nichts passierte.

Hinter ihr riss jemand die Tür auf. »Wenn Sie nur ein Dach über'm Kopf suchen, suchen Sie woanders!«

»Ich warte auf einen Anruf.« Lennie drehte sich nicht einmal um. War ihr egal, wer da schimpfte. »Können Sie mir sagen, wie spät es ist?« Jetzt drehte sie sich doch um, lächelte höflich, auch wenn ihr nicht nach Lächeln zumute war.

»Halb zwölf durch.« Die Frau nickte ihr zu und zog sich zurück.

Also hatte sie nur etwas länger als eine halbe Stunde gewartet. Unmöglich, dass Marie da schon aufgegeben hatte. Es sei denn, bei ihr herrschte auch so ein Kampf um den Telefonhörer. Aber selbst dann.

Wie lange konnte sie hier stehen und warten, bevor da draußen bei irgendwem die Sicherung durchbrannte?

Komm schon. Klingel.

Nichts.

Lennie zählte leise bis zehn. Und fing wieder von vorn an. Wiederholungen waren erträglicher, als über zehn hinaus zu zählen. Die Stimmen draußen wurden lauter.

Tag 3

Ihr erster Gedanke beim Aufwachen war derselbe wie der vor dem Einschlafen: Lennie.

Marie glaubte nicht an Telepathie, und trotzdem wünschte sie sich, Lennie würde spüren, wie intensiv sie an sie dachte. Wünschte sich, das Stück Himmel in ihrem Fenster würde ihre Gedanken aufnehmen und sie zu Lennie tragen. Wünschte sich, sie wäre an diesem letzten Wochenende mit Lennie gegangen, statt in den Zug zu steigen. Dann wäre sie jetzt bei ihr.

Und dann? Marie starrte ins Blau. Ihr Zimmer, mehr eine Kammer, lag hinter der Küche, und sie konnte hören, wie Papa und Tante Karin das Frühstück vorbereiteten. Als wäre es ein weiterer ganz normaler Tag. War es aber nicht. Es war ein eingesperrter Tag.

Gestern waren sie alle nebenan bei den Nachbarn gewesen, die hatten einen Fernseher. In den Nachrichten hatten sie Berlin gesehen. Mit Stacheldraht geteilt. Ein Schutzwall. Es war schwer gewesen, nicht bitter aufzulachen. Tante Karins Hände hatten sich schmerzhaft in ihre Schultern gekrallt. Das hatte Marie geholfen, ruhig zu bleiben. Die Bilder wollten nicht aus ihrem Kopf verschwinden.

Zu absurd. Zu spät.

Wie sollte sie leben, wenn sie Lennie nicht mehr sehen konnte? Das musste alles ein bitterböser Albtraum sein. Da war eine Lücke zwischen ihrem Verstand, der die Nachrichten begriff, und ihren Gefühlen, die nichts davon begreifen konnten. Eine Lücke, die sie zerriss.

Sie ging durch den Tag, ohne ihn wirklich wahrzunehmen. Immer wieder stand sie plötzlich vor der Telefonzelle und musste sich davon abhalten hineinzugehen. Es war sinnlos. Alle Leitungen waren unterbrochen. Abgeschnitten. Noch so eine Sinnlosigkeit.

Dann lag sie wieder im Bett. Irgendwie war es Abend geworden. Jemand klopfte an ihre Tür. Obwohl sie nichts sagte, kam Papa herein und setzte sich auf die Bettkante. Er blickte zum Fenster, so wie sie es heute Morgen getan hatte. Seine Stimme war ganz leise.

»Ich kann mir vorstellen, wie schwierig das alles für dich ist, Marie. Aber du musst mir versprechen, dass du vernünftig bleibst. Ecki braucht dich.« Er räusperte sich. »Und ich auch. Vergiss das nicht.« Er wartete keine Antwort ab, stand schnell auf, ging aus dem Zimmer, ohne sie anzusehen.

Marie schloss die Augen. Der Riss in ihr wurde nur noch breiter.

Tag 6

Der Salon war voll wie lange nicht mehr. Aber die wenigsten waren hier, um sich die Haare schneiden zu lassen. Sie redeten. Alle durcheinander. Lennie schnappte Wörter und Sätze auf, während sie Kaffee nachkochte und den Kuchen anschnitt, den Frau Wintzer mitgebracht hatte. Deren Stimme setzte sich durch. »Mein Mann hat seinen Bruder rübergeholt.«

Stille. Chaos. Alle wollten wissen, wie.

Frau Wintzer fuchtelte mit den Händen herum, bis sich das Stimmendurcheinander legte. »Es war im Grunde lächerlich einfach. Er hat einen Kollegen, der seinem Bruder ähnlich sieht, um seinen Ausweis gebeten. Damit ist er rüber. Und dann sind sie zusammen zurück. Einfach so.«

Einfach so. Lennie meinte zerspringen zu müssen und war froh um die vielen Stimmen, die gleich wieder laut wurden, Einzelheiten verlangten.

Nein, er hatte natürlich nichts mitnehmen können. Das wäre zu riskant gewesen. Und zum Glück war er alleinstehend. Natürlich war das nicht ohne Risiko. Wer erwischt wurde, landete im Gefängnis. Aber waren sie das drüben nicht sowieso schon? Das hatte ihr Schwager zumindest gesagt. Ja, der wohnte jetzt bei ihnen, musste aber täglich nach Marienfelde wegen der Aufnahmeformalitäten. Der Befragungen. Die waren da unermüdlich. Alle stellten sie Fragen, die Amis, die Engländer, die Franzosen. Endlos. Wer keine Verwandten hier hatte, musste in einem der Aufnahmelager bleiben. Wurde meistens irgendwann ausgeflogen.

Lennie saugte jeden Satz auf. Schenkte Kaffee nach, sammelte gebrauchtes Geschirr ein, wusch still die Haare der Kundinnen, die sich dann doch für eine neue Frisur entschieden, statt nur herumzuhocken und zu reden. Pläne machten die Runde, Ausweisbilder wurden mit Bildern im Kopf verglichen. Bald fanden sich drei, vier, fünf, die genug Ähnlichkeit aufwiesen, um es zu wagen. Zögerndes Lächeln breitete sich auf Gesichtern aus. Hoffnung. Aber sosehr Lennie sich unter all den Menschen im Salon umblickte, keine sah so aus wie Marie.

Falls Marie überhaupt wegwollte. Eines stand fest: Sie würde vor ihrem Haus warten, in zwei Tagen, wenn sie zurückkam. Wie Marie sich auch entschied, sie musste sie sehen.

Tag 8

Marie hatte noch nie so viele Uniformen in der Stadt gesehen. Sogar Papa ging schneller als nötig, umklammerte mit einer Hand den Koffergriff und mit der anderen den Schulterriemen von Eckis Rucksack. Als fürchte er, Ecki könnte jederzeit losrennen, eine Dummheit machen.

Ganz abwegig war das nicht. Ecki blickte mit großen Augen um sich, drehte sich ständig von einer Seite zur anderen, egal, wie oft Papa an seinem Rucksackriemen riss, egal, wie oft sie ihn anstieß, damit er sich zusammennahm, damit nicht noch einer der Uniformen meinte, sie wären verdächtig, sie anhielt und wer weiß was mit ihnen anstellte. Aber sie kamen unbehelligt aus dem Bahnhof.

Draußen war alles seltsam unverändert. Menschen eilten über die Gehwege, Straßenbahnen donnerten vorüber, die Geschäfte waren geschlossen. Natürlich, es war Sonntag. Der nächste Sonntag. Wie konnte schon eine Woche so vergangen sein?

Hoffnung flackerte in ihr auf. Vielleicht war das alles ein absurder Albtraum. Vielleicht war alles längst wieder zu normal zurückgekehrt, nur hatten sie das in Dresden noch nicht mitbekommen. Vielleicht konnte sie zu Hause ihren Koffer abstellen und sich dann später wie verabredet mit Lennie treffen. Vielleicht war alles längst nicht mehr so, wie sie im Radio behauptet hatten. Vielleicht waren alle Ängste umsonst gewesen.

Eine Hand schloss sich um ihre, und Marie blieb stehen. Ecki klammerte sich an ihr fest. Zusammen starrten sie auf ein Stück Mauer, das vor ihrem Wegfahren noch nicht existiert hatte. Mauer und Maschendrahtzaun und Bauarbeiter, die die Mauer Stück um Stück erweiterten.

»Kommt, Kinder.« Papa drängte sie vorwärts. »Nichts zu sehen.« Marie folgte erst Eckis Zerren an ihrer Hand. Stolpernd setzte sie sich in Bewegung. Alles war, wie sie gesagt hatten. Und Papa log. Da war viel zu sehen. Nur nichts zu hoffen. Denn wie sollte man hoffen, wenn Menschen hier eine Mauer bauten, die sie alle einsperrte?

Marie starrte aufs Pflaster, ging stumm neben Ecki her, der sie nicht mehr losließ, genauso wenig wie Papa den Griff um seinen Schulterriemen löste. Sie versuchte sich vorzustellen, nie wieder durch die Straßen zu laufen, die sie mit Lennie durchstreift hatte. Sie versuchte sich vorzustellen, Lennie nie wiederzusehen. Ihre Gedanken verweigerten die Kooperation. Anders konnte sie sich nicht erklären, dass Lennie da stand, vor ihrer Haustür. Keine zehn Schritte von ihr entfernt.

Papa blieb stehen. Ecki zuckte zusammen und stand ebenfalls still. Marie ließ den Koffer fallen. Papa drehte sich zu ihr um. »Wir warten oben auf dich«, sagte er. Dann stieß er Ecki an, damit der den Koffer aufhob. Als die beiden sich wieder in Bewegung setzten, rannte Lennie schon auf sie zu.

Und dann war sie einfach da. Hielt sie fest. Sie sagten beide nichts, klammerten sich aneinander. Erst als sie Lennie spürte, Lennie roch, Lennie immer fester an sich zog, begriff Marie, dass Lennie wirklich da war.

»Wie bist du hergekommen?«

»Uns lassen sie durch.«

»Auch wieder zurück?«

Sie spürte Lennies Nicken. Das war gut. Auch wenn sie Lennie für immer bei sich behalten wollte, wollte sie doch nicht, dass Lennie eingesperrt war. »Versprich mir, dass du zurückgehst.«

»Ich könnte dich mitnehmen.« Lennie wisperte mit dem Mund an ihrem Ohr. Marie hielt ganz still, damit ihr kein Wort entging. »Nicht gleich heute. Ich muss eine finden, die dir ähnlich sieht. Wenn die mir ihren Ausweis leiht, kannst du mit dem rüberkommen.« Fünf Atemzüge Stille. »Wenn du willst.«

Wenn sie wollte. Natürlich wollte sie.

Wir warten oben auf dich.

Papa und Ecki nie wiedersehen. Wie sollte sie das entscheiden? *Es gibt keine einfachen Lösungen.* Marie wollte den Satz in der Luft zerfetzen, weil er so sehr stimmte. Sie wusste, was es bedeutete zurückzubleiben. Und jetzt wusste sie, wie es war, vor einer unmöglichen Entscheidung zu stehen.

Lennie küsste sie unters Ohr. »Du musst dich nicht sofort entscheiden.«

Begriff Lennie das denn nicht? Am liebsten wollte sie sich gar nicht entscheiden. »Können wir für den Moment einfach irgendwohin und das alles ignorieren?«

»Wohin?«

»Komm.« Marie zog Lennie mit sich in den Hauseingang und die Treppen hinauf bis halbe Treppe zu ihrer Wohnung. »Warte kurz hier.« Sie lief die letzten Stufen hoch und zog leise die Wohnungstür auf. Gleich daneben hing der Toilettenschlüssel. Sie nahm ihn und eilte zu Lennie zurück. Natürlich war das kein toller Ort, aber wenigstens waren sie dort unter sich, und niemand würde sie beobachten. Oder einfach so hereinplatzen. Marie schloss von innen ab und ließ den Schlüssel stecken.

Durch die kleine Milchglasscheibe fiel Licht. Es roch ein bisschen muffig und ein bisschen nach dem Veilchenparfüm von Frau Müller. Lennie setzte sich auf den heruntergeklappten Klodeckel und zupfte an Maries Bluse.

»Was jetzt?«

Marie setzte sich auf Lennies Schoß. »Das jetzt.« Und sie küsste sie auf den Mund. Unfassbar, wie sie zwei Wochen lang ohne das hatte existieren können. Sie ließ sich in den Kuss fallen, in die Umarmung. Hier war sie sicher. Aufgehoben. Hier wollte sie nie wieder weg.

Aber irgendwann mussten sie sich voneinander lösen. Irgendwann mussten sie sich auch verabschieden. *Nur ein wenig länger noch,* dachte Marie jedes Mal, wenn ihr Papas Worte wieder einfielen.

Als das Licht etwas dämmrig wurde, hatte sie endlich den Mut zu fragen: »Was wäre denn dann, wenn ick mitkomme? Wie würde das weitergehen?«

»Wir könnten sagen, du bist meine Cousine.« Lennies Worte kitzelten sie an der Wange. »Dann kannst du bei uns wohnen.«

»Und deene Mutter spielt da mit?« Wenn sie das glaubte, musste Lennie sich in ihren Träumen verloren haben.

Lennie zuckte mit den Schultern. »Ich kann sie vielleicht davon überzeugen. Du wärst überrascht. Sie hat sich verändert in den letzten Tagen.«

Vielleicht. Marie starrte auf die Milchglasscheibe und versuchte, sich die Welt dahinter vorzustellen. Konnte sie ihr Leben auf ein Vielleicht aufbauen? Sie hasste ihre Unentschlossenheit. Sie wollte nicht zweifeln. Hier war Lennie und bot ihr einen Weg, wie sie zusammenbleiben konnten. Das sollte doch genug sein. Marie schloss die Augen. »Ick muss nach oben. Die fragen sich bestimmt schon, wo ick bleibe.«

Lennie schlang die Arme ganz fest um sie, und Marie kuschelte sich hinein, unternahm trotz ihrer Worte keinerlei Anstalten zum Aufstehen.

»Soll ich nach einem Ausweis suchen?«

Die Worte machten den kleinen Aufschub zunichte. Marie versteckte ihr Gesicht in Lennies Halsbeuge. Sie nickte. Weil sie hoffen wollte. Weil ein Nein so endgültig klang, und das brachte sie nicht über die Lippen. Sie drückte sich, so fest sie nur konnte, an Lennie. Solange sie sich hatten, musste das doch genug sein.

»Dann komme ich wieder, sobald ich einen gefunden habe.« Lennie ließ sie nicht los.

»Können wir nicht doch uff 'nem Schiff anheuern und einfach janz weit weg?« Nur sie beide und das Meer. Über ihnen der weite Himmel. »Lass uns gleich een janzes Boot klauen und abhauen.«

»Bin ich dabei. Aber lass uns dich erst mal hier rausholen.«

Das Verabschieden war schwerer gewesen als der Abschied auf dem Bahnhof vor zwei Wochen. Ganz egal, wie oft Lennie ihr versicherte, sie würden sich bald wiedersehen, ganz egal, wie sehr Marie ihr glauben wollte, der Zweifel nistete in ihrer Brust. Sie lehnte innen an der Toilettentür, hörte, wie Lennies Schritte sich entfernten. Langsam. Widerwillig. Erst als das Zuschlagen der Haustür unten verklungen war, verließ Marie die Toilette, schloss leise die Tür ab, ging die halbe Treppe hinauf und zurück in die Wohnung.

»Wir sind in der Küche«, rief Papa.

Sie streifte die Schuhe ab. Hängte den Schlüssel an den Haken. Schluckte. Schluckte noch einmal. Schaute auf die Uhr, die Lennie nicht hatte zurücknehmen wollen. Noch nicht, hatte sie gesagt und Marie aufs Handgelenk geküsst. Sie konnte die Berührung der Lippen dort noch spüren.

Es war sieben nach acht. Später als die übliche Abendessenszeit. Was für ein nutzloser Gedanke. Marie schleppte sich in die Küche, ließ sich auf ihren Stuhl fallen. Sie sollte unbekümmert tun. Normal. Aber das ging nicht. Ecki hielt ihr den Brotkorb hin, und sie nahm sich eine Scheibe, obwohl sie keinerlei Hunger verspürte. Papa schob die Butterschale näher an ihren Teller.

Abendessen. Eine Stulle schmieren. Das war alles so absurd gewöhnlich, wo doch nichts mehr gewöhnlich war. Aber wenigstens gab es ihr etwas zu tun. Wenigstens musste sie nicht von ihrem Teller aufblicken. Papa goss ihr Tee ein.

»Ecki, kannst du deine Schwester und mich mal allein lassen?«

Keinerlei Protest folgte auf Papas Worte. Ecki schob nur seinen Stuhl zurück, schnappte sich das Glas mit den eingelegten Gurken und trottete aus der Küche. Marie wollte ihn aufhalten, wollte ihn zurückholen, aber ihr fiel nichts ein.

Ihr musste etwas einfallen. Schnell. Sie konnte sich Papa nicht stellen. Nicht heute. Er hatte kein Wort über Lennie und sie verloren seit dem Frühstück bei Tante Karin. Kein Wort darüber, dass Lennie ein Mädchen und kein Junge war. Natürlich hatte sie gewusst, es würde irgendwann kommen. Trotzdem klammerte sie die Hand um das Brotmesser, als würde ihr das Halt geben können.

»Marie.«

Sie wünschte sich, sie hätte Eckis Quasseltalent. Dann könnte sie jetzt einfach losreden und Papa gar nicht erst zu Wort kommen lassen. Oder Ecki käme zurück. Würde auf sie beide einreden, bis Papa alles vergaß, was er sagen wollte. Oder Papa würde sich in Luft auflösen. Oder sie. Einfach davonschweben wie der Dampf, der von ihrer Teetasse aufstieg.

Nichts davon trat ein.

Papa räusperte sich. »Schau, ich – ich kann nicht sagen, dass ich das verstehe. Das mit dieser … Lennie? Das ist nicht das, was ich mir für dich vorgestellt habe. Verstehst du?«

Erwartete er dafür tatsächlich Verständnis? Marie hielt den Kopf starr. Jedes Nicken wäre Verrat an Lennie. Und an ihr selbst. An allem zwischen ihnen.

»Aber das ist gar nicht so wichtig.« Papa schob den Salzstreuer vor seinem Teller hin und her. »Meine Eltern, deine Großeltern, haben mehreren jüdischen Familien geholfen zu fliehen.«

Was hatte das jetzt mit allem zu tun? Ja, ihre Großeltern waren Helden gewesen, mit denen niemand mithalten konnte. Marie starrte auf ihren Teller und fragte sich, was so toll an Eltern war, die sich lieber verhaften und umbringen ließen, statt mit ihren Kindern zu fliehen. Sie zwang sich, Papa weiter zuzuhören.

»Karin hat mich daran erinnert, dass ich weiß, wie das ist, zu lügen und sich zu verstellen.«

Das war neu. Marie weigerte sich zwar weiterhin, ihn anzuschauen, aber sie verpasste keines der Worte mehr, als er davon erzählte, stets auf der Hut zu sein, sich anzupassen, nie jemandem vertrauen zu können.

»Wir mussten mitspielen, damit kein Verdacht auf unsere Eltern fiel, damit sie diesen Familien helfen konnten.« Eine Zeit lang war nur zu hören, wie der Salzstreuer über die Tischplatte schabte, mit dem Papa immer noch herumspielte.

»Also, ich weiß, wie schwer das ist. Und wir konnten wenigstens in der Familie offen reden. Man braucht einen Ort, an dem man nicht lügen muss. Einen sicheren Hafen.« Papa schob den Salzstreuer zu ihr hinüber und hielt die Hände still.

Marie starrte das kleine Gefäß an. Vorsichtig stupste sie es mit einem Finger an. »Hast du das auch Ecki gesagt?«

»Dem habe ich eine Standpauke gehalten, fürchte ich. Aber der begreift das schon auch noch.«

Marie drehte den Salzstreuer zwischen ihren Händen. Ein sicherer Hafen versus die offene See. Sie würde heulen, wenn sie jetzt den Mund öffnete. So hielt sie nur den Salzstreuer fest und nickte.

Tag 10

Warten. Etwas Schlimmeres konnte es nicht geben. Marie starrte die Wohnungstür an, als könnte sie ihr damit ein Klingeln oder Klopfen entlocken. Aber von der anderen Seite kam kein Laut. Auch der Blick durch den Türspion zeigte nur ein leeres Treppenhaus. Sie ging durch die stille Wohnung zurück in ihr Zimmer. Ecki war mit Manne unterwegs, Papa auf der Arbeit. Alles wie gewohnt. Alles anders.

Sie kniete sich vor ihr Bett, nahm Mamas Bücher unter der Matratze heraus. Zehn Bücher hatte Darius ihr gegeben, seit sie in der Theaterwerkstatt angefangen hatte. Zu viele, um sie mitzunehmen. Eins konnte sie unter ihrem Rock verstecken. Ein schmales. Marie breitete die Bücher auf dem Fußboden aus. Sie strich über jeden einzelnen Einband. Wenn Mama sich früh genug zum Abhauen entschieden hätte, wäre sie jetzt noch am Leben.

»Denne könnte ick bei dir sein.« Marie erschrak vor ihrer eigenen Stimme, die in der Stille um sie herum viel zu laut klang. Aber das machte die Worte nicht weniger wahr. Marie stach mit einem Finger auf eins der Bücher ein. »Wenn du mutig jenug gewesen wärst, dir zu entscheiden, könnte ick jetzt zu dir flüchten. Dit wär so viel leichter. Verstehste?«

Klar würde Mama das verstehen. Aber sie war nicht hier. Sie würde ihr nicht helfen.

Marie schob die Bücher zurück in ihr Versteck. Bevor sie ging, würde sie die Bücher unter Eckis Matratze umquartieren. Falls sie ging. Die Zweifel gaben keine Ruhe. Sie hielt es drinnen nicht aus, wagte aber auch nicht rauszugehen, denn dann könnte sie Lennie verpassen. Falls sie heute schon kommen sollte.

Wenn es zu lange dauerte, wenn sie zu viele Tage hintereinander in der Wohnung zubrachte, würden zwei Dinge geschehen: Erstens würde sie durchdrehen, weil sie die Wände nicht mehr ertrug. Zweitens würde Ecki misstrauisch werden, weil sie nicht rausging. Marie riss das Fenster in ihrem Zimmer auf und lehnte sich mit dem Oberkörper so weit hinaus, bis ihr schwindelig wurde.

Menschen sprangen aus Häusern. Aus denen, die auf der Grenze standen. Wo der Gehweg schon zum anderen Teil von Berlin gehörte. Einer war dabei gestorben. Hatte Papa erzählt. Zur Abschreckung bestimmt. Ihr genügte dafür bereits die Vorstellung des Fallens.

Marie zwang sich, weiter nach unten zu blicken. Das Schwindelgefühl ließ nicht nach. *Jewöhn dir dran.* So würde das sein. Wie ein Sprung, bei dem einen niemand auffing. Eigentlich noch schlimmer: ein Sprung, bei dem einen vielleicht jemand auffing. Sie drückte sich von der Öffnung zurück ins Zimmer. Ihr Herz schlug so schnell, als würde sie schon fallen.

Auch als es längst Nacht war, sie längst im Bett lag, schlug es zu schnell, ließ sie nicht schlafen.

Tag 11

Was nutzte es, in einem Friseursalon zu arbeiten, wenn dorthin keine Rothaarigen kamen? Rote Haare, grüne Augen. Das konnte doch nicht so selten sein! Marie könnte auch als zwanzig durchgehen. Oder als sechzehn. Das mit dem Alter würden sie hinbekommen. Nur bei der Größe sollte es keine zu großen Abweichungen geben. Sie würde auch braune Haare mit grünen Augen nehmen. Musste sie eben das Haarfärbemittel mit rüberschmuggeln. Würde schon klappen. Nur Augen ließen sich eben nicht umfärben.

Sie wickelte das Handtuch um Frau Krügers Haare und schickte sie hinüber auf den letzten freien Frisierstuhl. Auch der Wartebereich war voll, und der ganze Salon summte vor Gesprächen. Eine zählte die Stellen auf, wo sie jetzt hinter dem Zaun begannen, eine Mauer zu errichten, andere hörten mit weit aufgerissenen Augen zu (keine davon grün), wiederholten Straßennamen, manche erzählten von Verwandten, die es geschafft hatten, manche von welchen, die erwartet worden, aber nicht angekommen waren.

Frau Wintzer unterhielt sich mit Mama, während die einer Kundin die Haare zu Locken aufdrehte. Lennie schnappte nur einzelne Worte des Gesprächs auf. *Kanalisation. Unterschlupf für die*

Nacht. Sie sah Mama nicken. Vielleicht sollte sie sich den beiden anvertrauen. Vielleicht würden sie ihr helfen.

Aber im Gegensatz zu dem, was sie Marie gesagt hatte, war ihr Vertrauen in Mamas Veränderung nicht besonders groß. Nicht, was das anging. Klar, Mama tat, was sie konnte, um die Fluchthilfe zu unterstützen. Doch jedes Mal, wenn Lennie Maries Namen erwähnte, wechselte sie das Thema. Und trotzdem. Wenn Marie erst einmal hier war, konnte Mama sie nicht einfach wegschicken.

Das musste sie glauben. Sonst würde sie durchdrehen. Lennie ging in die kleine Küche hinüber und setzte Wasser für mehr Kaffee auf. Und wenn Mama Marie doch wegschickte, dann würde Lennie eben mit ihr gehen. Ihnen würde schon etwas einfallen. Musste ja. Alles andere war undenkbar.

Auch wenn sich *alles andere* immer wieder aufdrängte. Auch wenn sie nirgendwohin gehen konnte, ohne zu denken: Das ist, wo Marie und ich … Sogar hier im Salon. Weil sie sich einmal hier heruntergeschlichen hatten, mitten in der Nacht. Weil Marie auf dem Weg zu ihr vom Regen überrascht worden war. Der hatte so laut gegen ihr Fenster geschlagen, dass sie Maries Klopfen zuerst gar nicht gehört hatte. In der kurzen Zeit, die sie brauchte, um ein paar Handtücher aus dem Bad zu holen, hatte sich eine Pfütze um Maries Füße geformt. Lennie half ihr aus den nassen Klamotten und wickelte sie in die Handtücher ein. Marie hörte nicht auf zu zittern.

Lennie drückte sie an sich. »Komm, ich mach dir einen Tee.«

»Was ist mit deiner Mutter? Hört die uns nicht in der Küche?«

»Nicht in der unten.« Sie machten kein Licht auf dem Flur, schlichen mit angehaltenem Atem die Treppe hinunter. Lennie drehte den Schlüssel so langsam und leise wie möglich im Schloss herum. Der Salon lag in kompletter Finsternis mit den heruntergelassenen Rollläden. »Bleib kurz hier stehen.« Lennie ging weiter in die Dunkelheit hinein. Der Regen lieferte noch immer ein Trommelkonzert, und ihr kam es vor, als schritte sie durch eine weiträumige Halle, deren Begrenzungen nur über die Regengeräusche definiert waren. Sie ging vorwärts, hoffentlich auf ihr Ziel zu. Selbst mit verbundenen Augen würde sie sich leichter zwischen den Brombeerranken zurechtfinden als hier. Dort kannte sie jeden Schritt. Sie stieß mit der Hüfte gegen den Empfangstresen und fluchte.

»Alles in Ordnung?«, klang Maries Stimme leise durch die Dunkelheit.

»Alles gut«, flüsterte sie zurück. Wenigstens konnte sie sich jetzt an der Kante des Tresens entlangtasten bis zur Tür der kleinen Küche und zum Lichtschalter daneben. Das Klicken des Schalters hallte durch den Raum, und gleich darauf war es mit der Dunkelheit vorbei. Lennie zog die Küchentür weit auf, und das Licht schlug eine Schneise durch den Salon, ließ Konturen sichtbar werden, löste das Gefühl von Unendlichkeit auf. Schnell war Marie an ihrer Seite.

Dann saßen sie mit Bechern, aus denen Teedampf hochstieg, auf dem Boden, lehnten mit den Rücken am Tresen, ihre Schultern und Hüften und Beine berührten sich. Marie neigte ihren Kopf über den Becher, sodass der Dampf ihr Gesicht streichelte. »Entschieden viel besser.«

Lennie grinste. »Ich würde dir ja die Haare föhnen, aber das hört man bis oben.«

»Allet jut.« Marie tätschelte ihren Handtuchturban.

Sie schwiegen und nippten Tee und sahen zu, wie der Dampf

seine Bahnen durch den Raum zog. Wenn sie auf einem Kahn hocken würden, würde er sich mit dem Dampf des Motors vermischen, zu den Wolken hochsteigen. *Ganz leicht,* dachte Lennie.

»Wenn dit mit dem Weggehen mal ooch so leicht wär«, wisperte Marie dem Dampf hinterher, als hätte sie Lennies Gedanken gehört.

»Lennie!« Gleichzeitig mit der Stimme brach das Pfeifen des Wasserkessels durch ihre Erinnerungen. Lennie drehte die Gasflamme ab und fuhr herum. Mama schaute sie kopfschüttelnd an. »Wo warst du denn? Das Wasser kocht seit Ewigkeiten.«

»Ich hab wohl irgendwie an was anderes gedacht.« Lennie hantierte mit Kaffeedose und Filter herum, froh, einen Vorwand zu haben, Mama nicht anzuschauen. Wenn nur ihre Finger nicht so verräterisch zittern würden. Kaffeepulver fiel neben die Kanne. Sie fand besser einen Weg, sich zu beruhigen, bevor sie das kochende Wasser aufgoss.

»Ich wünschte …« Mama seufzte und sprach nicht weiter. Lennie drehte sich nicht um. Sie stützte sich am Herd auf. Sie musste sich beruhigen. Sonst würde sie noch wider besseres Wissen Mama alles erzählen und Verständnis erwarten. Niemals. Lennie tappte mit den Zeigefingern die Sekunden vor sich hin. Zählte stumm mit. Fünf Sekunden lang einatmen, fünf Sekunden lang ausatmen. Wieder und wieder. Sie würden einen Weg finden. Sie mussten.

»Ich lass dich dann mal«, sagte Mama hinter ihr. Lennie brauchte noch eine ganze Minute, bis sie sich ruhig genug fühlte, den Kaffee aufzugießen. Dem Trubel im Salon fühlte sie sich zwar nicht gewachsen, aber da hatte sie keine Wahl. Sie vermied jeden Blick auf den Empfangstresen. Viel half das nicht.

Sie drehte eine Runde, schenkte Kaffee nach, ließ Gespräche über sich hinweggleiten. Wann immer sie konnte, schaute sie nach Augenfarben. Klar, die waren hier alle viel zu alt. Aber die hatten auch Töchter. Hoffentlich. Marie wurde bestimmt schon verrückt vor lauter Warten.

Aber auch am Ende dieses Tages, als Mama ihr den Besen für ein letztes Saubermachen in die Hand drückte, hatte sie keine gesehen, die sie hätte fragen können. Lennie fegte Haare zusammen, lauschte dem Geschirrklappern aus der Küche, wo Mama abwusch. Blond mischte sich mit Brauntönen, dazwischen blitzten Grau- und Silbersträhnen auf, manchmal auch weiße. Und alle verschwanden sie gemeinsam im Mülleimer. Lennie stellte den Besen weg, sammelte die gebrauchten Handtücher ein und legte den Stapel auf die Treppe, um sie später zum Waschen mit nach oben zu nehmen. Als sie in den Salon zurückkam, schaltete Mama die Lichter bei den einzelnen Stationen aus.

Das Klopfen an der Glastür überraschte sie beide. Mama ging mit festen Schritten zur Tür hinüber, die sie bereits abgeschlossen hatte. Lennie eilte ihr hinterher. Der Gedanke, dass Mama im Dunkeln allein einem Fremden gegenüberstand, behagte ihr nicht. Mama drückte die Tür einen Spalt weit auf.

»Tut mir leid, wir haben geschlossen.«

Der Fremde fuhr sich über die Hutkrempe. »Sind Sie Fräulein Krugh?«

»Was wollen Sie von meiner Tochter?« Mama richtete sich gerade auf, verschränkte die Arme. Als könnte sie sich breit genug machen, Lennie hinter sich zu verbergen. Lennie stellte sich neben sie.

»Das bin ich.«

»Ah, natürlich, die Ähnlichkeit ist …« Er streckte die rechte Hand aus. »Entschuldigung, ich überfalle Sie hier einfach so und vergesse meine Manieren. Andreas Schmidt. Sie hatten mir wegen Ihres Vaters geschrieben.«

»Oh.« Das schien so weit weg. Die Welt war eine andere gewesen, als sie diese Suche begonnen hatte. Sie wollte diese alte Welt zurück. *Reiß dich zusammen.* Lennie schüttelte seine Hand.

Mama schob sich halb vor sie. »Was geht hier vor? Wer sind Sie? Was haben Sie mit meiner Tochter zu tun?«

»Entschuldigen Sie, ich platze hier einfach so herein. Ich hätte wirklich vorher … Ihre Tochter hat mich angeschrieben, weil ich ein Kamerad Ihres – nun, ich nehme einmal an, Ihres Mannes gewesen bin. Paul Krugh?« Nachdem Mama nur stumm nickte, fuhr er fort: »Ich hätte schon vor Jahren Kontakt aufnehmen sollen. Aber ich – ich bin nicht hier gewesen. Hab nach dem Krieg auf einem Schiff angeheuert, konnte es nicht ertragen, an einem Ort zu bleiben.« Er musterte seine Schuhe. Sie waren schwarz und glänzten im Licht einer Straßenlaterne. »Das tut alles wenig zur Sache. Ich bin hier, um die Fragen Ihrer Tochter zu beantworten. Und um ihr – oder Ihnen beiden – etwas von Paul zu geben.«

»Von …« Mama zitterte. »Ich weiß nicht, ob ich das möchte.«

»Aber ich.« Lennie drückte die Tür weiter auf. »Kommen Sie.«

»Ich – ich möchte keine Schwierigkeiten …« Der Fremde blickte zu Mama. Die versperrte ihm weiterhin den Weg. Lennie berührte sie vorsichtig an der Schulter.

»Mama? Bitte!?«

Der Fremde sah wieder auf seine Schuhe hinab, wirkte, als wünschte er sich, an einem weit entfernten Ort zu sein. Lennie fürchtete schon, er könnte sich jeden Moment in Luft auflösen.

Mama griff nach Lennies Hand. Drückte sie. »Also gut.« Sie trat zur Seite. »Kommen Sie.«

»Danke.«

Lennie wünschte sich, die zwei Erwachsenen vor ihr würden schneller gehen. Dann könnten sie schneller zur Sache kommen. Damit sie so schnell wie möglich zum Eigentlichen zurückkehren konnte. Einen Ausweis für Marie finden.

»Setzen wir uns.« Mama deutete auf die Warteecke. Sobald sie saß, presste sie die Hände auf die Knie und sagte nichts mehr.

Der Fremde nahm seinen Hut ab. Der Lichtstreifen, der von der kleinen Stehlampe auf dem Tresen herüberfiel, strich auch über seine Haare. Sie waren rot. Alle Fragen, die sie sich für diesen Moment zurechtgelegt hatte, verschwanden aus ihrem Kopf. Nur noch eine hatte darin Platz. Aber die konnte sie nicht stellen, solange Mama neben ihnen saß.

Das Schweigen fraß sich in sie hinein. Sie musste sich an die anderen Fragen erinnern. Die von damals. Wenn sie nicht bald eine fand, würde das Schweigen sie dazu treiben, die eine auszusprechen. Lennie zog die Füße über den Boden. Sie brauchte ein Geräusch, bevor sie dieses Schweigen durchbrechen konnte. »Wie ist er gestorben?«

»Helene!«

»Sie machen keine Gefangenen, was?«

»Du kannst nicht einfach …«

Lennie zuckte mit den Schultern und sagte nichts mehr, weil ihr sonst die andere Frage über die Lippen gekommen wäre. Weil die viel wichtiger war. Doch mit der musste sie warten, bis sie mit dem Fremden allein sein konnte.

Wenigstens war das Schweigen vorbei, auch wenn die beiden

jetzt gleichzeitig redeten. Mama schwankte zwischen Rügen für sie und Entschuldigungen an den Fremden. Der wiederum beteuerte, dass keine Entschuldigung nötig sei, schließlich war er gekommen, um Fragen zu beantworten. Mama redete weiter auf ihn ein, als wollte sie jedes seiner Worte auslöschen.

Lennie schlug mit einer Hand auf den leeren Stuhl neben sich. »Mama. Bitte. Lass ihn reden.«

Stille.

»Vielleicht sollte ich zu einem anderen Zeitpunkt …?«

»Nein. Nein, entschuldigen Sie bitte, ich habe nur nicht gewusst, dass meine Tochter … Wie auch immer. Sie sind hier. Bleiben Sie.« Mama drückte den Rücken fester gegen die Lehne ihres Stuhls. »Reden Sie.«

Er nickte und hielt sich an seinem Hut fest. »Das war eine ganz dumme Situation. Er hätte nur seinen Kopf unten behalten müssen, nur einen Moment länger, aber er – also, wir, wir alle wollten abhauen. Alle bis auf unseren Offizier. Der hat immer noch an den Krieg geglaubt.«

Obwohl ihre Gedanken ganz woandershin wollten, hörte Lennie zu. Die Worte fielen in den dämmrigen Salon, passten so wenig hierher wie sie selbst. Noch weniger. Krieg. Das lag so weit zurück. Das waren nur noch Lücken in Häuserzeilen und Einschlaglöcher und Gesichter, die sich abwandten, sobald die Sprache darauf kam. Und jetzt saßen sie hier zu dritt, Mama mit diesem geraden Rücken, sie selbst ein wenig vornübergebeugt, den Blick auf die Hände an der Hutkrempe gerichtet, während die fremde Stimme davon erzählte, wie ihr Vater, den sie nie gekannt hatte, gestorben war. Einfach weil er für das verabredete Desertieren zu früh aufsprang.

»Wir wollten alle zusammen losrennen. Damit unser Offizier überfordert ist. Nicht reagieren kann. Aber Paul, der ist hoch, bevor Kalle das Zeichen gegeben hat. Und dann hat ihn die Kugel vom Russen erwischt. Kopfschuss. Sofort tot.«

Gut. Gut. Jetzt wussten sie alles. Jetzt konnte er gehen, und sie konnte ihn zur Tür begleiten und hinaus und ihm dann, wenn sie mit ihm allein war, die wichtigen Fragen stellen. Aber Mama ließ den Mann nicht gehen. Sie wollte alles ganz genau wissen.

Wieso er desertieren wollte.

Weil es hoffnungslos war. Weil sie alle abgeschlachtet wurden. Überrannt. Alle hatten sie Angst vor Kriegsgefangenschaft. Alle wollten sie nach Hause.

Und nach dem Schuss. Was war dann passiert.

Sie waren gerannt. Alle in verschiedene Richtungen. Er war entkommen. Hatte sich versteckt, das Ende des Krieges abgewartet, auf einem Schiff angeheuert.

»Aber dann können Sie doch gar nicht genau wissen – ich meine, er könnte doch …« Mama verstummte beim Kopfschütteln des Fremden.

»Er ist neben mir gestorben. Näher bei mir als Sie jetzt. Ich habe gesehen, wie er aufgehört hat zu atmen. Habe das gehört.« Er strich über seine Hutkrempe. »Es tut mir sehr leid.«

Mama starrte auf ihre Knie. Sie sah aus, als hätte sie noch längst nicht alle Fragen gestellt, fand Lennie. Obwohl es schwer war, blieb sie still. Wartete, falls Mama noch etwas sagen wollte. Die Stille war wie ein Jucken überall auf ihrer Haut. Wenn sie wenigstens oben in der Küche säßen, dann könnte sie auf die Wanduhr lauschen, das Verticken der Sekunden hören.

»Ich hätte schon viel früher zu Ihnen kommen sollen. Paul

hat mir etwas für Sie gegeben. Wir – wir haben alle Dinge ausgetauscht, für unsere Familien, falls wir es nicht alle schaffen. Irgendwer wird schon durchkommen, haben wir gedacht.« Er hustete ein wenig und legte den Hut auf den leeren Stuhl ihm gegenüber. Dann schob er die rechte Hand in die Tasche der Jacke, die er die ganze Zeit über anbehalten hatte. Als er die Hand wieder hervorzog, hielt er darin eine Armbanduhr.

»Er hat gesagt, die soll mal sein Kind bekommen. Falls er je Vater würde. Er hat ja nicht gewusst – jedenfalls, als ich Ihren Brief gelesen habe, wusste ich, dass ich es ihm schulde, sein Erbe an Sie weiterzugeben.« Er streckte Lennie die Uhr hin.

Das schwarze Leder des Armbands war weich und hatte etliche Kratzer. Die Zeiger standen still. Drei Uhr sieben. Die Glasabdeckung war leicht eingedrückt, Risse liefen darüber. Das vertraute Logo war trotzdem gut zu erkennen. »Ist das –« Aber das konnte nicht sein Todeszeitpunkt sein. Er musste die Uhr schon vorher an seinen Kameraden gegeben haben.

»Sie ist irgendwann auf See stehen geblieben. Das mit dem Glas ist schon vorher passiert. Er ist da ganz blöd mit einer Feldflasche kollidiert.« Der Fremde lachte kurz auf. »Paul konnte albern sein im größten Mist. Ihn hat die Verzweiflung als Letzten erwischt. Da haben wir uns zum Desertieren entschlossen.«

Mama stand auf. »Sie sollten jetzt gehen. Es ist schon spät.«

»Natürlich.« Der Fremde streckte sich nach seinem Hut und stülpte ihn sich auf den Kopf. »Sie haben ja meine Adresse, wenn Sie später noch mehr wissen wollen. Ich bin jetzt fest in der Stadt.«

Lennie sprang auf. »Ich bringe Sie hinaus.« Weder Mama noch er widersprachen. Sie ging ihm voraus zur Tür, dankte ihm für die Uhr, redete weiter, ohne wirklich zu wissen, was sie sagte, wusste nur, sie musste weiterreden, damit die Worte sie nicht gleich verließen, wenn sie die Tür erreichten. Sie trat mit ihm auf die Straße.

»Also dann.« Er lüpfte den Hut wie die Männer in den Filmen, die sie manchmal mit Marie angesehen hatte. »Tut mir wirklich leid, dass ich mich nicht schon längst gemeldet habe.«

Die Ungeduld ließ sich nicht länger aushalten. »Haben Sie vielleicht eine Tochter? Eine mit roten Haaren? Und Ihren Augen?« Lennie wollte ja langsamer reden, wollte mehr erklären, aber die Fragen stürzten aus ihr heraus. »So ungefähr meine Größe? Mein Alter? Und vor allem eine, die hier lebt? Würden Sie mir ihren Ausweis leihen? Wenn sie existiert, meine ich.« Endlich konnte sie den Mund geschlossen halten, durchatmen.

Der Fremde schob die Hände in die Jackentaschen, zog sie um sich zusammen. »Woher wissen Sie das?«

Alles in ihr stockte. Sie stand so still wie die Zeiger von Papas Armbanduhr. Sekunden vergingen. Stunden. Marie. Sie wiederholte stumm den Namen in ihrem Kopf, bis er ihre Starre auflöste. »Hab ich nur gehofft.« Sie musste schneller denken, die richtigen Worte finden. »Meine Cousine ist drüben. Und sie will da nicht bleiben. Ich suche seit Tagen nach einer, die ihr ähnlich sieht, weil Kundinnen im Salon erzählt haben, dass sie so Verwandte rüberholen konnten. Einfach einen Ausweis von jemandem hier finden, der ähnlich aussieht, den Ausweis rüberschmuggeln, und schon gelingt die Flucht.« Lennie stützte sich mit einer Hand am Schaufenster des Salons ab. Sie musste etwas Solides fühlen, war ganz benommen von allem, was sie da sagte. Alles hing davon ab, dass der sie jetzt nicht für verrückt hielt.

»Sie ist etwas älter. Meine Tochter. Neunzehn.« Er nickte vor sich hin. »Aber wenn Sie meinen, dass das geht?«

»Bestimmt.« Lennie schluckte alle weiteren Beteuerungen herunter.

»Dann –« Er strich erneut an seiner Hutkrempe entlang. »Also, ich meine, ich muss natürlich Kathrin erst fragen. Und wir müssen schauen, welches Risiko sie da eingeht. Ich kann morgen nach der Arbeit wieder herkommen.«

»Lieber nicht hierher.« In ihrem Kopf machte sich ein Singsang breit, der sie zum Lächeln bringen wollte und gegen den sie nur schwer anreden konnte. Das musste einfach klappen! Kathrin musste sich darauf einlassen. »Das ist wirklich ungefährlich für Ihre Tochter. Sie kann den Ausweis gleich am nächsten Tag als verloren melden, dann kann sie nichts dafür, wenn jemand ihn findet und –«

Andreas Schmidt hob eine Hand. »Das überlegen wir in unserer Familie in Ruhe. Kennen Sie das Café Buchwald?«

Lennie nickte. Ihre Kehle fühlte sich plötzlich zu trocken an zum Sprechen. *Morgen, Marie, morgen.*

»Dann treffen wir uns dort.«

Seine Verabschiedung ging völlig in dem Klang in ihrem Kopf unter. *LennieMarie, LennieMarie.*

Morgen.

Tag 12

Das Singen in ihrem Kopf verstummte.

Den Nachrichten im Radio hatte Lennie nicht glauben wollen. Sie hatte doch den Ausweis. Versteckt im Futter ihrer Jacke. Tausend Mal hatte sie sich vergewissert, dass man ihn bei einem einfachen Abtasten nicht spüren konnte. Alles sicher. Alles klar.

Sie hatte ignoriert, wie wenige Menschen am Grenzübergang anstanden. Sie hatte diejenigen ignoriert, die ihr entgegenkamen. Sie hatte die Blicke gesehen, die Wut gehört. Aber sie war weitergegangen. Bis sie wie die anderen am Übergang abgewiesen wurde. Wegen der fehlenden Aufenthaltsgenehmigung für den anderen Teil der Stadt. Die brauchte man jetzt. Nur bekam man sie nirgends.

Lennie starrte die Mauer an. Die Männer mit den Gewehren, die ihr den Weg zu Marie versperrten.

SEPTEMBER 1961

Marie hasste die Wortlosigkeit am Morgen. Die ließ zu viel Platz für Erinnerungen. Keines der Morgengeräusche konnte die Gedanken vertreiben. Nicht, wenn sie die Teller und das Marmeladenglas auf den Tisch knallte, nicht der pfeifende Wasserkessel und noch weniger das Plätschern, wenn das heiße Wasser durch den Filter in die Kanne lief. Das Rascheln von Papas Zeitung half schon gar nicht, im Gegenteil, das betonte nur die verlogenen Schlagzeilen. Selbst Eckis Monologe waren zu leise, kamen gegen ihre Gedanken nicht an.

In der Werkstatt blieben noch immer einige Plätze leer. Über die Gründe wurde nicht einmal geflüstert. Marie kannte sie natürlich, so wie alle anderen auch.

Das Leben geht weiter, hatte Papa gesagt. Aber Marie wollte nicht, dass es weiterging. Nicht so. Es sollte rückwärtslaufen, bis der richtige Zustand wieder erreicht war. Der ohne Mauer. Der, bei dem nur diese lächerliche weiße Linie auf den Straßen verlief, über die man mit einem Schritt hinweggehen konnte. Ein Schritt von der einen auf die andere Seite. So einfach, dass man nicht einmal darüber nachdachte.

Wenn sie die grauen Stoffmengen neben ihrer Nähmaschine anschaute, schien es, als wäre ihr Wunsch in Erfüllung gegangen und die Zeit wäre schon rückwärtsgelaufen. Nur lagen da keine Stoffbahnen, sondern die Roben, die sie im Mai genäht hatte. Die sollten jetzt zu Hosen umgearbeitet werden.

Das Rattern der Maschinen machte das Denken schwer. Das mochte Marie jetzt. Hier verfolgte sie kein Was-wäre-wenn, hier war kein Platz für Erinnerungen. Sie konnte sich von den immer gleichen Geräuschen betäuben lassen. Am liebsten hätte sie auch die Pausen durchgearbeitet, aber das war nicht erlaubt.

Sie konzentrierte sich auf ordentliche Nähte und immer nur auf das Stück Stoff, das vor ihr lag. Irgendwann ging das Grau zu Ende und wurde durch Grün ersetzt. Statt Hosen nähte sie spitz zulaufende Kappen. Darauf folgten rote Kunstsamtjacken. Marie war die Einzige, die in den Pausen nicht über den rutschigen Stoff meckerte. Sie stopfte das Kantinenessen in sich und schaute aus den hohen Fenstern. Der Anblick von Wolken tat weh. Der blaue Himmel war zu weit. Wenn sie nach der Arbeit nach Hause lief, mied sie die Spree.

Papas sicherer Hafen war auch nur eine Täuschung. Sicher blieb der nur, solange sie brav vor Anker lag. Nicht einmal Ecki redete von der anderen Seite der Stadt. Über die schwiegen sie, als hätte sie nie existiert. Aber sie war noch immer da.

Manchmal blieb Marie in der Werkstatt, bis alle anderen gegangen waren. Dann stieg sie im Treppenhaus ganz nach oben hinauf und zog eines der kleinen Fenster auf. Marie streckte das Gesicht so weit in die Öffnung, dass sie den Wind auf den Wangen spürte. Von hier oben blickte sie über die Spree, über die Bahngleise, über die Mauer bis hinüber in den anderen Teil der Stadt.

Nur die Enten und Möwen ließen sich von der Teilung nicht beeindrucken. Flügel müsste man haben. Oder leicht sein wie eine Wolke.

Von hier oben konnte sie beobachten, wie die Mauer immer weiter in ihren Teil der Stadt hineinwuchs. An vielen Stellen waren jetzt Stacheldraht und Mauer und dann noch Scheinwerfer und Grenzer mit Gewehren und Hunden. Das musste Papa doch auch alles sehen. Das konnte er nicht gerecht finden. Das ließ sich weder erklären noch verteidigen. Aber darüber verweigerte er jedes Gespräch.

Es gab auch noch Teile der Grenze, wo nur der Zaun die Menschen voneinander abschnitt. An den Stellen konnte man sich zwischen hier und drüben unterhalten. Manchmal eine Berührung wagen. Bis die Grenzer kamen. Meistens war sie froh, dass sie Lennie noch nie an einer solchen Stelle begegnet war.

Marie starrte in den anderen Teil der Stadt und flüsterte all die Worte in den Wind, die sie Lennie nicht schreiben konnte. *Ich möchte bei dir sein. Ich möchte deine Haut an meiner Haut spüren so wie hier den Wind auf meinem Gesicht. Na ja, gern etwas wärmer.*

Sie blieb an dem Fenster stehen, bis ihr Gesicht taub war vom Wind. Draußen dämmerte es bereits. Marie schloss das Fenster. Papa würde sie fragen, wo sie so lange abgeblieben war, wenn sie sich jetzt nicht beeilte. Und auf die Frage wollte sie nicht antworten.

Daher war sie auch froh, als sie beim Türaufschließen schon Eckis Stimme hörte. »Der Bruder von Manne war heute bei uns in der Klasse. Der ist jetze an der Grenze stationiert, an der Kopenhagener.«

Marie hängte ihre Jacke im Flur auf und ließ sich Zeit mit den Schuhen. Sie summte vor sich hin, damit wenigstens Eckis Worte gedämpft wurden. Der Kleene hatte eindeutig zu viel Begeisterung für Uniformen und Waffen. Der musste doch begreifen, dass die nicht zu ihrem Schutz da waren. Marie pfefferte ihre Schuhe gegen die Wand.

Eigentlich wollte sie die Zähne weiter zusammenbeißen, auch in der Küche. Aber Ecki mit den leuchtenden Augen, wie er mit seinem Brotmesser herumfuchtelte, das war zu viel. »Dir is' schon klar, dit die uff Menschen schießen? Dabei machen die nüscht anderes als wir vor jut 'nem Monat. Weeßte noch? Einfach rübergehen können?« Marie hielt sich an der Rückenlehne ihres Stuhls fest. Ecki starrte sie mit offenem Mund an.

»Dir auch einen guten Abend«, sagte Papa ganz ruhig. »Langer Tag?«

Für einen Moment stellte sie sich vor, wie sie den Stuhl hochhob und ihn quer durch die Küche schleuderte, alles vom Tisch fegte, wie es krachte, knallte, klirrte, schepperte, splitterte, brach, barst, platzte, prasselte, zerschellte. Dann konnte sie sich setzen. Dann konnte sie sagen, *ja, zu langer Tag*. Ecki klappte den Mund zu. Papa stellte keine Fragen mehr. Marie schmierte sich ein Brot. Wenn sie zur Spüle schaute, dann sah sie, wie Lennie dort gestanden und ihre Teller abgewaschen hatte. Wenn sie auf die Tischplatte schaute, dann sah sie, wie sie ihre kleinen Finger umeinandergehakt hatten, Lennies rechten und ihren linken. Wenn sie dann auf ihr Handgelenk schaute, sah sie unweigerlich Lennies Uhr, sah, wie der Sekundenzeiger unerbittlich vorwärtszuckte. Sie wollte die Uhr zurückdrehen. Sie wollte alle Uhren zurückdrehen.

Sie lief an der Grenze entlang. So nah, wie sie es wagte. Sie lief an den geräumten Häusern vorbei, die so nah an der Grenze standen, dass die Gehwege davor schon zum anderen Teil der Stadt gehörten. Jetzt waren sie Geisterhäuser. Leer und zugemauert. Aus diesen Fenstern sprang niemand mehr, weder in die Freiheit noch in den Tod. Marie blieb nicht stehen. Wenn sie schnell genug ging, nur auf den Gehweg schaute, die Augen fast schon schloss, wenn sie die Wege lief, die sie gemeinsam gegangen waren, die Alte Schönhauser lang, über die Münzstraße in den Bogen der Neuen Schönhauser, den Hackeschen Markt überqueren und weiter entlang an der S-Bahn-Strecke bis zum Bahnhof Friedrichstraße, dann spürte sie Lennie neben sich.

Sie stieg nicht die Treppe zum Bahnhof hinauf. Eine Station nur. Friedrichstraße. Lehrter Bahnhof. Ecki hatte ihr gegenübergesessen. Sie spürte die Holzbank, spürte, wie der Waggon unter dem Rattern der Räder zitterte, und sie konnte den Regen schmecken, hören, wie es geschüttet hatte, als sie ausstiegen. Alles nur eine Station entfernt. Sie streckte die Finger nach der Hand aus, die nicht da war.

Marie verbrachte die Mittagspause auf der Treppe ganz oben. Sie hatte sich längs auf einer Stufe ausgestreckt, lehnte mit dem Rücken an der Wand. In ihren Ohren dröhnten noch immer die Nähmaschinen. Marie drückte ihr Handgelenk mit der Armbanduhr an ihr linkes Ohr, lauschte stattdessen ihrem Ticken. Gerade als sie die Augen schloss, mischten sich Schritte zu dem Ticken.

»Hier bist du.«

Marie blinzelte zu Darius hoch, der auf dem Treppenabsatz stehen geblieben war.

»Darf ich mich zu dir setzen?«

»Was willst du?« Sie schwang die Beine von der Stufe, drückte sich an die Wand. Es war seltsam, mit ihm zu reden. Immer noch. Er hockte sich auf die Stufe unter ihrer, rutschte ganz ans Geländer.

»Ich will dich etwas fragen.« Er spähte nach unten. »Aber erst muss ich vorwegschicken, dass ich nicht sofort eine Antwort will. Hör dir einfach meine Frage an und dann denk darüber nach. Lass dir ein paar Tage Zeit, bevor du mir antwortest.«

Wenn der jetzt mit irgendeinem schmierigen Angebot ankam, würde sie ihn treten und wegrennen. So viel stand fest. Aber sie musste ihn nicht treten. Sie musste sich nur davon abhalten, *Ja* zu schreien, so laut sie konnte. Stattdessen packte sie Darius am Arm, presste ihre Finger so fest darum, dass er protestierte.

»Tut mir leid, tut mir leid.« Marie löste ihren Griff. »Wann geht es los? Was muss ich wissen? Wie oft machen wir das, bis wir selbst –«

»Nicht hier.«

»Klar.« Die Fragen ballten sich in ihrem Hals zusammen, machten mehr Worte unmöglich.

»Und kein Wort. Zu niemandem.«

Wusste sie doch. Sie nickte.

»Lass mich das nicht bedauern.« Dabei sah er sie an, als zweifelte er jetzt schon daran, ob es eine gute Idee gewesen war, sie einzuweihen und um Hilfe zu bitten.

Marie schluckte gegen den Fragenklumpen in ihrer Kehle an und streckte ihm die rechte Hand hin. »Wirst du nicht.«

»Dann übermorgen bei mir.« Er hielt ihre Hand fest und gab ihr seine Adresse.

Eine Woche später ging sie durch die nächtlichen Straßen, hatte den Mantelkragen hochgeklappt und sich eine Handtasche unter den Arm geklemmt. Der Herbst war da. Sie sollte sich älter anziehen, hatte Darius gesagt und ihr ein paar Sachen aus dem Theaterfundus gegeben. Die hatten die letzten Tage unter ihrem Bett gelegen. Als sie heute nach dem Abendessen auf dem Bett gelegen und darauf gewartet hatte, dass Ecki und Papa endlich schlafen gingen, kribbelte ihr gesamter Rücken. Sie wollte aufspringen oder aufs Bett eintrommeln oder es laut hinausschreien oder sich wenigstens jemandem anvertrauen.

Nichts davon war möglich. Aber eins konnte sie doch. Marie stand leise auf. Aus dem Wohnzimmer klang immer noch das Radio. Seit Ecki nicht mehr heimlich den RIAS in seinem Zimmer hörte, hatten Papa und er eine gemeinsame Leidenschaft für Hörspiele entwickelt. Für die durfte Ecki sogar länger aufbleiben als Marie in seinem Alter. Sie knipste die Schreibtischlampe an, fand ein Stück Papier. Der Bleistift lag griffbereit, nur die richtigen Worte mussten ihr noch einfallen. Sie musste sich kurz fassen. Deutlich sein. Aber so, dass niemand anders die Worte verstehen würde. Marie rollte den Bleistift hin und her.

Als sie die Worte endlich gefunden hatte, war alles still in der Wohnung. Sie faltete den Zettel ganz klein zusammen und steckte ihn in ihren BH. So nah an ihr Herz wie möglich. Das Radiomurmeln war verstummt.

Auf dem Flur lauschte sie erst an Papas und dann an Eckis Zimmertür. Papa schnarchte. Bei Ecki war alles still. Marie schlich in ihr Zimmer zurück und holte die Klamotten unter dem Bett hervor.

Umgezogen hatte sie sich erst halbe Treppe auf der Toilette. Der Schlüssel steckte in der Handtasche. Hoffentlich musste niemand aufs Klo, bevor sie zurückkam. Der Wind trieb herabgefallene Blätter über den Gehweg.

So spät kamen ihr nur wenige Menschen entgegen. Alle eilten mit hochgezogenen Schultern und gesenkten Köpfen an ihr vorüber, stemmten sich gegen die Nachtkühle. Oder gegen die Einsamkeit. Marie übernahm ihre Haltung, ihre weiten Schritte. Nicht auffallen. Die hellsten Lichtinseln meiden. Ganz normal wirken. Darius' Anweisungen drehten sich beständig in ihrem Kopf.

Schau dich nicht um. Lächle. Nicht vergessen, du gehst zu einer Verabredung. Nimm den direkten Weg.

Er hatte sie immer wieder den Weg aufsagen lassen, bis sie ihn ohne Fehler abspulen konnte, vorwärts wie rückwärts. Sie durfte ihn vorher nicht abgehen, sie durfte nichts aufschreiben.

Du kannst ein Lied vor dich hin summen, das passt zur Rolle. Nur nichts Verbotenes. Das ist das Wichtigste: nicht auffallen.

Weil ihr vor lauter Aufregung keins der Lieder mehr einfiel, die laut Darius unverdächtig waren, summte sie *Der Mond ist aufgegangen* vor sich hin. Weil sie irgendwas summen musste, damit sie nicht durchdrehte. Der Mond dieser Nacht versteckte sich hinter Wolken. Was perfekt war.

Darius lehnte an einem Brückenpfeiler und winkte ihr zu. Sie winkte zurück. Ging noch schneller. Lächeln, erinnerte sie sich. Darius schloss sie in die Arme und hielt sie fest. Dann gingen sie Arm in Arm weiter. Sie lehnte den Kopf an seine Schulter.

Auch das hatten sie geübt: wie ein frisch verliebtes Paar durch die Nacht spazieren. Es ging, wenn sie sich vorstellte, Lennie wäre hier an ihrer Seite. Wenn sie nicht darüber nachdachte, ob Mama auch so mit Darius durch die Straßen geschlendert war. Sie bogen in eine schmale, von Bäumen gesäumte Straße ab, in der es bald noch dunkler wurde als in den anderen zuvor. Erst nach etlichen Schritten fiel ihr auf, dass das an den erloschenen Straßenlaternen lag. Unter der zweiten davon blieb Darius stehen.

»Bereit?«, fragte er nah an ihrem Ohr. Sein Mantel roch ein wenig muffig, wie zu lange im Keller aufbewahrt. Sie nickte. »Dann los.«

Marie drehte sich in seiner Umarmung, sodass sie die Straße entlangschauen konnte und mit dem Rücken an seiner Brust lehnte. Er murmelte ihr etwas ins Ohr, unwichtige Worte, dann spürte sie, wie er sich hinabbeugte. Sie schob die Hände in die Manteltaschen, machte sich so breit wie möglich.

Hinter ihr schabte der Gullydeckel über die Straße. Das musste in der ganzen Stadt zu hören sein. Sie hatte kaum Zeit zu zittern, da lag schon wieder ein Arm um ihre Schultern. Darius pfiff leise und zog sie mit sich von dem Loch in der Straße fort. Gerade mal zwei Meter vor ihnen lösten sich ein paar Gestalten von einer Baumgruppe, kamen ihnen entgegen. Niemand sprach ein Wort. Sie waren so schnell an ihnen vorbei, dass Marie erst wieder an den Zettel in ihrem BH dachte, als Darius sie gegen einen Baum drückte. Er lehnte die Stirn an ihre, schaute links von ihr die Straße entlang. Dort stiegen sie gerade in den Schacht der Kanalisation hinab, und für ihren Brief war es zu spät.

Nächstes Mal. Nächstes Mal würde sie besser vorbereitet sein. Marie hielt sich am Kragen von Darius' Wollmantel fest und schaute die Straße in die andere Richtung entlang. Alles leer.

Nicht heulen.

»Los«, flüsterte Darius und nahm ihre Hand. Dieses Mal schlenderten sie nicht. Sie rannten. Aus dem Loch in der Straße klangen Schritte nach oben. Geflüster. Jemand stolperte.

Dann war da wieder das schabende Geräusch, von dem sie meinte, es müsste die ganze Stadt aufwecken.

Stille.

Zum ersten Mal spürte sie Erleichterung, als sie sich an Darius' Schulter lehnte. Das nächste Mal würde sie das mit dem Zettel hinkriegen. Allerspätestens beim dritten Einsatz musste das klappen. Danach würde sie selbst hinabsteigen und hinübergehen.

2

Lennie schwang den Beutel mit Haarwaschmittel, Tönungen, neuen Bürsten und Lockenwicklern vor und zurück. Sie hatte keine Eile, nach ihrem Einkauf wieder in den Salon zu kommen. Das *Schnipp-schnipp-schnipp* zerrte heute mehr als sonst an ihr. Seit der Herrenfriseur auf der einen Längsseite arbeitete und Mama auf der anderen, gab es kein Entkommen vor dem Geräusch. Oder den Gesprächen zwischen Mama und ihm.

Der Neue (*Er hat einen Namen, Lenchen! Fritz Weber.* Nicht mal in Gedanken konnte sie Mamas Stimme ausschalten) redete am liebsten von seinem Neffen. Der hatte mit ihm arbeiten sollen. Aber dann – an der Stelle kam immer die Pause. Weil alle wussten, was dann gekommen war. Stacheldraht und das Ende aller Pläne. Lennie holte mit dem Beutel beim Rückschwung noch weiter aus und drehte einen vollen Kreis mit dem Arm, genoss, wie das Gewicht an ihren Muskeln zerrte. Auf dem höchsten Punkt schien der Beutel schwerelos, dann gewann er auf dem Abschwung mit jedem Zentimeter an Gewicht. Wieder hinauf. Die Bewegung ließ sich nicht mehr aufhalten. Wollte sie auch gar nicht.

Der Bus fuhr ihr vor der Nase weg, und die S-Bahn kam nicht infrage. Das würde sogar Mama verstehen. An einem der S-Bahn-

Bögen lehnte ein Plakat, wohl von einer der letzten Demos übrig geblieben:

Keinen Pfennig mehr für Ulbricht!
Der S-Bahnfahrer zahlt den Stacheldraht!

Der Beutel prallte gegen ihre Wade, ließ sie vorwärtsstolpern. Sie ging in die Knie, fing sich kurz vorm Fallen, atmete schon durch, da knirschte der Stoff und riss, und Tönungen und Lockenwickler und Haarwaschmittel und Bürsten, alles flog über den Gehweg, verteilte sich auf der Straße, rollte klappernd übers Pflaster, knallte gegen Laternenmasten. Eine Flasche zerschellte an einer Litfaßsäule. Haarwaschmittel schäumte über Plakate für Schokolade und 4711. Der gerissene Beutel baumelte nutzlos von ihrer Hand hinab. Eine Fahrradklingel weckte sie aus ihrer Erstarrung, ließ sie zur Seite springen. Der Fahrradfahrer folgte einem Slalomkurs zwischen den überall verteilten Fläschchen. Ein Lockenwickler knackte unter seinem Hinterrad.

Ihr war so sehr zum Heulen, dass sie lachen musste. Mit Marie hätte sie bestimmt laut über all das gelacht. Was für ein mieses Elend. Jetzt hatte sie definitiv noch einen Grund, sich mit dem Rückweg Zeit zu lassen. Lennie wischte sich über die Augen und begann, die heil gebliebenen Flaschen einzusammeln. Nur von den Bürsten hatte keine Schaden genommen. Doch das würde sie nicht vor einer Schimpftirade bewahren. Auch nicht vor dem Hausarrest. Nicht dass der groß eine Rolle spielte. Nicht mehr.

Sie kickte ein paar Lockenwickler vor sich her über den Gehweg, bis sie vor den anderen Sachen lagen. Dann kniete sie sich davor und knotete ihren linken Schuh auf, zog die Schnürsenkel aus den Löchern. Der Riss im Beutel war kleiner, als das entstandene Chaos ahnen ließ. Sie fasste den Stoff zusammen, knotete den Schnürsenkel darum. Die geretteten Sachen passten gerade so in den etwas geschrumpften Beutel. Sie hob ihn testweise an. Er hielt. Hoffentlich bis zu Hause. Lennie setzte sich langsam wieder in Bewegung. Ihr linker Schuh schlappte bei jedem Schritt gegen ihre Ferse.

Mama sah sie nur enttäuscht an und ließ sie nicht einmal nach oben gehen, um neue Schnürsenkel für ihren Schuh zu holen. Die Verkündung des Hausarrests kam zum Abendessen. Sie konnte sich nicht aufraffen, etwas dabei zu empfinden. Stumm half sie nach dem Essen beim Aufräumen und wusch ab, bevor Mama das anordnen konnte. Die blieb in der Küche und trocknete ab. Lennie wäre lieber allein gewesen, den Gesprächsversuchen fühlte sie sich nicht gewachsen. Aber Mama redete immer weiter.

Das mit dem neuen Friseur lief noch viel besser, als sie es sich vorgestellt hatte. Er war doch nett, oder? Ja, das war er, gab sich Mama selbst die Antwort. Erst hatte sie gefürchtet, es wäre seltsam, mit einem Mann zu arbeiten. Aber es war sogar angenehm. Lennie zog den Stöpsel aus dem Spülbecken, und das inzwischen lauwarme, seifige Wasser gurgelte davon.

»Darf ich auf mein Zimmer?«

»Willst du schon schlafen gehen?« Mama ließ den letzten Teller abtropfen. »Wir könnten auch …« Sie rieb mit dem Handtuch über den Teller und blickte Lennie mit der stummen Aufforderung an, den Satz zu beenden.

Lennie zuckte mit den Schultern. »Ich geh lieber ins Bett.« Sie wandte sich ab und hastete aus der Küche, schloss die Tür gegen jedes weitere Wort.

Nur war die Stille in ihrem Zimmer auch nicht erträglicher. Lennie wickelte sich fester in die Decke ein. Der Bettvorleger unter ihr war kein Ersatz für die Matratze, aber sie brachte es nicht fertig, in dem Bett zu liegen, in dem sie so viel Zeit mit Marie verbracht hatte. Jedes Mal, wenn sie die Augen schloss, erwartete sie, das Klopfen am Fenster zu hören. Diese Einsamkeit war genauso wenig zu begreifen wie die absurde Tatsache, dass noch keine Panzer die Mauer niedergerollt hatten, dass sie alle davorstanden, daran entlangliefen, statt sie zu zertrümmern. Wenn sie träumte, dann rannte sie mit Tausenden anderen darauf zu, und die Mauer zersprang angesichts ihrer schieren Menge.

In der Wirklichkeit zeigten sich Steine und Stacheldraht unbeeindruckt von jeder Demonstration, von Reden und Aufrufen. Lennie rieb sich mit einer Hand über die Brust.

Durch das Fenster fiel das Licht vom Treppenhaus des Quergebäudes, legte einen schrägen Streifen über den Fußboden bis zu ihr. Sie hielt eine Hand darüber und bog die Finger, erschuf neue Schattentiere. Es klopfte.

Obwohl das Klopfen von der Tür kam, riss Lennie den Kopf hoch und blickte zum Fenster. Hoffte gegen besseres Wissen. Da war noch immer nur das Licht vom Treppenhaus gegenüber. Es klopfte wieder. Lennie rang sich ein leises »Ja?« ab. Ihr war egal, ob man das vor der Tür hören konnte oder nicht.

»Was machst du denn auf dem Fußboden?« Mama schloss die Tür nicht ganz hinter sich, blieb auf halbem Weg zum Bett stehen. Lennie zuckte mit den Schultern. Sie zog die Decke eng um sich und setzte sich auf, lehnte den Rücken gegen die Seitenleiste ihres Bettes. So konnte sie weiter aus dem Fenster schauen.

Zögernde Schritte kamen näher. Dann setzte Mama sich neben

sie, schaute mit ihr hinaus. Im Treppenhaus gegenüber ging das Licht aus. Die Dunkelheit im Zimmer vertiefte sich, hüllte sie in ihre friedliche Stille. Vielleicht konnten sie ewig so dasitzen. Es würde nie Morgen werden, und die Realität da draußen würde sie mit ihren Hässlichkeiten verschonen.

»Du vermisst sie schon sehr, oder?« Mamas Stimme klang so ruhig wie die Stille um sie herum.

Lennie wagte nicht, den Kopf zu drehen. Wenn das ein Traum war, dann wollte sie ihn weiterträumen. Sie nickte.

Mama legte ihr eine Hand aufs Knie. »Ich hab nachgedacht, Lenchen. Wenn du wirklich Uhrmacherin werden willst, dann solltest du das tun.«

Vorsichtig schob sie eine Hand über die Decke, fürchtete, jede Bewegung könnte den Traum verscheuchen. Noch vorsichtiger legte sie die Hand auf Mamas. »In echt jetzt?«

Ihre Finger rutschten in die Lücken zwischen Mamas Fingern.

»Ganz in echt.«

Sie blickten weiter durch die Dunkelheit. Vielleicht wäre es doch nicht so unerträglich, wenn es Morgen würde.

3

Marie vergaß Darius' Wutanfall wegen ihrer Zettelaktion sofort, als sie Ecki vor der Toilettentür von einem Bein aufs andere hüpfen sah. Mist, Mist, Mist. Natürlich drehte er sich um, als er ihre Schritte hörte.

»Wie siehst'n du aus?«

Noch mehr Mist. An die geliehenen Klamotten hatte sie schon gar nicht mehr gedacht. »Jeht dir jar nüscht an.« Sie drängte sich an ihm vorbei.

»Da is' besetzt. Und ick war Erster.«

Marie ignorierte ihn. Sie sperrte die Tür auf und drückte Ecki den Schlüssel in die Hand. »Zufrieden?« Sie schnappte sich ihr Nachthemd, das sie vor dem Losgehen auf der Fensterbank abgelegt hatte, und bückte sich nach den Hausschuhen. Ecki hatte sich keinen Zentimeter vom Fleck bewegt, stand mit dem Schlüssel in der Hand da, starrte sie an. »Wat?« Sie stieß mit einer Schulter gegen seine. »Jeh rin, kannste rauskieken.«

»Wo kommste so spät her?«

»Hab wen getroffen.« Marie knüllte ihr Nachthemd zusammen, und Ecki machte immer noch keinerlei Anstalten, sich in die Toilette zu verziehen. »Getroffen. Verstehste?«

»Oh.« Ecki verzog das Gesicht. »Aber biste denn nich' –«

»Klappe. Oder willste dit janze Haus aufwecken?« Marie trat schnell auf die nächste Stufe, drückte sich die Daumen, dass sie Papa mit ihrem Hin und Her nicht schon geweckt hatten. Die Wohnungstür war nur angelehnt. Kurz war sie versucht, sie hinter sich zuzuziehen, Ecki ein wenig im kalten Treppenhaus schmoren zu lassen. Aber wenn sie den Kleenen zu sehr vergrätzte, brächte der es glatt fertig, sie bei Papa zu verpetzen. Das war es nicht wert.

Sie gelangte unbemerkt durch den Flur und in ihr Zimmer. Immerhin etwas. Marie ließ sich aufs Bett fallen. Jetzt war der Zettel unterwegs. Jetzt konnte sie ihre Entscheidung nicht mehr rückgängig machen. Das würde sie Lennie nicht antun.

Die Wohnungstür klappte zu. Marie hielt den Atem an. Eckis Schritte tappten über den Flur. Kamen nicht bis zu ihrer Tür. Marie atmete weiter. Sie blieb liegen, bis ihr Herzschlag sich beruhigte.

Als sie sich die geliehenen Klamotten auszog, grinste sie ein wenig. Wie der Kleene geglotzt hatte! Sie schlüpfte in ihr Nachthemd und kroch ins Bett. Nur einschlafen konnte sie lange nicht. Ein Mal noch den Einstieg für andere öffnen. Dann war sie dran.

Ecki hielt beim Frühstück dicht. Selbst als Papa sich über seine gähnenden Kinder lustig machte. Marie beeilte sich und ging als Erste aus dem Haus. Vielleicht hatte ihr Zettel Lennie jetzt schon erreicht. Lennie würde die Tage zählen. Und die Nächte.

OKTOBER 1961

4

Hebst Du mir zehn Brombeeren auf? Dann schenk ich Dir zwölf Küsse für jeden unserer Sommertage, damit der Sommer in den Winter reicht.

Die vertraute Schrift brauchte keinen Namen darunter. Lennie drückte den Zettel an ihre Brust. Den hatten Maries Finger berührt. Und bald würde sie wieder diese Finger berühren. Wenn alles gut ging. Es musste alles gut gehen. Zwölfter Oktober. Marie würde am zwölften Oktober fliehen. Wenn Marie einen Weg hinaus gefunden hatte, dann konnte auch sie das Unmögliche erreichen und einen Weg finden, wie sie beide zusammenleben konnten. Falls Marie es schaffte.

Wenn Marie es schaffte. Nicht zweifeln. Nicht mal im Geringsten. *Janz feste globen.* Das war alles, was sie für Marie tun konnte. Und das würde sie verdammt auch tun. Lennie blickte auf den Wecker neben ihrem Bett. Kurz vor Mitternacht. Sieben Minuten, um genau zu sein. In sieben Minuten würde sie anfangen, die Tage zu zählen. Und das hier zählte als die erste Nacht vom Ende ihres Getrenntseins. Lennie zählte jede der 420 Sekunden, bis sich der große Zeiger über den kleinen auf der Zwölf schob.

»Sekunde eins von Tag eins von sechs«, flüsterte sie dem Wecker zu.

Die Tage zogen sich. Wie nicht anders zu erwarten. Jeden Morgen vor dem Aufstehen nahm sie sich vor, mit Mama zu reden. Im Bett schien das ganz leicht. Ganz logisch. Mama konnte gar nicht Nein sagen. Dann saß sie ihr gegenüber, die ganze Breite des Küchentischs lag zwischen ihnen, und Lennie zweifelte an allem.

Bestimmt hatte sie das Gespräch mit Mama in jener Nacht nur geträumt. Und sollte es wirklich stattgefunden haben, dann war ihre Interpretation davon reines Wunschdenken. Ganz klar. Schließlich hatte Mama keinen Grund, ihre Einstellung zu Marie zu ändern. Zu ihr. Ihnen beiden.

Statt das Linoleum unter ihren Füßen zu spüren, fühlte sie, wie sich unter ihr ein Abgrund auftat und sich mit jedem Ticken der Wanduhr verbreiterte. Sie zog die Füße hoch, drückte sie gegen die Stuhlbeine. Das Ticken blieb. Auf der anderen Seite des Grabens lächelte Mama.

»Reichst du mir mal die Milch?«

Tick. Tick.

»Bitte.«

Tick.

»Danke.«

Tick. Tick. Tick.

»Mama?« Tick.

Tick. »Ja?«

Das Rauschen in ihrem Kopf übertönte das Ticken. Ihr war heiß. Schwindelig. Sie musste jetzt etwas sagen. Etwas, das da drüben ankam. Sie vor dem Absturz bewahrte. Worte konnten so verdammt schwierig sein.

»Wenn … also, wenn … Ilse, wenn sie fliehen würde, könnte sie dann bei uns wohnen?« Lennie wollte die Augen schließen, aber das ging nicht. Denn dann würde der Schwindel sie mit sich reißen. Sie presste die Füße fester gegen die Stuhlbeine. Gleich würden die knacken. Brechen.

»Hat sie sich bei dir gemeldet? Ich meine, natürlich, sie könnte das Wohnzimmer haben, wer braucht das schon, ich meine, bis sie eine eigene Wohnung – wann will sie denn …?«

Tick.

Tick.

Tick.

Tick.

Lennie schluckte. »Nicht sie.«

»Nicht?« Tick. »Oh.«

Jetzt konnte sie Mama nicht länger anschauen. Lennie senkte den Kopf, starrte auf die Tischplatte in den Zwischenräumen ihrer Finger. Stuhlbeine kreischten über das Linoleum.

»Das will gut überlegt sein.« Schritte. Geschirr, das auf der Ablage neben der Spüle klirrte. »Da gibt es sicherlich Abläufe. Vorschriften. Für Minderjährige. Ich meine …«

Wieder klang nur das Ticken durch die Küche. Lennie hob den Kopf. Mama stand an der Spüle, stützte sich mit beiden Händen auf. Ihr ganzer Rücken war angespannt.

Lennie sperrte alles aus. Das Ticken. Das Schwindelgefühl. Sie schob ihre Füße zurück auf den Boden. Sie drückte die Hände fest auf den Tisch. »Sag einfach Ja oder Nein.«

5

An dem Tag durfte Marie früher nach Hause gehen. Ausgerechnet. Einerseits war es gut, allein in der Wohnung zu sein. Niemand mehr, dem sie Normalität vorspielen musste. Andererseits wollte sie in der Stille die Wände hochgehen.

Sie legte Mamas dünnes Buch, das sie mitnehmen wollte, unter ihr Kopfkissen.

Sie trug die anderen Bücher hinüber in Eckis Zimmer. Der Kleiderschrank stand einen Spaltbreit offen. Es roch nach alten Socken. Marie achtete darauf, die Klamottenhaufen auf dem Boden nicht zu verändern, während sie zum Bett hinüberging. Sie blieb davor stehen. Die Ecke eines *Tarzan*-Heftes lugte unter dem Bettgestell hervor. Staub hatte sich darauf gesammelt.

Nicht heulen jetzt.

Marie hielt Mamas Bücher mit beiden Armen fest und stützte das Kinn auf das oberste. Ecki würde schon verstehen. Musste er.

Sein Bett sah noch so aus, wie er es am Morgen verlassen hatte. Es wirkte schmaler als ihres. Bestimmt passte er da bald nicht mehr rein. Hoffentlich merkte Papa das rechtzeitig.

Marie stellte die Bücher auf dem Nachttisch neben dem halb vollen Wasserglas ab. Sie stießen an den Lampenschirm, und sie konnte die Lampe gerade noch festhalten, bevor sie alles zum Kippen gebracht hätte.

Sie wollte alles anfassen. Aufräumen. Sie legte die Hände um die Ellbogen, zwang sich, still zu stehen. Selbst wenn sie alle dreckigen Klamotten aufhob, Staub wischte, die Schranktür schloss, vielleicht noch das Fenster putzte, alles das würde nichts ändern. Sie würde gehen. Sie ließ Ecki und Papa im Stich.

Vielleicht würde Papa dieses Mal reden. Vielleicht wäre er so enttäuscht, dass er nie wieder mit irgendwem redete. Vielleicht würde Ecki verstummen wie Papa. Vielleicht musste sie bleiben. Vielleicht war das Ganze nur eine dumme Idee. Vielleicht würde sie die Möglichkeit nie wieder haben. Ein Leben ohne Lennie war unvorstellbar. Genauso unvorstellbar, wie Ecki und Papa nie wiederzusehen. Marie ging in die Hocke und strich über den obersten Buchdeckel. *Es gibt keine einfachen Lösungen.* Sie hasste es, wie recht Mama damit gehabt hatte. Aber im Gegensatz zu Mama würde sie eine Entscheidung treffen.

Ohne sich Zeit für weitere Zweifel zu geben, klappte Marie die Matratze hoch, lehnte sie gegen die Wand. Sie schlug keines der Bücher mehr auf. In der Reihenfolge, in der sie die Bücher von Darius bekommen hatte, platzierte sie eines nach dem anderen auf dem Lattenrost. Eins würde fehlen.

Aber alle Notizen daraus hatte sie für Ecki auf der letzten Seite des Buches notiert, das davor kam. So blieb diese Lücke wenigstens gefüllt. Sie versuchte, nicht daran zu denken, dass Ecki auch alle ihre Gedanken lesen würde, die sie in die Bücher geschrieben hatte. Langsam bettete sie die Matratze darüber. Widerstand dem Drang, das Kopfkissen aufzuschütteln und die Decke glatt zu ziehen. Das würde nichts besser machen. Sie ging aus dem Zimmer, genauso vorsichtig, wie sie hineingekommen war, und schloss leise die Tür hinter sich.

Im Flur zögerte sie. Aber sie konnte nicht einmal sich selbst etwas vormachen. Und sie würde auch niemandem sonst etwas vormachen können. Sie hatte sich entschieden.

Nicht an letzte Male denken.

Marie ging mit festen Schritten zurück in ihr Zimmer. Sie steckte das dünne Buch am Rücken unter den Bund ihres Rocks und ließ die Bluse darüberhängen. Dann zog sie über den Rock noch ihren Lieblingsrock, zog über die Bluse ihre Lieblingsbluse und noch einen Pullover. Sie nahm den Schal und den Mantel aus dem Schrank, für die es eigentlich noch nicht kalt genug war. Die Mütze stopfte sie in eine der Manteltaschen.

Das würde nicht weiter auffallen. Ein Rucksack schon. Oder ein Koffer. Sie blickte sich nicht weiter im Zimmer um. Sie blieb nicht vor Papas Tür stehen. Sie schrieb ihm keinen Brief. Er würde nicht verstehen, dass er nicht der sichere Hafen für sie war.

Sie schloss die Wohnungstür von draußen ab. Den Schlüssel warf sie durch den Briefschlitz. Es blieben noch Stunden, die sie durch die Stadt laufen würde. Aber alles war besser, als hier zu warten, bis es Zeit wäre, Darius zu treffen.

Ihren Gedanken konnte sie nicht so leicht entkommen wie der Wohnung. Auch der Pulsschlag ihrer Armbanduhr – Lennies Uhr – konnte sie nicht ablenken. Morgen würde sie nicht mehr über heute nachdenken müssen.

Sie mied jede Straße, die Papa oder Ecki entlanggehen würden. Später mied sie jede Straße, in der die zwei sie suchen könnten. Womöglich hätte sie doch einen Zettel dalassen sollen. Mit der Nachricht, sie würde noch mit den Kollegen weggehen nach der

Arbeit. *Wartet nicht auf mich.* Das hätte sie schreiben sollen. Zu spät, um noch mal umzudrehen. Die beiden waren jetzt zu Hause.

Noch später gingen die Straßenlaternen an, spiegelten sich im unruhigen Wasser der Spree am Schiffbauerdamm. Ein Spuckeklumpen hatte es so einfach mit dem Reisen. Marie blieb unter der S-Bahn-Brücke stehen, ließ das Rumpeln der Züge ihre Gedanken überdröhnen. Durchatmen.

Schritte näherten sich von vorn. Schritte näherten sich von hinten. Marie steckte die Hände in die Manteltaschen und ging langsam weiter. Nicht auffallen. Einfach nur am Ufer entlangschlendern. *Komm schon, Marie, so 'n Abendspaziergang, dit is' doch keen Problem.* Aber jedes Gesicht, in das sie blickte, schien ihre Absichten zu kennen. Niemand hielt sie auf.

Marie zählte Straßenlaternen. Zählte Pflastersteine. Ihre Schritte. Ließ sich vom gelegentlichen Schnattern der Enten auf der Spree aus dem Takt bringen. Begann von vorn.

Mit der Dunkelheit kühlte sich die Luft ab. Der Geruch nach Kohlenqualm erinnerte sie an die Wärme der Kachelöfen zu Hause. Marie zog die Schultern hoch und ging schneller. Nicht an zu Hause denken. Sie würde Lennie wiedersehen. Noch heute. Lennie würde ihre Botschaft verstanden haben und an ihrem Ort auf sie warten. Auch wenn der jetzt eine Baustelle war. Sie würde dort an der Mauer lehnen – oder vielleicht war das inzwischen ein Bauzaun –, die Schiebermütze auf dem Kopf, die Jacke ihres Vaters eng um sich gezogen, abwechselnd den Boden und die Straße entlangstarren. Hin und her gehen, wenn sie zu ungeduldig wurde. Oder um sich aufzuwärmen. Denn die Jacke war zu dünn. Vielleicht war sie auch so vernünftig, einen dicken Pullover darunter anzuziehen. Bestimmt nicht. Marie lächelte.

Das Lächeln blieb ihr den ganzen Weg bis zu ihrem Treffpunkt mit Darius. Da erst wurde es von der Nervosität geschluckt. Auch Darius' Hand auf ihrer Schulter zitterte leicht. Es war eben doch nicht alles wie sonst. Ein leichter Schweißfilm lag auf Darius' Stirn. Entweder hatte er auch mehr an als nötig, oder das war ein weiterer Beweis für seine Anspannung.

Dieses Mal standen sie mit den anderen im Dunkel unter den Bäumen und beobachteten den neuen Deckelmann, wie er die Straße beobachtete, auf den richtigen Moment wartete. Zu zweit waren sie unauffälliger gewesen. Marie hielt sich an Darius' Hand fest. Die letzten Momente. Sie wünschte sich, sie könnte mit ihm reden, ihn fragen, ob er an Mama dachte, ob er bedauerte, nicht mit ihr hier zu stehen. Sie könnte ihm tausend Fragen über Mama stellen. Ein widersinniges Kichern stieg in ihr auf, als ihr klar wurde, dass dies nicht ihre letzte Gelegenheit dafür war. Sie gingen beide rüber. Sie würde noch tausend Gelegenheiten haben, mit ihm zu reden. Zu fragen. Das beruhigte sie ein wenig.

Blieb nur noch das Warten. Über den Teil hatte sie nicht nachgedacht. Sie stand im Dunkel mit den schweigenden Fremden um sie herum, hörte sie atmen und gelegentlich das Rascheln von Kleidung.

Zu Hause würden sie jetzt ins Bett gehen. Wenn sie nicht nach ihr suchten. Papa würde Ecki beruhigt haben. Bestimmt. Erst morgen früh würde ihnen klar werden, dass etwas nicht stimmte. Dass sie fort war. Marie nahm sich vor, ihnen einen Brief zu schreiben. Gleich morgen früh. Dann blieben sie nicht so lange im Ungewissen.

Sie legte den Kopf in den Nacken. Durch die schon licht werdende Baumkrone funkelten ein paar Sterne. Vielleicht sah Lennie die auch gerade. Es war lächerlich, wie wenige Meter zwischen ihnen lagen. Und trotzdem waren es Welten. Stein schabte über Stein, klang viel zu laut in dieser Insel aus Dunkelheit.

»Es geht los«, flüsterte Darius neben ihr.

Auch die Schritte all der Menschen schienen zu laut. Zu langsam. Obwohl sie alle so schnell liefen, wie es gerade noch möglich war, ohne zu rennen.

Jetzt sah sie das Loch in der Straße.

Die Ersten stiegen bereits hinein.

Darius beschleunigte seine Schritte, lief schräg vor ihr. Mit seinen langen Beinen konnte sie nicht mithalten.

Licht flammte auf. Wie eine grell leuchtende Wand. Marie riss einen Arm hoch. Stoppte. Als prallte sie tatsächlich gegen eine Wand.

»Stehen bleiben!«

Sie stand doch schon. Marie blinzelte gegen das Grelle an. Es versperrte jeden Fluchtweg. Es schluckte alle Geräusche. Bis auf das pulsierende Dröhnen in ihr. Das konnte nur ein Traum sein.

Eine Gestalt schob sich in die Lichtwand. Gesichtslos. Scharfkantig.

Marie bemerkte zuerst die silbrig glänzenden Knöpfe. Dann den ausgestreckten Arm. Dann knallte das Licht auf den Lauf. Sie hatte schon Gewehre gesehen. Aber noch nie eine Pistole, auf sie gerichtet. Entweder schwankte sie oder der Pistolenlauf.

Überleben, Marie. Lass dir ja nich' abknallen.

Sie hörte Worte, aber das Dröhnen in ihr löschte jede Bedeutung aus. Die Pistole kam näher. Still stehen. Hände hoch. In Eckis Kriminalhörspielen gehörten diese Worte zu Uniformen und Pistolenläufen. Aber diese hier kam auf sie zu. Ebenso wie die viel zu schnellen Schritte der gesichtslosen Gestalt.

Renn. Mach dich weg.

Sie wusste nicht, ob sie die Worte dachte oder ob sie sie gehört hatte. Sie kamen ihr unerreichbar vor. Das Licht und die Pistole froren ihre Welt ein. Mehr Gestalten brachen in das Grelle.

Zu spät. So eine Scheiße.

Das waren nicht ihre Worte. Sie kannte diese Stimme. Marie hob den Blick von der Pistole. Sie kannte dieses Gesicht. Die verschwendete Schulbildung. Mannes Bruder. Werner. Er starrte sie an, als hätte sie etwas falsch gemacht. Dabei war er derjenige mit der Waffe.

»Wieso hast du nicht auf mich gehört, Marie?« Er flüsterte. »So eine verfluchte …« Werner blickte über eine Schulter zurück. Dann wieder zu ihr. »Ich kann nichts mehr tun. Verstehst du?«

Nein. Sie konnte nicht einmal den Kopf schütteln. Die scharfkalte Luft stach in ihren Lungen. Metall biss in ihre Handgelenke, klickte laut. Marie hielt den Kopf hoch, starrte in das grelle Licht, das alles gestoppt hatte. *Dit is' noch nich' vorbei, dit musste globen. Janz feste.*

6

Ohne Marie sah nachts alles anders aus. Lennie zog die Mütze tiefer ins Gesicht. Sie hätte einen Pullover anziehen sollen, diese Jacke war einfach zu dünn. Sie drückte die Arme fester gegen die Brust, als würde das wärmen. Der Bauzaun in ihrem Rücken schepperte leise unter der Bewegung.

Wenigstens war jetzt die Straße leer. Keine blöden Blicke mehr. Das Gehwegpflaster sah aus wie immer. Im Gegensatz zu dem Ort hinter ihr. Lennie weigerte sich, den anzuschauen. Lieber dachte sie an den Sommer. An Brombeeren und Wolkenküsse und das Knistern von Papier. Wenn sie genau hier stehen blieb, wenn sie sich keinen Millimeter rührte, wenn sie nicht ein einziges Mal auf die Uhr an ihrem Handgelenk blickte, wenn sie immer nur an Marie dachte, Marie, Marie, Marie, dann würde alles gut ausgehen.

Musste globen, janz feste. Hab ick dir doch jesacht. Das würde sie sagen. Und dann – aber an das Dann durfte sie jetzt noch nicht denken. Erst musste Marie hier sein.

Die Zeit kroch nicht einmal. Sie stand still. Trotz dem Ticken an ihrem Handgelenk. Sie hätte mit der Reparatur warten sollen. Dann wäre die Uhr jetzt auch still. Ihre Zeiger würden so starr dastehen wie sie in dem Moment auf der Brücke, bevor sie wusste, was Marie tun wollte. Jeder Millimeter Haut über den angespannten Muskeln gestrafft und jeder Atemzug eine Angelegenheit von Ewigkeiten. Und dann. Dann löste sich alles im Entschluss zur Bewegung, in dem Versprechen, das sie mit dem Spuckeklumpen hinabgeschickt hatten.

Dann – aber noch nicht jetzt. Jetzt musste sie stillhalten. Vorsichtig atmen. Hoffen. Nein, nicht hoffen. Glauben. Ganz fest.

Irgendwann wurde das Stillstehen unerträglich. Lennie stieß sich vom Zaun ab. Sie zählte die Schritte. Erst fünf, dann elf, dann drei. Nach den elf hatte sie das Ende des Zauns erreicht. Sie drehte um und ging die drei Schritte in die entgegengesetzte Richtung. Zählte wieder von vorn. Fünf, elf, drei. Fünf, elf, drei. Sie zählte die Schritte, drehte um, ging hin und her. Fünf, elf, drei. Wenn sie die Augen schloss, konnte sie das Sonnenlicht auf den Brombeerranken sehen, den Briefkasten. Nichts davon bewirkte, dass Marie plötzlich erschien.

Die Kälte kroch von allen Seiten auf sie zu. Lennie krümmte die Schultern, steckte die Hände in die Jackentaschen. Sie passte ihre Schritte dem Verticken der Sekunden an.

Am linken Ende des Zauns fing der Lichtsee der Straßenlaterne sie ein. Lennie zog die Schultern noch weiter nach vorn und blieb darin stehen. Die Gehwegplatte unter ihr war von winzigen Rissen durchzogen wie das Kräuseln winziger Wellen. Erstarrter Wellen. Alles war starr und still. So still, dass sie das leise Zischen der Laterne überdeutlich hörte.

Das machte die Starre noch unerträglicher. Sie würde in den unbewegten Wellen ertrinken. Sie zog die Schuhsohlen über den Stein. Fester Grund. Sie stampfte auf, spürte, wie die Erschütterungen durch ihren Körper liefen. Sonst regte sich nichts, nicht einmal ein Windhauch. Lennie holte mit einem Bein aus und trat gegen den Laternenpfahl. Das Licht zuckte. Sie trat wieder zu und wieder. Das Licht zuckte, flackerte, zitterte, verlosch.

Das zufriedene Gefühl hielt nur kurz an. Es war wieder still. Es war immer noch kalt. Sie war noch immer allein. Nur dunkler war es jetzt.

Lennie schloss die Finger um das Taschenmesser in ihrer rechten Jackentasche. Dabei war ihre Angst lächerlich. Sie war nicht auf der Flucht.

Das Messer war ganz aus Stahl und wirkte wie eines, das man mitnahm in einen Krieg. Aber Papa hatte es zurückgelassen. Warum, wusste sie nicht. Was sie wusste: Sie sollte jetzt an Maries Seite sein. Ihre Hand halten. Mit ihr rennen oder durch enge Röhren kriechen, Stacheldraht überwinden, die Spree durchschwimmen, untertauchen – was immer Marie gerade tat, um hierherzukommen. Sie sollte ihr beistehen, nicht hier herumhängen und warten. Nutzlos wie Papas Armbanduhr.

Das Vergehen der Zeit bedeutete nichts, wenn man nicht wusste, wie lange man warten musste. Wenn man in jeder Sekunde, die verging, mit der Angst kämpfte.

Fünf, elf, drei.

Sie wollte rennen und schreien und auf den Zaun einschlagen, sie wollte alle aus ihren Betten reißen, sie wollte Aufruhr in den Straßen, Menschenmassen, die mit ihr schrien, mit ihr rannten. Wenn sie nur alle, wirklich alle, die Grenze niederrannten, dann würde niemand sie aufhalten können, niemand würde schießen. Und Marie wäre sicher.

Lennie drückte die Finger fester um das warme Metall in ihrer

Jackentasche. Wenn sie damit wenigstens etwas Hilfreiches tun könnte. Sie lehnte sich wieder an den Zaun, lauschte dem Scheppern und Quietschen, bis es sich beruhigte. Sie schwitzte, als wäre sie tatsächlich gerannt.

Im Haus gegenüber ging auch im letzten Fenster das Licht aus. Lennie wollte in die Dunkelheit kriechen wie unter eine warme, weiche Decke, die alle Gefühle dämpfen würde, bis Marie ebenfalls darunterschlüpfte und sich an sie schmiegte. *Bald.* Aber das Wort beruhigte sie nicht. Die Kanten des Messers drückten sich so hart in ihre Handfläche wie die Tischkante bei ihrem Gespräch mit Mama.

Wir werden sehen.

Das war so gut wie ein Ja.

Das musste ein Ja sein.

Überhaupt, wenn sie mit Marie vor der Tür stand, konnte Mama gar nicht anders als Ja sagen. Nicht mal Mama würde Marie allein in die Nacht schicken.

Aus dem Dunkel rechts von ihr näherten sich Schritte. Langsame Schritte. Trotzdem fuhr Lennie herum, starrte der Gestalt entgegen, die den Gehweg entlangschlenderte. Marie würde nicht schlendern. Marie war kleiner als diese Gestalt. Marie trug keinen Herrenhut. Sie würde auch keinen Hund dabeihaben. Der nächtliche Spaziergänger musterte Lennie von oben bis unten, tippte sich an den Hut und ging weiter. Der Hund folgte erst nach einem Rucken an der Leine.

Lennie rutschte am Zaun hinunter in die Hocke. Hund sein war viel einfacher als Mensch sein. Sie wagte einen Blick auf die Uhr. Neun nach zwei. Die Minutenstriche waren an der Stelle durch die Risse im Glas nicht eindeutig zu sehen, aber von der Stellung der Zeiger her war sie sich sicher. Neun nach zwei. Das half auch nicht. Das konnte bedeuten, alles dauerte schon viel zu lange und Marie war in Schwierigkeiten – ebenso gut konnte sie noch gar nicht losgezogen sein.

Lennie blickte an den Häusern gegenüber hoch. Da schliefen sie jetzt alle hinter diesen dunklen Fenstern. Ob ruhig oder unruhig, jedenfalls schliefen sie und hockten nicht im Ungewissen. Das war eindeutig beneidenswert.

Zehn Brombeeren und zwölf Küsse.

Bald würde sie nichts mehr zählen müssen. Weder Tage noch Monate noch Stunden noch Küsse. Bald würde sie Marie in den Armen halten, sie an sich drücken, sie mit jeder Faser spüren. Sie würde jedem Zählen abschwören, wenn Marie hier war. *Bald.* Noch stand dieses *Bald* vor ihr wie eine Wand, scharf bewacht wie diese verfluchte Mauer. Sie würde *bald* aus ihrem Wortschatz streichen, sobald – gleich wenn sie Marie in den Armen hielt. Da war eine ganze Liste mit Worten, die sie streichen würde:

bald

warten

wir werden sehen

Niemals streichen würde sie *Brombeeren* und *Küsse*. Niemals. Die hatten zwar hinter ihr die Brombeeren weggehackt, bestimmt auch die Wurzeln beim Ausbaggern weggerissen, aber in ihrem Kopf waren sie noch da. Genauso wie jeder einzelne Kuss. Und Brombeeren waren hartnäckig. Ein paar waren ganz sicher entkommen. Sie würden die neuen Hauswände erobern, wenn die mal standen. Und im nächsten Sommer würde sie dann wieder Brombeersaft auf Maries Lippen schmecken können.

Gerade mal sechs Minuten waren vergangen.

Lennie verschränkte die Arme und legte die Stirn auf die Uhr. So war das Ticken ganz nah.

Veränderungen zum Schlechten kamen über Nacht, Veränderungen zum Guten schleppten sich dahin. Sie wollte den Sommer zurück.

Aber was sie wollte, spielte keine Rolle. Zeit ließ sich nicht zurückdrehen. Oder vorspulen. Gleichgültig, ob man sie in Stunden, Minuten, Sekunden einteilte oder nur als eine Abfolge von Momenten betrachtete, als künstliches Konstrukt oder natürlichen Ablauf, gleichgültig, ob man sie auf Ziffernblättern beschrieb oder mit Kalendern oder Strichen auf der Wand, das Vergehen der Zeit blieb davon unbeeindruckt.

Wieder näherten sich Schritte. Lennie sprang auf. Wieder Fehlalarm. Eine dunkelhaarige Frau lief mit hochgezogenen Schultern und gesenktem Kopf an ihr vorüber. Die Schritte entfernten sich.

Wie lange konnte so eine Flucht dauern? Die Frage war erträglicher zu denken als all die anderen.

Wenn Marie wie üblich vom S-Bahnhof käme, würde sie die Straße von links entlanggelaufen kommen. Ihre Schritte wären sicher und weit ausholend, wie immer. Sie würde Lennie entdecken und schneller laufen. Rennen. Da würde Lennie ihr schon längst entgegenrennen. Sie starrte auf den Punkt, an dem sie sich begegnen würden, sich in die Arme fallen. Sich halten. Ganz fest. Wenn sie das Bild nur lange genug beschwor, würde es wahr werden. Es musste wahr werden. Jede andere Möglichkeit war undenkbar.

Lennie verkroch sich mit den Händen in den Jackentaschen. Ein Auto rumpelte über das Kopfsteinpflaster der Straße. Dann fiel erneut Stille über sie. Zog sich um ihren Hals zusammen. Lennie schluckte dagegen an.

Komm schon.

Komm schon.

Bestimmt hatte Marie sich nicht anders entschieden. Lächerlich. Das würde sie nicht tun. Nicht Marie.

Schritte. Dieses Mal zuckte sie nicht zusammen. Es waren viele. Mehr als eine Person, eindeutig. Gelächter. Jemand sang – grölte eher. Obwohl die Geräusche von der anderen Straßenseite kamen, presste Lennie sich enger an den Zaun, machte sich klein. Dann erinnerte sie sich an ihre Mütze. Die Jacke und die Hose. Sie stellte sich breitbeiniger hin, verschränkte die Arme vor der Brust. Jungs fürchteten sich nachts nicht auf der Straße. Sie spuckte gegen den Zaun. Schon besser.

Vielleicht war Marie mit einer ganzen Gruppe geflohen. Vielleicht lief sie da mitten unter denen, nur eine Straßenbreite von ihr entfernt. Lennie kniff die Augen gegen das Laternenlicht zusammen, das die Gruppe im Schatten dahinter zu einem einzelnen Wesen verschmelzen ließ. Ein Wesen, das lachte und polterte und quietschte. Im Laternenlicht zerfiel es wieder in einzelne Menschen.

Einer schob ein Fahrrad mit einer Acht im Reifen, was ihn zum Gespött der anderen machte. Einer stolperte, schwankte. Die beiden rechts und links von ihm stützten ihn schnell. »Nüscht passiert!«, rief der Stolperer, und seine Stimme hallte von den Häuserwänden wider. Die zwei an seinen Seiten hielten ihn trotzdem weiter fest. Zu ihr blickte keiner von ihnen. Lennie hielt den Kopf so weit gesenkt, dass sie die Gruppe zwar im Blick hatte, aber nicht direkt anstarrte.

»Ihr Luschen«, murrte der Stolperer. »Ick will noch nicht –«

»Du hast genug, Tom.« Der links neben ihm tätschelte dem Stolperer die Brust. Der pustete sich die Locken aus der Stirn und grinste.

»Dit hab ick mir verdient.«

»Na, eh.« Der andere zog ihn näher zu sich. Sie grinsten beide. Ihre Gesichter waren ganz nah beieinander. So nah, dass Lennie einen Stich spürte. Sie presste die Arme so fest sie konnte gegen ihre Brust. Das Loch darin blieb.

Der mit dem Fahrrad ließ seine Klingel schrillen. »Reißt euch zusammen. So frei ist das Paradies hier auch nicht.«

Die beiden lachten, gingen aber einen Schritt auseinander. »Nich' verzweifeln, Keule, dein Prinz kommt ooch irgendwann. Wirste sehen.« Der Stolperer hakte sich bei dem unter, den er eben fast geküsst hätte, und die Gruppe zog weiter.

Lennie stand da, unbemerkt, mit dem Loch in ihrer Brust, lauschte darauf, wie das Quietschen des Fahrrads leiser wurde. Sie schloss die Augen. *Janz feste.* Sie holte tief Luft. Das verstärkte den Schmerz noch. Egal. Sie würde hier stehen und die Augen geschlossen halten, bis sie Maries Nähe spürte, Maries Stimme hörte. Bis sie Marie in den Armen halten konnte. Sie packte jedes Bild, das ihre Angst ihr einflößen wollte, in eine Kiste. Jede einzelne davon schob sie in die dunklen Ränder ihres Bewusstseins. Gegen manche musste sie sich regelrecht stemmen, um sie auch nur einen Millimeter vom Fleck zu bekommen. An manchen riss sie sich die Hände auf, zog sich Splitter ein.

Lennie gab nicht auf. Wenn es ihr gelang, die Augen lange genug geschlossen zu halten, wenn sie immer nur an Marie dachte, wenn sie sich darauf konzentrieren konnte, dass Marie sicher war, dann würde sie bald bei ihr sein. Dann würden sie zusammen über jede einzelne der Kisten lachen.

Sie lehnte sich zurück – obwohl sie wusste, wie nah der Zaun war, schien es Ewigkeiten zu dauern, bis sie die Metallverstrebungen an Schultern und Rücken spürte. Auch das Schwanken des Zauns schien heftiger. Sie kniff die Augen fester zusammen. Die Nacht um sie herum wurde tiefer.

Das war gut. Solange Nacht war, durfte sie hoffen. Das Schwanken ließ nach. Lennie schob die Finger durch die Lücken zwischen den Zaunstreben, bog sie um das Metall.

Ein leichter Wind strich über ihr Gesicht. Er ließ die Blätter der Straßenbäume wispern. Die Blätterstimmen mischten sich unter die Geräusche in ihrem Kopf. Die Kisten blieben nicht ruhig an ihrem dunklen Lagerort. Mancher ihrer Inhalte rebellierte, hämmerte von innen gegen Seitenwände und Deckel. Sie durfte nicht an die Angst denken. Leichter gedacht als getan.

Sie stellte sich einen Sommertag vor. Sonnenlicht fiel zwischen die Häuserwände und wärmte den Fleck, auf dem sie ihre Decke ausgebreitet hatten. Es drängte die Schatten ganz nah an die grauen Wände, an das Brombeergestrüpp. Der Schatten barg die Kisten. Hier konnten sie ihr nichts anhaben. Hier schlangen sich die dornigen Ranken um jede einzelne Kiste, zwangen sie in ihrem Würgegriff zur Ruhe. Hier spürte sie Maries Lippen auf ihrer Wange, roch ihre sonnenwarme Haut. Hier wollte sie bleiben.

7

»Name?«

»Alter?«

»Adresse?«

Das Licht schmerzte in ihren Augen, doch Marie hielt das Gesicht der Lampe zugewandt, wie es ihr befohlen worden war. Sie musste die Hände auf die Sitzfläche legen, Handflächen nach unten. Irgendwann würde bestimmt die Blutzirkulation absterben. Kalter Zigarettenrauch verdichtete die Luft, drang ihr in alle Poren. Ebenso die Stimme ihres Vernehmers.

»Name?«

»Alter?«

»Adresse?«

Sie konnte nichts sagen. Immer wieder flammten Bilder in ihr auf, greller als das Licht, in das sie starren musste. Auch Geräusche, die nicht zu diesem engen Zimmer gehörten. Das Knallen von Stiefeln auf Pflastersteinen. Hundegebell, das in den Ohren schmerzte. *Stehen bleiben! Mitkommen! Rein da!* Das Zuschlagen der Autotüren. Dunkelheit. So vollständig, dass ihre Augen davon brannten, etwas erkennen zu wollen. Das Aufbrüllen des Motors. Das dumpfe Geräusch, mit dem erst ihre Schultern, dann ihr Kopf gegen die Seitenwand schlugen, als das Auto anfuhr. Stunden. Tage. Momente. Marie wusste immer noch nicht, wie lange sie unterwegs gewesen waren.

Raus!

Mund halten!

Augen geradeaus!

Vorwärts!

Sie zuckte bei jeder Erinnerung zusammen, sah die nächsten herankommen und versuchte, ihre Gedanken an ihnen vorbeizulenken. Blinzeln. *Uff's Licht kieken. Komm schon. Komm schon. Dit kannste.*

Blinzeln.

Klappe halten. Das hatte Darius gesagt. Für den Fall. *Keine Namen nennen. Wenn du reden musst, denk dir Namen aus, nur Vornamen, immer sagen, dass du keine Nachnamen kennst. Aber keine Angst. Wird schon schiefgehen.* Er hatte gelächelt. Ganz kurz nur. Mehr ein Zucken und Zurückschnellen der Mundwinkel. Ihr eigenes hatte bestimmt nicht besser ausgesehen.

Ein lautes Klatschen riss Marie zurück in das Verhörzimmer. Ein dünnes Buch lag auf dem Schreibtisch. Sie drückte die Hände noch fester auf den Stuhl, damit sie nicht zusammenschrak. Das Zittern ihrer Muskeln konnte sie nicht kontrollieren. Sie hätte das Buch nicht mitnehmen dürfen. Es würde sie verraten.

Der Vernehmer hatte eine Hand auf den Einband gelegt, mit der anderen blätterte er in einer Akte. Hatte er noch gar nicht in das Buch geschaut? Fragte er deswegen immer wieder nach ihrem Namen? Marie konnte das Schlucken nicht länger unterdrücken.

Das Schweigen drückte gegen ihre Ohren. Der Vernehmer tappte mit den Fingern auf das Buch. Ihr Buch. Plötzlich war es gut, dass sie auf ihren Händen saß. Sonst würde sie es ihm wegreißen. Schon damit das Tappen aufhörte, das so sanft klang, als wäre er mit jedem der wichtigen Worte darin so vertraut wie sie.

»Je eher Sie reden, desto eher können Sie gehen«, sagte er, ohne das Tappen zu unterbrechen.

Lüge, flüsterte ihr die Vernunft zu. Trotzdem schüttelte das Wort *gehen* sie durch und durch. Trotzdem schlug die Hoffnung ihre Klauen in sie. Marie biss sich innen auf die Wangen. Das Tappen ging immer weiter.

»Wir haben nur ein paar einfache Fragen. Wie heißen Sie? Wo wohnen Sie? Zu welchem Zweck haben Sie sich spätnachts dort draußen aufgehalten? Mit wem sind Sie zusammen gewesen? Welche Absicht haben Sie mit Ihrer Versammlung verfolgt?«

Sie wollte die Lüge finden, die sie retten würde, aber da war nur ein Chaos aus Worten und Bildern und immer wieder das grelle Stechen in ihren Augen. Sie wollte die Augen schließen und zurück sein in der Dunkelheit, in der sie auf dieses schabende Geräusch gewartet hatte, das der Gullydeckel machte, wenn er zur Seite geschoben wurde. Das Geräusch ihrer Freiheit.

Tapp, tapp. »Wir finden das sowieso heraus.« *Tapp.* »Wenn Sie jetzt reden, kann sich das zu Ihren Gunsten auswirken.« *Tapp, tapp, tapp.*

Jeden Moment konnte der das Buch aufschlagen und ihren Namen lesen. Den konnte sie nicht leugnen. Ihre Lippen waren von dem langen Schweigen ausgetrocknet. Aber wenn sie jetzt etwas sagte, würde er das Buch vielleicht nicht aufschlagen. Da stand zu vieles drin. Ihr Herz schlug zu schnell, zu laut, sie spürte die Schläge in ihrer Kehle. Schluckte. Räusperte sich. »Marie.«

»Nachname?«

Sie schwieg. Er tappte weiter auf dem Buchdeckel herum.

»Wohnhaft?«

Papa. Der Kleene. Die würden bei ihnen zu Hause klingeln. In die Wohnung eindringen. Alles bloßlegen. Sie wollte sich vor die Tür stellen, den Eingang verbarrikadieren, die beiden in Sicherheit wissen.

Im Buch würde er ihren vollen Namen finden. Mamas Namen. Da war es nicht mehr weit zu Papa, zu ihrer Straße, ihrem Haus, ihrer Tür. Sie konnte niemanden beschützen.

»Lehmann. Alte Schönhauser Straße. Sieben.«

»Lauter!«

»Lehmann. Alte Schönhauser Straße. Sieben.« Ihr ganzer Mund schmeckte bitter. Alle Trockenheit war verschwunden. Sie könnte mitten ins Licht spucken. Das Zischen der Glühbirne hören, wenn die Spucke auftraf.

»Weiter.«

Obwohl es in ihr immer noch zu laut pochte, drang das *Tapptapp* wieder zu ihr durch. Sie hätte das Buch nicht mitnehmen dürfen. Es verriet alles. Ihre Fluchtgedanken. Ihre Sehnsucht. Lennie.

»Reden Sie. Die Fragen kennen Sie doch inzwischen. Alter, Zweck der Versammlung, Namen der Anwesenden.« Das Tappen wurde mit jedem Wort schneller.

Ihr war schlecht. Wenn sie jetzt den Mund öffnete, würde etwas anderes als Worte herauskommen. Sie schluckte dagegen an, versuchte, ruhig zu atmen, versuchte, nicht auf das Tappen zu hören. »Siebzehn.« Schlucken. »Ich bin siebzehn. Ich – ich wollte nur – meinen Freund treffen.« Schweiß lief von ihrer Stirn in ihre Augen.

»Name. Adresse.« Die Stimme auf der anderen Seite des Lichts klang gelangweilt. Als wüsste er genau, dass sie log.

»Martin. Die – die Adresse weiß ick nicht. Wir haben uns gerade erst kennengelernt.«

»Aber den Nachnamen dieses Freundes werden Sie doch wohl wissen?«

»Nein, nein – das war bei einer Tanzveranstaltung, da haben wir keine Nachnamen ausgetauscht. Dit heute, dit war unsere erste Verabredung.«

Tapp. Tapp. Tapp. »Das steht hier ganz anders drin.«

»Was?«

Lärm brach über sie herein. Stuhlpoltern. Hände knallten auf die Tischplatte. Marie duckte sich unter den gebrüllten Worten.

8

Die Decke war zu dünn und kratzte. Marie zitterte. In der Dunkelheit tanzten Flecken vor ihren Augen, hallte der Lärm des Verhörs nach, das Umdrehen des Schlüssels in der Tür. Alles schmerzte. Ihr war schlecht vor Erschöpfung, doch Schlaf schien ein absurdes Konzept. Sie kauerte sich unter der Decke zusammen, hatte nichts, um sich festzuhalten, außer sich selbst. Sie wusste nicht, was jetzt mit ihr passieren würde.

Sie hätte gleich reden sollen. Die wussten ohnehin alles. Jemand musste die Flucht verraten haben. Marie krümmte sich noch enger zusammen. Die Dunkelheit war so vollkommen, dass sie nicht einmal wusste, ob sie die Augen geschlossen oder offen hatte. Das Stechen in ihnen ließ in keinem Zustand nach.

Sie schrak zusammen, musste eingeschlafen sein. Licht füllte die Zelle aus. Sie bedeckte die Augen. Wie lange hatte sie geschlafen, war der nächste Tag angebrochen, wie lange hatte sie in diesem Verhörraum gesessen, wie lange war es schon hell, musste sie jetzt aufstehen, würden sie gleich kommen, sie zu holen?

Nichts geschah.

Das Licht verlosch. In ihrem Kopf blieb ein greller Streifen zurück. Er hielt sie wach, obwohl sie sich fühlte, als hätte sie seit Tagen nicht geschlafen. Vielleicht war sie schon seit Tagen hier. Lennies Uhr hatten sie ihr weggenommen. Wie alles andere.

Lennie. Sie hätte ihr keine Nachricht zukommen lassen dürfen. Dann würde Lennie jetzt nicht durchdrehen vor Sorge, weil sie nicht gekommen war. Dann hätte sie nie etwas von dem Fluchtversuch gewusst. Die blöde Nachricht war egoistisch gewesen. Ihr Kopf brannte.

»Nennen Sie die Namen Ihrer Mitverschwörer! Reden Sie, wir wissen ohnehin Bescheid.«

»Je eher Sie gestehen, desto einfacher wird das hier für Sie.«

»Wer hat die Flucht geplant? Wer ist der Anführer Ihrer Gruppe?«

Marie fuhr hoch. Es war dunkel. Die würden die Bücher bei Ecki finden. Die würden ihn beschuldigen, von allem gewusst zu haben. Sperrten die auch Dreizehnjährige ein? Konnte Papa ihn beschützen? Sie drückte die Hände gegen ihre Brust, als könnte sie so das Rasen darin beruhigen. Vielleicht hockten die beiden längst in dunklen Zellen. Vielleicht lagen sie in ihren Betten, schliefen, wussten von nichts. Falls es da draußen noch Nacht war.

»Sie sind doch ein kluges Mädchen, Marie. Wenn Sie uns die Namen nennen, können wir Ihre Beteiligung herunterspielen. Sie sind ja noch jung. Man hat Sie beeinflusst, zur Flucht überredet. Das sind mildernde Umstände. Aber zuerst müssen Sie reden. Wie viele Fluchten sind noch geplant gewesen? Wer ist daran beteiligt?«

Tage. Vielleicht Wochen. Sie sah niemanden außer den Wärterinnen und ihrem Vernehmer. Manchmal hörte sie Geräusche, die nicht da waren. Oder sie waren doch da, und sie bildete sich ein, sie sich einzubilden. Marie barg ihren Kopf in ihren Händen. So durfte sie nicht denken. So dachten nur Verrückte. Sie streckte eine Hand aus, bis sie das Bettgestell berührte, kratzte mit einem Fingernagel am Metall. Wenigstens bei diesem Geräusch konnte sie sicher sein, dass es echt war.

»Woher haben Sie diese Uhr?«

Marie senkte den Blick auf das vertraute Ziffernblatt, lehnte sich vor.

»Hinsetzen!«

Sie hatte nicht einmal gemerkt, wie sie aufgestanden war. Alle Zeiger der Uhr standen still, auf kurz nach drei. »Die war ein Geschenk.«

Mehr sagte sie nicht, auch wenn noch tausend Fragen, Drohungen, Versprechen auf sie einprasselten. Sie spürte ein Lächeln in ihrer Brust, zum ersten Mal seit – Ewigkeiten.

Erst als sie wieder im Dunkeln in der Zelle war, ließ sie das Lächeln frei, befühlte es mit ihren Fingern. Das konnte ihr niemand nehmen. Langsam spazierte sie mit den Fingern über ihren Arm. *Fünf, elf, drei.*

»Lennie?« Sie erkannte kaum ihre eigene Stimme, aber das vertraute, sichere Gefühl war da. Dann brachte das grelle Licht alles wieder zurück. Sie starrte auf einen Zipfel der grauen Decke, machte sich nicht einmal die Mühe aufzustehen. Wenn die wollten, dass sie aufstand, mussten sie ihr das befehlen. Wenn niemand kam, war noch Nacht. Jedes Mal, wenn die sie holten, versuchte sie jetzt, einen Blick auf irgendeine Uhr zu erwischen, einen Kalender, irgendetwas, das sie in der Zeit verankern konnte. Aber sie bekam nur den Wechsel von grell und finster. Sie hielt sich an ihren Zahlen fest. *Fünf, elf, drei.*

»Erzählen Sie von Ihren Westkontakten.«

Sie spürte ihre Hände nicht mehr.

»Sie wissen doch inzwischen, wie sinnlos Schweigen ist. Wer hat Sie zur Flucht angestiftet?«

Fünf, elf, drei, fünf, elf, drei, fünf, elf –

»Wissen Ihr Bruder und Ihr Vater von Ihrem Umgang?«

– *drei.* »Weiß mein Vater, wo ick bin?«

»Weiß er, was Sie geplant hatten? Können Sie sich vorstellen, wie sehr ihn das enttäuschen muss? Glauben Sie wirklich, er würde etwas für Sie tun? Selbst wenn er könnte?«

Fünf, elf, drei. »Sie können mir nicht ewig hier festhalten.«

»Sie sind nur für eine Befragung hier. Da können wir Sie einbehalten, bis Sie reden.«

»Sie müssen meinen Vater informieren. Ick bin noch nicht volljährig.«

»Glauben Sie, was Sie wollen.«

Alles in ihr zog sich ganz klein zusammen. Sie wollte die Augen schließen. *Fünf, elf, drei.* Sie riss sie noch weiter auf, damit sie nicht zufielen. Der konnte unmöglich meinen, dass ihr Geburtstag schon gekommen und vergangen war. So lange konnte sie nicht hier sein. Gleichgültig, wie ewig es sich anfühlte.

»*Wir* treffen hier die Entscheidungen über Sie. Wenn Sie kooperieren, wird das vorteilhaft für Sie sein.«

Fünf, elf, drei, fünf – sie schwankte. Sie wollte sich aufrecht halten, still, aber der Stuhl unter ihr, der gesamte Boden schlug Wellen. Das Licht kam und ging. Sie musste sich festhalten. Aber da war nichts.

»Also. Erzählen Sie von Ihren Westkontakten.«

Die Entfernung zwischen ihren Händen und Schultern fühlte sich unendlich an, als wäre nichts mehr miteinander verbunden.

»Wir kennen die Namen sowieso. Sie schützen niemanden, wenn Sie schweigen. Sie schaden nur sich selbst.«

Das Licht wurde noch greller. Es kam auf sie, zog sich zurück. Wieder und wieder.

»Fangen Sie mit Andreas Lechner an.«

Wem? Den Namen kannte sie nicht. Sie musste sich verhört haben. Die Stimme kam auch aus weiter Ferne. Der Boden war so weit weg. Alles schwankte. Alles verschwand.

Erst später in der Zelle verstand sie, dass sie ohnmächtig geworden war. In ihrem Kopf kreiselte noch alles. In der Dunkelheit gab es keine Orientierung. Marie richtete sich auf, tastete um sich, bis sie die Wand fühlte. Vorsichtig lehnte sie den Rücken daran, zog die Beine eng an sich. Wussten die von Lennie? Die durften nicht von Lennie wissen. Konnten die nicht. Wieso fragte der dann nach Westkontakten? Im Buch stand nicht, wo sie wohnte. Das wusste sie ganz sicher. Kein Nachname. Keine Adresse. Nichts. Die durften Lennie nicht in die Finger bekommen. Marie ließ den Kopf gegen die Wand sinken.

Wenigstens wusste sie mit Sicherheit, dass sie diesen anderen Namen noch nie gehört hatte. *Andreas Lechner.* Wer immer das war, warum auch immer die meinten, sie würde ihn kennen, es kam nur auf eines an: Lennies Namen hatte er nicht genannt. Lennie musste in Sicherheit sein. Das konnten sie ihr nicht nehmen. Was auch immer passierte, Lennie war auf der anderen Seite dieser verfluchten Mauer, und dort konnten die sie nicht in die Finger bekommen. Das musste unmöglich sein. Marie zählte ihre Atemzüge. *Fünf, elf, drei. Fünf, elf, drei.* Sie gehörte nicht hierher.

»Sie sehen nicht gut aus, Marie. Ihre Familie sorgt sich um Sie. Wie lange wollen Sie ihnen das noch antun? Ihrem kleinen Bruder? Ihrem Vater?«

Im Schweigen klickte ein Kugelschreiber. Klickte und klickte und klickte. Marie drückte die Zähne aufeinander.

»Unterschreiben Sie das Geständnis. Dann können Sie sie wiedersehen. Ihre Entscheidung.«

9

In den Momenten des Wachwerdens, irgendwo zwischen nicht-mehr-Schlaf und noch-nicht-voll-da, war Lennie glücklich. In diesen Augenblicken spürte sie Marie hinter sich liegen, Bauch an Rücken, und die Realität hielt Abstand.

Dann streckte sie sich – oder die Badezimmertür klappte zu – oder der Flurboden knarrte – oder der Wind drückte die Äste der Buche gegen das Fenster –, und sie spürte die Leere in ihrem Rücken. Dann kam alles zurück. Zuerst das Ende jener Nacht.

Sie hatte die Augen nicht länger geschlossen halten können. Aber was sie sah, musste falsch sein. Es wurde hell. Diese Nacht konnte noch nicht vorbei sein. Wenn sie vorbei wäre, dann wäre Marie längst hier.

Nur ein hellerer Streifen im Grau. Mondlicht hinter Wolken oder so.

Aber es war nicht der Mond. Es war das Hellerwerden des Morgens.

Sie kniff die Augen zusammen und starrte die Straße entlang. Gleich. Gleich würde Marie um die Ecke kommen. Würde sie entdecken. Würde auf sie zurennen.

Doch niemand war auf sie zugerannt. All ihr Starren hatte nichts bewirkt. Es war nur immer heller geworden.

Schon öffnete sich die erste Haustür. Ein Mann warf ihr einen misstrauischen Blick zu, der nächste ging gähnend an ihr vorbei, als wäre alles ganz normal, als wäre das ein ganz normaler Morgen, ein Tag, an dem man zur Arbeit ging wie immer, als hätte sich nichts geändert, als ginge alles weiter, dabei müsste alles stoppen. Nichts konnte mehr sein wie vorher. Nicht, wenn Marie geschnappt worden war. Verraten. Schlimmeres.

Sie starrte in das Helle des Morgens, als könnte sie es in die Nacht zurückzwingen. Noch einmal beginnen. Das Helle stach in ihren Augen. Lennie krampfte die Finger in den Jackentaschen zusammen, schloss die rechte Hand um das Messer. Nichts konnte mehr so sein wie vorher. Sie zog das Messer aus der Tasche. Klappte es auf.

Komm schon, Marie. Komm schon.

Sie lauschte in dem lauter werdenden Morgen nach den vertrauten Schritten. Nach der Stimme, die sie so gut kannte wie ihre eigene.

Nichts.

Nur die Stimmen von anderen. Nur die Schritte von anderen.

Sie presste sich an den Zaun.

Bleibt stehen. Bleibt alle stehen. Sie wollte die Einzige sein, die sich in einem eingefrorenen Meer aus Menschen bewegen konnte, die jeden Zaun, jede Mauer überwinden konnte, die die eine finden konnte und mit sich nehmen. Und dann, dann, wenn sie mit ihr hier war, durften sich alle wieder bewegen.

Aber niemand blieb stehen.

Sie riss an einem Teil des Bauzauns, zwang ihn auf, drängte sich durch die Lücke. Der Abgrund der Baugrube starrte sie an. Alles war weg. Sie glitt am Zaun hinab in die Hocke, riss sich die Mütze vom Kopf. Ihre Haare fielen über ihre Ohren hinunter auf ihre Schultern. Sie packte eine Faust voll. Hackte mit dem Messer darauf ein. Sie schnitt und hackte. Es regnete Haare. Sie griff sich eine Faust voll nach der anderen. Ein dunkler Regen ging um sie nieder, regnete in das Loch, das alles verschlang. Sie griff ins Leere. Sie waren fort.

An der Hauswand rechts von ihr schabten vom Wind getriebene Zweige entlang, kratzten über den Stein. In ihrem Rücken, auf dem Gehweg, eilten noch immer Menschen vorbei. Es war ganz hell geworden.

Sie hatte einen Zettel und einen Stift dabei. Reine Gewohnheit. Sie zog sie aus der Hosentasche, legte den Zettel vor sich auf die kalte Erde, strich darüber, strich ihn glatt. Der Stift in ihrer Hand zitterte nicht. *LennieMarie*, schrieb sie mitten auf das Papier. Sie faltete es zusammen. Sie steckte den Stift zurück in die Tasche. Sie hob ihre Mütze auf, stopfte sie in die Jacke zum Messer. Dann stand sie auf. Sie hielt den Arm, so weit sie konnte, über die Grube. Sie ließ den Zettel fallen. Er flatterte und drehte sich im Wind und sank. Sie sah ihm zu, bis er auf dem Grund lag.

Die Schritte nach Hause hatte sie steif und starr gemacht. Sie bemerkte die befremdeten Blicke, die sie streiften. Sie ging an ihnen vorbei. Irgendwann stand sie vor dem Salon. Sie schaute hinein, als wäre sie dort fremd.

Die Tür wurde von innen aufgerissen. Die Ladenglocke schrillte. Eine Ladung Haarspraygeruch und warme Luft traf sie mitten ins

Gesicht. Rote, rissige Hände fuhren durch ihre Haare. Es waren kurze, abgehackte Bewegungen.

»Komm. Komm rein.«

Keine Fragen. Keine Vorwürfe. Nur eine Hand auf der Schulter, die sie sanft zu einem der Stühle lenkte.

Sie setzte sich.

Die Hände strichen sicherer durch ihre Haare. Sie schaute auf ihre Knie, auch noch, als der Kittel um sie geschwungen wurde und die Knie unter sich verbarg.

»Das wird schon.« Mama hatte ihr eine Hand auf die Schulter gelegt, mit der anderen zur Schere gegriffen. *Jetzt bringen wir erst einmal deine Haare in Ordnung*, hatte sie gesagt. Lennie konnte noch immer das vertraute Klappern der Schere hören, wenn sie am Morgen endgültig aufwachte. Es erinnerte sie daran, dass nichts in Ordnung war.

Aufstehen war die nächste Hürde. Da war jedes Mal diese Hoffnung: Wenn sie den Tag nicht begann, war nichts davon wahr. Aber wenn sie nicht freiwillig aufstand, klopfte Mama an die Tür.

So lange, bis sie öffnete. Lieber kam sie ihr zuvor. Dann konnte sie unbeobachtet die Schritte vom Bett bis ins Bad zählen. *Fünf, elf, drei.* Und wieder von vorn, bis sie vor dem Waschbecken stand. Dort nahm der Morgen unweigerlich seinen Lauf, und sie setzte sich so gut sie konnte für einen weiteren Tag zusammen.

Sie sollte froh sein. Oder wenigstens dankbar. Das wusste sie. Sie war auf der richtigen Seite der Mauer. Sie war nicht eingesperrt. Sie lebte. Doch alles zählte nichts ohne Marie.

Trotzdem lächelte sie Mama über den Frühstückstisch hinweg an. Das war das Mindeste. Nicht ein Mal hatte Mama verlangt, dass sie ihre Haare wieder wachsen ließ. Auch so unsinnige Dinge wie *Das wird schon* hatte sie nur das eine Mal gesagt. Jetzt strich sie ihr nur stumm über die Hand, wenn sie ihr den Brotkorb reichte, und statt ihr einen schönen Tag zu wünschen, wenn sie das Haus verließ, gab sie Lennie einfach einen stillen Kuss auf die Wange. Der war wie ein Schutzschild, wenn sie durch die Straßen ging.

Es war nicht weit bis zum Laden, gerade mal eine halbe Stunde zu Fuß. Die Klingel hier war sanfter als die vom Salon. Drinnen empfing sie das Geräusch, von dem sie noch vor Wochen gedacht hatte, es würde die Erfüllung ihrer Träume sein. Jetzt höhnte ihr das Ticken der Uhren zu, dass das Leben weiterging. Lennie rang sich ein freundliches *Guten Morgen* für die Frau des Uhrmachers ab und ging nach hinten durch in die Werkstatt. Dort war es ruhiger.

Nicht so still, wie es in Ilses Uhrenkammer gewesen war, aber doch ähnlich beruhigend. Das Radio lief leise, es roch nach Holz, Metall und Öl. Ihr Arbeitsplatz war ganz hinten am Fenster. Der Meister saß an dem langen Tisch, der sich über die gesamte linke Seite des Raums zog. Er hob nur die Hand zum Gruß und winkte sie weiter an den Schubladenkästen vorbei, alle sorgfältig beschriftet und nach Größe getrennt, mit Zahnrädern, Schrauben, Stiften, Armbändern, Ziffernblättern, Zeigern, Abdeckungen – Lennie zog im Gehen die Jacke aus und hängte sie über ihren Stuhl. Auf dem Tisch lagen bereits drei stille Armbanduhren.

Mama hatte ihr Versprechen gehalten. Mehr noch, sie hatte alle ihre Kundinnen herausgefordert, einen Uhrmachermeister zu finden, der Lennie für eine Lehre annehmen würde. Für die erfolgreiche Vermittlung hatte sie ein Jahr lang kostenlose Salonbesuche versprochen.

Und hier war sie nun. Wenn sie die Uhren berührte, sie sorgsam auseinandernahm, erinnerte sie sich an die Freude, die sie früher dabei gehabt hatte. Aber die war wie ein Geist, der sich nicht fassen ließ.

In der Werkstatt drehten sich alle Gespräche um Uhren. Manchmal konnte sie sich ganz darin verlieren. Und dann fiel das schlechte Gewissen über sie her, weil sie Marie für ein paar Augenblicke vergessen hatte. Dann starrte sie aus dem Fenster mitten auf die Spree, bis der Kloß in ihrem Hals so groß war, dass sie sich entschuldigen und auf die Toilette flüchten musste.

Sie kühlte ihr Gesicht, bis die Haut sich taub anfühlte, bis sie an die Arbeit zurückkehren konnte. Marie hinter der Mauer zu wissen, war schlimm gewesen. Als Marie hinter der Mauer unerreichbar geworden war, hatte sie gedacht, das wäre unerträglich. Aber nicht zu wissen, was Marie in jener Nacht zugestoßen war, nichts erfahren zu können, das war schlimmer.

Jede Nacht, wenn sie im Bett lag, schlich sich die zweite Hoffnung an. *Vielleicht kommt sie doch noch*, raunte sie ihr zu, *vielleicht lebt sie, und wenn sie lebt, sucht sie einen Weg. Und Marie findet immer einen Weg.* Hoffnung war nichts Gutes. Sie riss Wunden tiefer und hielt sie offen. Aber Lennie konnte sie nicht aufgeben.

Heute Abend drang Gelächter aus der Küche, als sie die Wohnungstür aufschloss. Sie wollte umdrehen, die Tür ganz leise hinter sich schließen, als wäre sie nie da gewesen. Doch Mama spähte bereits aus der Küche in den Flur.

»Beeil dich, wir haben Gäste.«

»Nicht zu überhören.« Lennie streifte die Jacke ab, hängte sie auf. Männerstimmen. Was machten Männer in ihrer Küche? Mamas Wangen glänzten.

»Ich hab uns Buletten mit Bratkartoffeln gemacht.« Sie strahlte.

»Muss mir nur die Hände waschen.« Lennie schlug die Badezimmertür hinter sich zu. Sie stützte sich am Waschbecken ab. *Du kriegst dich besser auf die Reihe*, teilte sie ihrem Spiegelbild stumm mit. Sie ließ sich kaltes Wasser über die Hände laufen, während sie stumm bis neunzehn zählte. Wasserhahn abdrehen. Hemd zurechtziehen. Durch die Haare fahren. Die mussten bald wieder unter die Schere. Sie fühlte sich kein Stück bereiter als beim Betreten der Wohnung, aber sie konnte es nicht länger hinauszögern.

In der Küche drängten sich Bratdunst und Hitze. Mama nahm sie sofort in Beschlag, legte ihr die Hände auf die Schultern, schob sie zum Tisch. »Du kennst ja Herrn Weber –«

»Fritz«, unterbrach er sie.

»Ähm, ja, Fritz kennst du ja.« Mama zog schnell einen Stuhl zurück. Lennie brauchte einen Moment, weil sie ihn nur unten im Salon kannte, und es war verwirrend, den Friseur mit ihrer Küche zusammenzubringen. Sie nickte kurz. Mama hielt sich weiter am Stuhl fest. »Und das ist sein Neffe, Thomas. Der ist gerade erst vor ein paar Wochen hier angekommen. Wir feiern sozusagen seinen Einstand im Salon, also, als Lehrling von – Fritz.«

Jetzt hätte Lennie sich gern irgendwo festgehalten. Gerade erst angekommen. Bedeutete das – sie räusperte sich. Aber Mama kam ihr zuvor.

»Setz dich, setz dich. Sonst wird das Essen noch kalt.«

Mama schichtete die Teller voll und redete zu viel. Fritz Weber hing an ihren Lippen, lachte, bekam ab und an ein paar Worte dazwischen. Sein Neffe aß schweigend. Lennie tat es ihm gleich. Ihre Küche war noch nie so voll gewesen. Fülle, laute Gespräche, das gehörte alles nach unten. Ihr war, als hätte sie etwas verpasst, als wäre der Rest der Welt an einer Stelle abgebogen, während sie einfach weitergelaufen war. Und jetzt passte sie nicht mehr in die Realität. Tellerklirren brach in ihre Verwirrung.

»Bist du fertig damit?« Mama wartete kaum ihr Nicken ab, bevor sie den Teller auf die anderen stellte und zur Spüle hinübertrug, wo Fritz Weber stand. Hatte der nicht eben noch am Tisch gesessen? Mama stellte die Teller ab. »Lass den Abwasch einfach stehen. Wir lassen euch beiden ein bisschen Zeit zum Kennenlernen.«

»Was?« Sie blickte zu Mama, die sie gar nicht ansah, und fragte sich, wie viel sie tatsächlich versäumt hatte. Mama und Fritz standen nah beieinander, viel zu nah. Mama lächelte. Lennie konnte sich an keinen Tag erinnern, an dem sie sie so oft mit einem Lächeln auf dem Gesicht gesehen hatte. Wenn das die Realität war, vielleicht war dann die Mauer der Traum. Ein Albtraum, klar, aber einer, aus dem sie erwachen konnte und feststellen, dass nichts davon geschehen war. Für den Moment blieb das Knäuel aus Traum und Realität bestehen, auch als die Küchentür hinter Mama und Fritz zuklappte. Von der anderen Seite des Tischs kam ein Räuspern.

»Na, dit war mal seltsam.«

Die ersten vernünftigen Worte des Abends. Lennie atmete ein klein wenig auf. »Ganz ehrlich, ich habe keine Ahnung, was hier vorgeht. Aber um allen Missverständnissen vorzubeugen, ich habe kein Interesse an Jungs. Null.«

»Jut. Dann machen wir uns ja null Konkurrenz.«

Wie oft konnte man an einem einzigen Abend den Anschluss verpassen? Lennie blickte über den Tisch und traf auf ein Zwinkern unter blonden Locken.

»Fangen wir janz von vorn an, ja?« Er streckte die rechte Hand über den Tisch. »Tom. Ost-Import. Ausschließlich an Jungs interessiert.«

Immer noch nicht sicher, ob das alles wirklich passierte, ergriff sie seine Hand. »Lennie«, sagte sie, weil man das so tat bei einer Vorstellung, weil Gepflogenheiten gerade alles waren, was ihr ein wenig Boden unter den Füßen gab. Der blonde Tom kam ihr bekannt vor. Was unmöglich war. Da er sich so weit vorgewagt hatte, wollte sie ihn nicht hängen lassen. »Ausschließlich an Mädchen interessiert.« Durch alle Unwirklichkeit hindurch musste sie grinsen und bekam ein Grinsen zurück. Das tat gut, verscheuchte etwas von dem Nebel in ihrem Kopf. »Ich hab dich schon mal gesehen. Letzten Monat. In der Nacht, als …« Sie schluckte. Das war immer noch besser als heulen. Sie hatte den Namen seitdem nicht mehr laut ausgesprochen. Und jetzt steckte er in ihrer Kehle fest, obwohl sie ihn hier und jetzt herauslassen durfte, konnte. Musste. Sie schluckte noch ein paarmal, bis der Name aus ihr herauskam und alles überfloss. »… als Marie flüchten wollte.«

Tom unterbrach sie kein einziges Mal, hörte zu, während sie alles herausließ, wie es gerade kam, stotternd, heulend, sich überschlagend. Er hielt ihre Hand, auch noch, als sie keine Worte mehr hatte. Ohne sie loszulassen, kam er um den Tisch herum und setzte sich neben sie. »Deine Marie, die klingt nicht, als würde sie sich kleenkriegen lassen.«

Lennie wischte sich über die Augen. Tom berlinerte weniger als Marie, aber jeder der vertrauten Klänge war Stich und Trost zugleich. »Bestimmt nicht. Aber ich weiß ja nicht mal, ob –«

»Dit kriegen wir raus.«

»Wie denn? Niemand von uns kann rüber.«

»Andi schon. Mein Freund. Österreicher. Der kommt mit seinem Pass jederzeit rüber. Und zurück.«

Lennie war schwindelig. Wie oft konnte sich die Welt an einem einzigen Abend auf den Kopf stellen, ohne dass man hinunterfiel? »Das würdet ihr tun? Echt jetzt?«

»Klaro.« Tom drückte ihre Hand. »Wir Verzauberten müssen zusammenhalten, tut ja sonst keener für uns.«

Das Wort berührte sie, obwohl sie es zuvor noch nie gehört hatte. »Weiß dein Onkel von dir? Und Mama?«

»Wat meinste wohl, weswegen die uns hier allein jelassen haben?« Tom zuckte mit den Schultern. »Mein Onkel weiß von mir, aber hängt so 'n bisschen der Philosophie an, nüscht fragen, nüscht sagen. Mit deiner Mutter scheint er allerdings sehr – vertraut zu sein.«

Dinge, die sie sich eindeutig nicht vorstellen wollte. Und dem Blick nach zu urteilen, Tom auch nicht. Trotzdem schlich sich ein warmes Gefühl an, weil Mama das alles geplant hatte, damit sie und Tom zusammentrafen. Lennie hatte keine Ahnung, ob sie der Hoffnung vertrauen wollte, ob sie bereit war, die Wahrheit zu erfahren, wenn die jedem ihrer Albträume entsprechen konnte. »Wann?«, fragte sie.

Seit dem Abend hatte sie nicht mehr geschlafen. In der Werkstatt war ihr heute ständig alles aus der Hand gefallen. *Kann ja jeder mal einen schlechten Tag haben*, hatte ihr Meister gesagt, *aber du gehst mir besser nach Hause, bevor du noch was Wertvolles kaputt machst.* Zu Hause hätte sie es keine Sekunde lang ausgehalten. Lennie war durch die Straßen gelaufen, bis es endlich Zeit war, Tom zu treffen.

Nach all dem Herumlaufen im Nieselregen war sie jetzt doch froh, dass er die Kneipe am S-Bahnhof Tiergarten vorgeschlagen hatte. Auch wenn das Stillsitzen schwierig war, konnte sie sich hier wenigstens aufwärmen. Der Zigarettenrauch hing in dicken Schwaden um sie herum und brannte ihr in der Nase. Tom schob sein Bier hin und her, sie hatte bei dem gleichmütig dreinblickenden Wirt einen Tee bestellt, traute sich aber nicht, das Glas hochzuheben, weil ihre Hände so zitterten. Sie schwiegen beide, ließen den Lärm der Gespräche von den anderen Tischen das Schweigen zwischen ihnen füllen. Tom blickte immer wieder zur Tür. Er schien nicht weniger nervös als sie. »Die werden ihn schon wieder zurück über die Grenze lassen. Ist doch nur ein ganz harmloser Besuch.« Lennie wusste nicht, wen sie mehr beruhigen wollte, Tom oder sich selbst.

»Klaro.« Tom schnappte sich den Bierdeckel und klopfte mit einer Kante auf die Tischplatte. »Hätte Warten echt für einfacher jehalten.« Er trank einen Schluck, ohne mit dem Klopfen aufzuhören.

Der unruhige Rhythmus passte zu dem Zucken in ihren Füßen. Sie konnte nicht einmal sagen, ob dieses Warten härter oder leichter war als das in der Fluchtnacht. Dieses Mal würde sie Antworten bekommen. Sie hatte keine Ahnung, was sie tun würde, wenn es die schlimmste Antwort war. Ihre Uhr zeigte Viertel nach zehn und dann halb elf. Sie hatte in der Werkstatt eine neue Glasabdeckung einsetzen dürfen (*Gehört sich schließlich nicht für einen angehenden Uhrmacher, mit einer kaputten Uhr rumzulaufen*, hatte ihr Meister gesagt), jetzt wünschte sie sich die gesplitterte Scheibe zurück.

Neun vor elf. Das dauerte viel zu lange für so einen Ausflug.

Oder? Sie behielt ihre Zweifel für sich. Tom hatte bestimmt genug eigene.

Über ihnen rumpelte die nächste S-Bahn heran. Drei Stationen nur von hier. Die Vorstellung war immer noch so absurd. Sie würde sich nie daran gewöhnen. Auch nicht an die Veränderungen ihres Ortes. Aus der Baugrube ragten inzwischen Holzbalken und Stahlträger. Bald würde dort ein ganzes Haus stehen, und nur noch Ilse und Marie und sie würden von dem rostigen Briefkasten hinter den Brombeerranken wissen.

Beim Aufleuchten von Toms Gesicht wusste sie, wer dieses Mal die Kneipentür geöffnet hatte. Er schob seinen Stuhl zurück, dann hielt er inne und atmete tief durch. »Janz vergessen, wo wir sind.« Auch beim Reden blickte er weiter an ihr vorbei Richtung Tür, winkte Andi mit dem Bierdeckel zu.

Der lange, schlaksige Student ließ sich auf den Stuhl neben Tom fallen, behielt den Mantel an. Er drückte kurz Toms Arm, zog die Hand zurück. »Was für ein Scheißladen.«

»Was, hier?«

»Nee, diese Grenze. Die haben mich bis eben festgehalten und befragt. Echt, ich schwör euch, wenn die einen in der Mangel haben, fühlst du dich schuldig, auch wenn du nichts angestellt hast.« Er schüttelte sich. »Keine Ahnung, was die geritten hat. Langeweile? Haben so getan, als wäre mit meinem Pass was nicht in Ordnung. Völlig erfunden. Kriegt man hier auch was zu trinken? Bin total ausgetrocknet.« Er griff nach Toms Bierglas, trank einen Schluck und verzog das Gesicht. »Bäh. Wie lange steht das denn schon hier?«

Tom war bleich. Lennie wollte über den Tisch springen und die entscheidenden Worte aus Andi herauszwingen. Der schaute zu

Tom, drückte kurz die Lippen zusammen. »Ist ja gut gegangen«, sagte er leise. »Bin wieder hier. Nichts passiert.«

Die konnten ihre Erleichterung später feiern. Immerhin hatten sie sich, wussten sich beide in Sicherheit. Lennie beugte sich über den Tisch. »Was ist mit Marie?«

Andi schaute von ihr weg. Lennie wurde durch und durch starr. Das war nicht die richtige Antwort.

»Ich hab nur ihren Bruder getroffen. Ecki? Sonst war da niemand zu Hause.« Er redete schnell. »Der wollte mir erst mal gar nichts sagen, total misstrauisch, hat mich nicht mal in die Wohnung gelassen, erst als ich gesagt hab, dass ich von dir komme. Da durfte ich immerhin in den Flur. Da hat er dann …« Andi starrte auf die Tischplatte, als könnte die für ihn weiterreden.

Lennie bekam kein Wort über die Lippen, konnte sich nicht rühren, nur warten.

»Er hat gesagt, seine Schwester ist nach Leipzig gegangen, macht da ihre Lehre am Theater fertig.«

Sie musste das falsch gehört haben. Denn das, was sie gehört hatte, war völlig unmöglich. Marie würde nicht erst so eine Nachricht schicken und dann – niemals. Sie bekam nicht länger mit, ob Andi noch mehr sagte, in ihrem ganzen Körper war nur Platz für ein Wort. *Niemals.*

»Lennie? Lennie, sag wat.«

Eine Hand auf ihrem Arm. Tom saß neben ihr. Die Berührung löste ihre Starre. Sie zog ihren Arm weg. Noch so eine Berührung, und sie würde auseinanderbrechen. Sie durfte jetzt nicht auseinanderbrechen.

Ecki log. Sie wusste nicht, warum. Aber er log. »Ist spät. Ich muss nach Hause.«

»Klaro. Klar. Andi, zahlste mal?« Tom erhob sich. Doch er ging nicht weg. Er wartete, bis sie aufstand.

Jacke. Sie musste die Jacke anziehen. Die Mütze steckte in der linken Tasche. Nicht hineinfassen. Die Stuhlkante berührte ihre Kniekehlen. Tom stand ihr im Weg.

»Wir bringen dich.«

»Ich kann allein nach –«

»Klaro kannste. Sollteste aber jetzt nicht.«

Tom lief links neben ihr, Andi rechts. Hell und dunkel wechselten sich ab. Von der Brücke warfen Laternen Licht auf das schwarze Wasser der Spree. Das Schweigen war zu laut. Sie vergrub die Hände in den Jackentaschen, packte die Mütze ganz fest. »Erzähl mir das noch mal. Ganz genau.«

Je mehr sie hörte, desto sicherer wurde sie. Marie hätte das niemals freiwillig getan. Ecki hatte nicht einmal eine Adresse verraten wollen. Sie starrte in die dunkle Spree und schickte ein stummes Versprechen hinab.

NOVEMBER 1961

Liebe Lennie,

nach Deinem Brief habe ich mich am Theater umgehört. Niemand hier kennt Deine Marie. Es tut mir sehr leid, daß ich keine besseren Nachrichten für Dich habe. Natürlich ist sie hier immer willkommen.

Ich vermisse unsere gemeinsamen Zeiten.

Hab es gut, ich denke an Dich.

Deine Ilse

10

Marie wusste längst nicht mehr, was ihr alles unterstellt worden war, was sie getan und nicht getan haben sollte. Sie wusste nicht, das wievielte Mal ihr ein Geständnis über den Tisch geschoben wurde, das sie weder geschrieben noch jemals so formuliert hatte. Sie wusste mit Sicherheit, dass nichts von dem, was darin stand, der Wahrheit entsprach. Sie wusste mit Sicherheit, dass sie kein weiteres Verhör durchstehen würde. Ob Papa das hier auch noch als Opfer sah, das man für das große Ganze in Kauf nehmen musste? Sie griff nach dem Stift, der neben der dicht beschriebenen Seite lag.

»Sind Sie sicher, dass Sie das so unterschreiben möchten?«

Das fragte der wirklich. Sie fühlte ein Lachen aufsteigen, voller Bitterkeit, Verzweiflung, das sie in einen neuen Abgrund reißen würde, wenn ihr auch nur ein Ton davon entschlüpfte. Es hallte durch ihren Kopf. Sie schloss die Finger fester um den Kuli. Wenn sie den Mund auch nur einen Millimeter öffnete, würde es ihr entkommen. Dabei hatte sie sich gerade an einen Rand des Abgrunds gerettet. Wenn sie jetzt abstürzte, würde sie nicht mehr hinauskommen. Wenn sie zu lange nachdachte, würde sie das niemals unterschreiben. Der sollte einfach still sein, bis sie die Kraft fand, sich dazu zu überwinden. Schließlich war es das, was der von ihr wollte.

»Haben Sie noch etwas zu ergänzen oder zu korrigieren?« Er schob die Papiere näher zu ihr. Als würde das beim Lesen helfen. Ihre Augen brannten sowieso zu heftig, um die Sätze entziffern zu können, nur einzelne Worte stachen heraus. *Darius Müller.* Jeder Ansatz von Lachen in ihr erstarb, nur der bittere Geschmack im Mund blieb. Sie wollte ihn ausspucken, wünschte sich auf eine weit entfernte Brücke – aber das Versprechen von damals war unerreichbar. Wie alle anderen, die sie sich gegeben hatten.

Es gibt keine einfachen Lösungen. Reiner Luxus, wenn man über so etwas nachdenken konnte. Das würde sie Mama gerne sagen. Dass sie es gut gehabt hatte. Dass sie leichtfertig ihre Chance weggeworfen hatte. Aber das musste sie auch sich selbst vorwerfen. Marie blinzelte, irrte mit dem Blick auf dem Papier umher. Sie stoppte oben rechts. *3. November 1961.*

Das konnte eine Lüge sein. Wie so vieles, was ihr in diesem Raum erzählt worden war. Das konnte wahr sein. Ihr Kopf schwamm, verweigerte die Rechenaufgabe zwischen Oktober und November. Unwichtig. Das Einzige, was zählte, war, hier wegzukommen.

Nach der Unterschrift hatte sie nicht mehr aufgehört zu zittern. Nicht, als sie aus dem Verhörraum geführt wurde, nicht, als sie ihre eigene Kleidung zurückbekam, nicht, als sie durch die langen Flure ging. Jedes Auf- und Zuschließen verstärkte ihr Zittern. Es hörte nicht einmal auf, als sie kurz den Himmel sah. Grau. Gleich darauf schlugen wieder Türen zu, und Finsternis fing sie ein. Sie hielt sich nirgendwo fest, ließ sich von den Fahrbewegungen herumwirbeln. Vielleicht wirbelte es auch nur in ihrem Kopf.

Vielleicht war das Dröhnen des Motors ein letztes Aufbegehren ihrer Hoffnung.

Alles stoppte.

Momente später stand sie auf einer Straße und verstand nicht, wo sie war. Nieselregen benetzte ihr Gesicht. Marie lehnte den Kopf zurück, um darin zu baden. Der Himmel war weißwolkig grau. Sie hatte noch nie etwas Schöneres gesehen. Die Luft roch nach feuchten, bunten Blättern. Sie drehte sich um und fürchtete, in einem Traum zu sein. Dort floss die Spree. Sie ging auf das Ufergeländer zu. Es blieb da, genau wie der Fluss selbst. Marie legte die Hände darum und beugte sich weit über das Kräuseln des Wassers. Herbstblätter schaukelten auf dem Grau. Enten scheuchten sich über die weite Fläche. Wellen gluckten unten gegen Stein. In ihnen spiegelten sich Wolken, zogen sich auseinander und zusammen, flogen ungehindert, wohin sie wollten. Marie konnte den Blick nicht davon lösen. Langsam ließ ihr Zittern nach.

Aber erst nachdem sie ein paar Schritte gegangen war und niemand sie aufgehalten hatte, traute sie sich, ihren Entschluss ganz klar zu denken. *Wenn die Gerichtsverhandlung für Darius kommt und sie meine Aussage wollen, werde ich nicht mehr hier sein.* Sie ließ die Spree Zeugin ihres Versprechens sein.

Sie wusste, wo sie war. Nur eine kurze Straßenbahnstrecke bis nach Hause. Aber sie brauchte den Himmel über sich. Die vielen anderen Menschen waren ein Schock. Die hatten alle weitergemacht, während ihre Zeit still gestanden hatte. Je näher sie ihrer Straße kam, desto langsamer lief Marie. Sie wollte es nicht wissen, wenn Papa und Ecki auch einfach so weitergemacht hatten. Sie wollte ihnen nicht erzählen müssen, was sie getan hatte. Als sie aufgebrochen war, hatte sie sich nicht vorgestellt, wie es wäre, zurückzukommen. Sie war bereit gewesen, diese Straße nie wiederzusehen, dieses Treppenhaus, diese Wohnungstür. Jetzt stand sie davor und konnte sich nicht zwischen Anklopfen und Klingeln entscheiden. Sie hätte den blöden Schlüssel mitnehmen sollen. Marie drückte auf die Klingel.

Die Tür wurde aufgerissen, noch bevor die Klingel verklang. Papa zog sie in seine Arme. Er hielt sie fest. Marie versteckte das Gesicht an seiner Schulter, ließ sich in den Moment fallen. Sie wollte ihn aufsaugen, solange sie konnte.

Ein Schlüssel drehte sich im Schloss. Marie zuckte zusammen. Türenklappen. Schritte. »Wat is'n hier – Marie!« Und dann lag noch ein Paar Arme um sie, und ein Kopf schmiegte sich zwischen ihre Schulterblätter. Ecki. Es war nur Ecki. Und der Schlüssel drehte sich kein zweites Mal um. Niemand schloss sie ein.

Ecki ließ sie als Erster los. »Ick – ick mach mal was zu essen.«

Papa drückte sie noch einmal fest und gab sie dann auch frei. Er wischte sich über die Augen. »Da gehen wir besser mit, das endet selten gut.« Er schob Marie mit einer Hand vor sich her. Sie hatte noch immer keine Worte, folgte den Augenblicken. Jeder einzelne war schwer zu fassen und ihre Gesamtheit überwältigend.

»Setz dich, setz dich.« Hände drückten sie auf einen Stuhl. Sie saß da und beobachtete, wie Papa und Ecki den Tisch deckten, Brot aufschnitten, Tee kochten, eine für sie unsichtbare Choreografie aufführten, bei der sie nie kollidierten. Als wäre das nie anders gewesen.

Aus dem Fenster zu schauen, war leichter. Draußen dämmerte

es. Ecki knipste hinter ihr das Licht an, verwandelte die Scheibe in einen Spiegel, der alles draußen vor ihr verbarg. Sie schob ihren Stuhl zurück. Sofort stoppte alle Bewegung in der Küche.

Marie stand zögernd auf. »Darf ich – ich würde nur gern das Fenster aufmachen?«

»Klar. Klar.« Papa drängte Ecki aus ihrem Weg. »Du musst doch nicht fragen.«

Sie riss das Fenster auf und genoss den Schock der kalten Luft. Der Nieselregen hatte aufgehört, ein wenig Winterschärfe hinterlassen. Wenn das alles ein Traum war, wollte sie nie wieder aufwachen. Das wäre zu grausam. Sie sog die Luft ein, bis sie meinte zu platzen.

»Willste 'n Eiszapfen werden, oder kommste essen?«

Ecki klang so – wie Ecki. Wenn er und Papa nicht das Essen gemacht hätten, könnte sie glatt glauben, es wäre ein ganz normaler Abend. Sie würden essen, Papa würde sich mit einem Bier und einem Buch zurückziehen, Ecki würde in seinem Zimmer Radio hören, und sie würde in ihrem darauf warten, dass alle Geräusche verstummten, damit sie sich aus der Wohnung schleichen konnte, um sich mit Lennie zu treffen. Marie schloss das Fenster. Es war schwer genug, im Moment zu bleiben. Sie kehrte an den Tisch zurück.

Nicht einmal Ecki sagte etwas. Besteck klirrte gegen Teller und gegen das Schweigen an. Mit jeder Bewegung verdichtete sich die Luft. Marie presste ihre Handflächen auf die Oberschenkel. »Kann mal wer den Mund uffmachen? Ick dreh sonst durch.«

Papa legte seine Stulle auf den Teller. »Ich bin nur froh, dass du wieder hier bist.« Er schob seinen Stuhl zurück und verließ die Küche.

Also würden sie nicht darüber reden. Der Raum zwischen Stuhllehne und Tischkante war plötzlich zu eng. Sie brauchte mehr Platz. Aber es dauerte einige Momente, bis Marie begriff, dass sie sich einfach so bewegen durfte. Sie stand auf.

»Du jetzt ooch?«, fragte Ecki.

»Nee, ick – ick kann nur nich' mehr sitzen.«

Ecki spielte mit seinem Messer herum, drückte das runde Ende gegen den Daumen. »War's denn sehr übel?«

»Übelst.« Marie ging wieder zum Fenster hinüber, legte eine Hand an das kalte Glas, spürte den Luftzug am unteren Rahmen. »Willste dir nicht vorstellen.«

»Und wenn doch?«

Marie schüttelte den Kopf.

»Was willste jetzt machen?«

Sie hatte keine Ahnung, ob er diesen Augenblick oder ihre gesamte Zukunft meinte. »Ick muss hier weg.«

»Hier?« Ecki fuchtelte mit dem Messer herum, deutete auf alles in der Küche.

»Leg dit Ding weg, bevor du dir damit abstichst.« Sie wandte dem Fenster den Rücken zu. »Ick muss hier verschwinden, weil ick dieses Geständnis unterschrieben habe, klar? Ick kann dit nich' vor Gericht aussagen. Dit stimmt alles nicht. Und wenn ick aussage, kommt jemand nicht mehr raus aus dem Knast. Und wenn ick nicht lüge, fahre ick wieder ein. Und dit überleb ick nicht.« Sie sah ihn an, wollte sehen, ob er begriff, wollte ihm alles klarmachen, was sie nicht sagen konnte. Ecki senkte den Kopf.

»Dit sollte alles janz anders …«

»Was?« Sie musste sich verhört haben. Sie wollte die Frage zurück in ihren Mund stopfen, aber sie kam nur ganz stumpf ein zweites Mal heraus. Ecki starrte immer noch die Tischplatte an.

»Der hat dit völlig, der sollte doch nur, dit war janz anders jedacht, dit hätte so nie –« Ecki hockte bleich und stumm am Tisch. Vielleicht war es besser, ihn da so hocken zu lassen, besser, einfach zu gehen, ohne vollständige Antwort. Vielleicht hatte Papa es richtig gemacht. Schon immer. Einfach nicht drüber reden. Nicht das Schlimmste von anderen erfahren. Nicht das Schlimmste von sich erzählen.

Marie blieb. Das Schweigen zwischen ihnen fühlte sich an wie ein Gummiband. Es konnte sich dehnen und dehnen, und es konnte reißen, und was dann geschah, wusste man nicht. Sie sollte Ecki den Mund zuhalten oder sich die Ohren, aber für all das war es schon zu spät, denn Ecki plapperte, und sie konnte sich nicht rühren.

»Der sollte dir nur von da weg… Scheiße, Marie, ick bin an dem Tag früher von der Schule gekommen. Mir war irjendwie übel. Ick hab mir uffs Bett geknallt und die Bücher entdeckt. Da hab ick jewusst …« Ecki redete und redete. Wie ihm klar war, dass sie abhauen würde. Wie er losgerannt war, Mannes Bruder gefunden hatte. Wie er ihm die Stelle beschrieben hatte, weil er die kannte, weil er Marie heimlich gefolgt war, nachdem sie ihm so komisch vorgekommen war bei ihrer nächtlichen Begegnung im Treppenhaus. Wie er Mannes Bruder echt nur davon erzählt hatte, damit der sie aufhalten würde, aufhalten, nicht wegsperren. »Weil … weil … ick will nicht ohne dir sein.«

Sie hätte gleich nach Papa die Küche verlassen sollen. Ecki gab ihr nicht einmal die Chance, einfach nur wütend auf ihn zu sein. Marie ließ die Schultern gegen das Fensterglas sacken. »Hätteste nicht mit mir reden können?«

»Hätteste uff mir jehört?«

Sie kannten beide die Antwort. Marie wollte sie nicht aussprechen. Ecki wollte sie nicht hören. Sie stieß sich vom Fenster ab. Zwischen Fenster und Küchentür vergingen Ewigkeiten. Sie tat so, als hätte sie Ecki beim Hinausgehen nicht gehört, aber seine Worte krallten sich in ihren Nacken. *Rennste jetzt weg wie Papa?*

Der saß im Wohnzimmer, wie ihr das Licht verriet, das sich durch den Türspalt auf den Flur schlich. Eine Einladung, die sie ignorierte. Papa rannte nie weit weg.

Ihr Zimmer wirkte unberührt. Marie blieb an der Tür stehen und schaute in diese dämmrige Höhle wie in einen Traum. Wie in ein anderes Leben. Ein Leben, über das jemand eine Glaskugel gestülpt hatte. Eines, das sie nicht mehr erreichen konnte.

Langsam ging sie zum Bett hinüber. Sie knipste die kleine Lampe auf dem Nachttisch an. Aus und an. Aus. An. Sie sprang auf. Rannte zur Tür zurück. Drückte die Klinke hinunter. Öffnete die Tür. Schloss sie wieder. Drückte sie auf. Zog sie zu. Drückte sie auf. Zu, auf, zu, auf, sie konnte nicht stoppen, genauso wenig, wie sie ihr Zittern unter Kontrolle bekam oder das Wasser, das ihr aus den Augen lief. Nur das Schluchzen konnte sie wegdrücken.

Irgendwann trugen ihre Beine sie nicht mehr. Sie rutschte am Türrahmen hinab. Die Leselampe am Bett warf ein warmes Licht durch den Raum. Marie hielt sich an der Kante der Tür fest, bewegte sie weiter vor und zurück. Ihre Augen liefen nicht mehr über. Sie wischte sich mit der freien Hand das Gesicht trocken. Vom Fenster her starrte die Nacht ihr entgegen. Mitten hineinspringen. Das wäre ein Weg. An einer der Kontrollstellen Richtung Westen rennen und nicht stehen bleiben, bis die Kugeln sie stoppten.

Das war ein anderer Weg. Die Spree würde kalt sein. Und sie hatte irgendwo gelesen, dass es mit dem Ertrinken schwer war, wenn man schwimmen konnte. Man musste sich Blei in die Taschen stopfen.

Alles keine einfachen Lösungen. Aber Auswege. Ihr Kopf fühlte sich leicht an, zu schwindelig zum Aufstehen. Sie würde noch ein wenig hier sitzen bleiben. Sie streckte die Beine lang aus, bis ihre Zehenspitzen das Licht berührten. Noch war Zeit.

Der Bettbezug war der von ihrem Wochenende mit Lennie. Marie machte ganz leise die Tür zu. Sie ging ganz leise zum Bett hinüber. Sie zog nichts aus, kroch unter die Bettdecke, kroch ganz darunter. Das Licht ließ sie an. Sie rollte sich eng zusammen, hielt sich selbst fest, schloss die Augen. Hier konnte sie nichts berühren. Hier konnte sie an Lennie denken. Ihr konnte sie versprechen, dass sie nach einer anderen Möglichkeit suchen würde.

Niemand hatte sie am Morgen geweckt. In der Küche war der Tisch für sie gedeckt, und auf ihrem Teller lag ein Zettel von Papa. *Guten Morgen, Schlafmütze, nimm dir Zeit, Ecki und ich sind einkaufen.*

Sie schmierte sich nur schnell eine Stulle, stürzte einen Tee hinunter, räumte alles weg und schrieb unter Papas Nachricht: *Bin spazieren.* Ihr Schlüssel hatte neben der Wohnungstür gehangen wie immer. Es tat gut, eine Tür von außen abzuschließen. Sie rannte die Treppen hinunter, rannte nach draußen, rannte die Straße entlang, warf sich der feuchtkalten Luft entgegen, rannte, sprang über Pfützen, in denen sich Wolken spiegelten, rannte, lauschte dem Wind an ihren Ohren, genoss, wie ihre Füße auf das harte Pflaster trafen, rannte, bis ihre Wangen brannten und ihr ganzer Körper, aber erst als ihr keuchender Atem alles andere übertönte, blieb sie stehen.

Sie stützte die Hände auf die Knie. In ihr rannte alles weiter, während es sich außen um sie herum verlangsamte. Sie wartete, bis die Geschwindigkeiten sich anglichen. Sie richtete sich auf. Mulakstraße. Sie musste einen ziemlichen Zickzack gerannt sein, wenn sie so um die Ecke von zu Hause gelandet war. Langsam ging sie weiter, wählte die Straßen aus. Von der Gormann- in die Linienstraße. Die Koppenstraße weiter und dann auf die Große Hamburger. Den Hackeschen Markt vermeiden und stattdessen über die Krausnickstraße und Monbijou zum Wasser. In der Spree schwammen Wolken und Schwäne, und Möwen schrien ihren Unmut heraus.

Hier schien die letzte Nacht weit weg und Gefängnisse ebenso unwirklich wie Flügel an ihrem Rücken. Hier lagen die Schnipsel von Lennies Briefen auf dem Grund des Wassers. Oder waren schon lange fortgetragen worden Richtung Meer. Wenigstens waren sie vor jedem Zugriff sicher.

Lennie. Die Sehnsucht öffnete sich weiter als der Himmel. Wenn sie keinen Weg zu ihr fand, wäre es grausam, ihr eine Nachricht zu schicken. Wenn Lennie dieselbe Sehnsucht in sich trug, wäre es grausam, sie im Ungewissen zu lassen. Sie prallten von entgegengesetzten Seiten an dieselbe Mauer. Marie lief weiter.

Der Hunger trieb sie schließlich nach Hause. »Schönen Spaziergang gehabt?«, fragte Papa. Er schnitt Lauch, und Ecki hackte Möhren in kleine Stücke. Marie nickte, weil sie keine Ahnung hatte, wie sie mit alldem umgehen sollte.

»Hast du Briefpapier?«, fragte sie.

»In meinem Schreibtisch, oberste Schublade. Wem willst du denn schreiben?«

»Sind da auch Marken und Umschläge?«

»Marie.« Er blickte von seinem Schneidbrett auf. »Dir ist schon klar …?« Papa sah sie nur an, und Eckis Gehacke verlieh dem Blick zusätzliche Schärfe. Papa seufzte. »Dir ist schon klar, dass wir jetzt unter Beobachtung stehen.« Er wandte sich wieder dem Schneidbrett zu. »Ich hätte das nie von dir gedacht.« Den Satz sagte er so leise, dass sie vorgeben konnte, ihn nicht gehört zu haben. Aber er traf. Marie wich zurück. Sie hätte nie zurückkommen dürfen. Jetzt zog sich die Mauer nicht nur durch die Stadt, sondern stand auch zwischen Papa, Ecki und ihr. Alles war verkehrt. Sie hatte keine Erwiderung für ihn. Papa hielt sie nicht auf, als sie aus der Küche ging.

Erst in ihrem Zimmer ließ sie seine anderen Worte zu sich durchdringen. *Wir stehen jetzt unter Beobachtung.* Hoffentlich waren die Beobachter heute Morgen dann wenigstens ordentlich außer Atem gekommen. Und was bedeutete das überhaupt: unter Beobachtung? Das war doch eine lächerliche Vorstellung, dass ihnen allen ständig wer hinterherlaufen würde. Oder ihre Post lesen. Aber genau das schien Papa zu denken, sonst hätte er nicht so auf eine Frage nach Briefpapier reagiert. Marie legte Papier und Umschläge auf ihren Schreibtisch. Ihr blieb kein anderer Weg, Lennie zu erreichen.

Liebe Lennie,

nach einer langen dunklen Zeit möchte ich Dir schreiben, daß ich zurück bin. Wenn ich aus meinem Fenster schaue, scheint der Sommer so unerreichbar fern. Dabei habe ich solche Sehnsucht nach dem Geschmack von Brombeeren. Jetzt sind nur noch die Dornen da und lassen mir keinen Ausweg.

Ich denke an Dich. Immer,
Deine Marie

II

Sie lebte.

Lennie drückte den Brief an sich, dessen wenige Worte sie längst auswendig wusste. Marie lebte. Das war das Wichtigste. Jetzt musste sie Marie klarmachen, dass es einen Weg durch die Dornen gab. Und zwar schnell, bevor Marie in ihrer Hoffnungslosigkeit eine Dummheit beging.

Der Plan war verrückt. Oder waghalsig, wie Tom immer wieder sagte. Aber er hatte es über diesen Weg schließlich auch geschafft. Und sie hatte sich von ihm alles beschreiben lassen, wieder und wieder. Sie konnte den Weg mit geschlossenen Augen aufzeichnen.

Tom wurde nicht müde, die Gefahren aufzuzählen, während sie in der Sicherheit von Andis Wohnzimmer zusammensaßen. Nichts konnte weiter entfernt sein von Grenzanlagen und Gewehren als die grünen Samtsessel und Andis feines Porzellangeschirr. In dem Duft von Kaffee und Baiserkuchen schienen Toms Bedenken absurd. Nur das Zittern in seiner Stimme machte sie real.

Vielleicht war die Stelle längst entdeckt worden, stand unter Beobachtung. Vielleicht hatten die Wachgänge sich verändert. Sie beide würden da vollkommen blind hineingehen – falls Lennie überhaupt einen Weg rüber zu Marie fand. Nicht mal das war trivial. Und wenn man sie dann beide erwischte, würde nicht nur Marie eingesperrt werden. Falls sie Glück hatten und festgenommen wurden statt erschossen. Dass an der Grenze scharf geschossen wurde, sei ihr schon klar? Und letzten Endes war das alles nur Fantasie, weil Lennie konnte nicht rüber, und Andi würde er ganz bestimmt nicht noch mal an die Grenze lassen. Den Stress stand er kein zweites Mal durch.

»Ich treffe immer noch meine eigenen Entscheidungen«, protestierte Andi.

»Er muss nicht rüber.« Kam gar nicht infrage, dass jemand anders ging als sie.

»Könnt ihr mal aufhören, über mich zu reden, als wäre ich nicht da? Ich bin nämlich hier.« Andi richtete sich auf seinem Sofa höher auf und legte einen Arm um Toms Schultern. »Und keine Sorge, ich habe keine Lust, noch mal unter deren Fittiche zu geraten.«

»Denn ist ja jut.« Tom lehnte sich an ihn. »Ehrlich, Lennie, ick versteh ja, dass du Marie da rausholen willst, aber – dit ist völlig irrsinnig.«

Irrsinnig war nur, Marie da drüben alleinzulassen. »Alles, was ich von Andi brauche, ist ein Ausweis.«

Jetzt starrten beide sie an, als hätte sie den Verstand endgültig verloren. Dabei war das alles so logisch. »Wenn du an der Uni wen findest, der mir ähnlich genug sieht, einen mit einem westdeutschen Pass, dann kann ich mit dessen Pass rübergehen.«

»Könnte klappen.«

»Ihr dreht doch beide am Rad.«

Stille senkte sich über das Zimmer. Das Gespräch hing zwischen ihnen, konnte sich in jede Richtung entscheiden. Lennie rührte sich keinen Zentimeter, fürchtete, schon eine Luftveränderung könnte die Entscheidung gegen sie fällen.

Tom starrte sie über die Kaffee- und Kuchenreste hinweg an. »Deine Mutter bringt mich um, wenn du nicht zurückkommst.« Er ließ sie keine Sekunde aus dem Blick. »Und ick will nicht sterben. Klaro?«

Sie nickte. »Klaro.« Für alles andere war ihre Kehle zu eng.

»Dann noch mal von vorn.« Tom stützte die Ellbogen auf die Knie. »Beschreib mir den Weg.«

Sie hatte Mama nichts gesagt.

Der falsche Pass steckte in der Innentasche des Jacketts und rieb bei jedem Schritt über ihre abgebundene Brust. Andi hatte ihr das Hemd gebügelt, und Tom hatte gemeint, sie solle sich besser noch was in die Hose stopfen, sonst wäre sie auffällig im Schritt. Obwohl sie dann in Andis Wohnzimmer den richtigen Gang geübt hatte, fühlte sich das immer noch befremdlich an. Je näher sie dem Kontrollhäuschen rückte, desto überzeugter war sie, dass der Grenzer sie auf den ersten Blick durchschauen würde.

Da darfste nicht mal dran denken, hatte Tom gesagt.

Sie musste ruhig atmen, sich gerade halten, große Schritte machen. Das Becken vorschieben.

Laut Pass, der dem jüngeren Bruder einer Kommilitonin von Andi gehörte, war sie gerade gestern achtzehn geworden. *Der ist auch Bartspätentwickler,* hatte Andi gesagt, während er zusah, wie Tom ihre kurzen Haare zu einem Jungsschnitt stutzte. Das war der einzige Moment, in dem sie alle gelacht hatten. Jetzt entlockte ihr die Erinnerung nicht einmal mehr ein schwaches Lächeln.

Noch zwei Leute vor ihr. Lennie starrte auf den weißen Strich, der mitten über die Brücke lief. Hier Heimat, dort Zone. Vorher war das anders gewesen. Da hatte sie über diesen Strich geschmunzelt. Als könnte so eine Linie auf der Straße ihre Stadt zerteilen! Jetzt war es mehr als eine Linie. Und sie brauchte einen geliehenen Pass, um von einem Teil ihrer Stadt in den anderen zu gehen. Einen Pass, den sie mit schwitzigen Fingern dem Grenzer zuschob.

Nicht wegschauen.

Keine Nervosität zeigen.

Breitbeinig stehen.

Wenn der mehr als eine Passkontrolle macht, bin ich geliefert.

Hinter der Scheibe schlug der Mann den Pass auf. Lennie drückte die Hände fester in die Jackentaschen, um dem Verlangen zu widerstehen, sich über das Gesicht zu wischen. Bestimmt stand ihr der Schweiß auf der Stirn. Der Pass war von der Ablage, über die sie ihn hatte schieben müssen, verdeckt. Sie konnte nur an der Augenbewegung des Grenzers sehen, wie der Zeile für Zeile studierte. Sie hatte sich alles eingeprägt, was darin stand, kannte jeden Stempel, jedes Datum.

Ihr Mund war trocken. Wenn der ihr jetzt eine Frage stellte, würde sie kein Wort herausbringen. Der Grenzer blickte von dem Pass zu ihr, wieder hinunter in den Pass, wieder zu ihr.

»Nehmen Sie mal die Mütze ab.«

Das war es. Er hatte etwas gemerkt, einen Fehler entdeckt, der ihnen entgangen war, gleichgültig, wie oft Tom und Andi das Foto im Pass mit ihr verglichen hatten. Alles würde enden. Lennie hob eine Hand an die Mütze. Würden die Soldaten an der Linie schießen, wenn sie rannte? Sie zog sich die Mütze vom Kopf, traute sich nicht, nach rechts oder links zu blicken. Wie viele Schritte hatte sie von der sicheren Seite bis zum Grenzhäuschen gemacht? Sie hätte sie zählen müssen. Sie hätte testen müssen, wie schnell sie rennen konnte, wie schnell sie aus dem Stand wegkam.

Der Grenzer musterte sie, musterte den Pass, musterte sie, den Pass, sie, den Pass, hörte gar nicht damit auf. Lennie hielt so still, wie sie nur konnte. Trotzdem hatte sie das Gefühl zu schwanken. Er hatte sie durchschaut. Er wusste genau, wieso sie hier stand. Gleich würde er den Soldaten vor dem Häuschen ein Zeichen geben. Gleich würde sie Hände auf den Schultern spüren. Gleich wäre es zu spät. Der Grenzer starrte ihr wieder ins Gesicht. »Zu welchem Zweck besuchen Sie die Deutsche Demokratische Republik?«

Reden. Sie musste reden. Lennie kniff sich durch die Jackentasche hindurch in die Hüfte. »Ich.« Sie hustete. »Entschuldigung.« Sie verzog das Gesicht, hoffte, dass ihr ein Lächeln gelang. »Ich möchte ins Pergamon-Museum.«

Keine Erwiderung. Die Musterungen gingen weiter. Ihre Brüste schwitzten unter dem Verband, schmerzten, schrien unter all den Stofflagen ihre Anwesenheit heraus. Jeder musste die bemerken. Sie konnte sich nicht rühren.

Der Grenzer knallte einen Stempel in den Pass. Schlug ihn zu. Schob ihn über die Ablage.

Der Stempelknall hallte noch durch ihren Kopf. Lennie starrte auf den graugrünen Umschlag. War es das jetzt? Durfte sie gehen? Hatte sie bestanden?

»Wenn Sie heute noch ins Museum wollen, sollten Sie den nehmen, junger Mann.«

»Danke.« Ihre Stimme rutschte zu hoch. Ihre Finger zitterten zu heftig. Sie packte den Pass. Festhalten. Bloß nicht fallen lassen.

Sie drückte die Finger darum und ging los. Einen Schritt. Zwei, drei, vier Schritte. Ihre Kopfhaut kribbelte. Ihr Rücken brannte. Bestimmt ruhten tausend Blicke auf ihr. Misstrauische Blicke. Jeder Schritt konnte der letzte sein.

Erst am Fuß der Brücke, als noch immer niemand sie aufhielt, glaubte sie, dass sie es tatsächlich geschafft hatte. Aber sie blieb nicht stehen. Sie ging weiter, bis sie in eine Seitenstraße abbiegen konnte, in der sie vor den Blicken von der Grenze sicher war. Dort blieb sie stehen. Hielt sich an einem Laternenpfahl fest.

Das Zittern ließ nur langsam nach. Lennie wischte sich mit einem Jackenärmel über das Gesicht. Sie war hier. Sie war auf Maries Seite. Marie. Lennie setzte ihre Mütze auf. Schon besser. Sie steckte den Pass zurück in die Innentasche des Jacketts. Sie war wirklich hier.

Ein Blick auf die Uhr sagte ihr, dass ihr noch fünf Stunden blieben, bis sie mit Marie an Ort und Stelle sein musste.

12

Papa hatte Ecki eine Entschuldigung für die Schule geschrieben. Er selbst ging wieder zur Arbeit. Aber die beiden schienen sich einig zu sein, dass man sie nicht allein lassen durfte. Als genügte es nicht, dass da welche auf der Straße vor ihrem Haus standen. Marie spürte sie in ihrem Rücken, wenn sie nach draußen ging und stundenlang herumlief. Trotzdem zog es sie hinaus. Wenigstens den Himmel konnte ihr niemand versperren.

Bei allem anderen durfte sie nicht länger mitbestimmen. Papa hatte entschieden, dass sie sich erholen musste. Er kannte einen Arzt, der sie krankschrieb, ob sie wollte oder nicht.

Die leeren Stunden zu Hause ließen sich nicht ertragen. Also lief sie draußen herum und drohte Ecki, ihn in die Spree zu schmeißen, wenn er ihr folgen sollte.

Marie schlug die Wohnungstür zu. Unten schloss sie mit angehaltenem Atem den Briefkasten auf. Kein offiziell aussehender Umschlag. Wieder ein Tag Aufschub. Sie stieß den Atem aus. Und für einen Brief von Lennie war es noch zu früh. Sie schloss den Briefkasten wieder zu. Bestimmt war es besser, gar keine Antwort von Lennie zu bekommen. Jedes Wort von ihr würde die nötigen Schritte erschweren, sobald die dran waren. Heute nicht.

Die Erleichterung, die sie bei diesem Gedanken jedes Mal empfand, machte ihr Sorgen. Wenn es so weit kam, wenn sie vorgeladen wurde, musste sie bereit sein. Dann durfte sie nicht zögern.

Die Haustür knarrte. Marie blickte hoch.

Ihre Hoffnung, dieses widerspenstige Monster, musste ihr das einflüstern. Was sie sah, konnte nicht sein. So fühlte sich das also an. Der Moment, in dem sie endgültig überschnappte. Ein Trugbild, ein intensives Brennen von Hoffnung – und sobald das erstürbe, wäre sie ausgebrannt. So sicher wie der Einschluss in der Zelle nach jedem Verhör.

Das Trugbild kam immer weiter auf sie zu. Marie stand ganz still und sah ihm entgegen. Fünf Schritte noch, dann würde es durch sie hindurchgehen, sie auslöschen. Drei Schritte. Zwei. Einer. Das Trugbild blieb stehen.

»Marie.« Die leise, vertraute Stimme schnitt sie von oben bis unten auf. Sie spürte eine Berührung an ihrer Hand. Sie fiel ihr entgegen, bereit für den Aufprall auf dem Boden. Doch da war ein Körper, der sie stoppte, Arme, die sie festhielten. Das war kein Trugbild. Sie musste nicht aufhören zu brennen. Das beständige Murmeln von *Marie, Marie, Marie* setzte sie allmählich wieder zusammen. Weit genug, dass ihr bewusst wurde, sie sollten nicht hier im Hausflur herumstehen.

»Komm.« Sie nahm Lennie bei der Hand. Bevor jemand sie entdecken konnte, bevor Lennie begann, Fragen zu stellen, mussten sie an einem Ort mit einer kontrollierbaren Tür sein. Marie nahm immer zwei Stufen auf einmal, zog Lennie halbe Treppe unter ihrer Wohnung in die Toilette und schloss die Tür hinter ihnen. Anfassen. Küssen. Alles andere konnte warten. Erst musste sie ganz sichergehen, dass Lennie wirklich hier war. Sie drückten sich aneinander, überall, bis kein Lufthauch mehr zwischen sie kam, nicht einmal mehr Raum für Worte blieb.

Jetzt könnte alle Zeit aufhören. Marie wünschte sich, sie könnten durch das Fenster davonfliegen, immer höher, und müssten nie umkehren.

»Ich weiß einen Fluchtweg«, flüsterte Lennie dicht an ihrem Ohr.

»Wann?«, flüsterte sie zurück.

»Heute.«

Marie ließ die Erleichterung durch sich hindurchlaufen. Dann würde sich heute alles entscheiden. Sie schloss die Augen und hielt Lennie weiter fest, drückte das Gesicht an ihren Hals, damit es sie nicht verraten konnte. Ihre Stimme bekam sie unter Kontrolle. »Wie?«

Lennie strich ihr durch die Haare. »Was ist mit dir, Marie? Was ist in der Nacht passiert? Was haben die mit dir gemacht? Warum hat Ecki den Blödsinn mit Leipzig erzählt, als –«

Marie legte ihr schnell zwei Finger auf die Lippen. »Der wollte mir nur schützen.«

»Kapier ich nicht.«

Nicht einmal in jener Nacht hatte sie sich so sehr das andere Ende der Flucht herbeigesehnt. Sie konnte Lennie nicht ansehen. »Der war misstrauisch, bei allen, die Fragen gestellt haben, musste er ja.« Sie blickte zur Blümchentapete, zum Milchglasfenster, zu den Klopapierrollen auf dem Fensterbrett, überallhin, nur nicht zu Lennie. Sie wollte alles sagen, nur nicht das. »Die haben uns erwischt in der Nacht. Uns mitgenommen.« Sie starrte auf die Stelle, wo Lennies Jackenkragen endete, wo sie ein Stück Haut sehen konnte. »Die haben – mich verhört. Eingesperrt.« Sie wollte sich wieder dort über dem Jackenkragen verstecken, Lennie an ihren Lippen spüren, ihre Reaktion wissen, bevor sie ihr in die Augen sah.

Lennie legte die Stirn an ihre. »Dieses Mal kriegen die dich nicht.«

»Dit kannste nich' versprechen.«

Finger wanden sich um ihre. Sie wollte dem unmöglichen Versprechen glauben. Sie wollte die Zeit zurück, in der sie daran geglaubt hätte. Sie wusste noch zu genau, wie sich das anfühlte.

»Hör dir erst mal den Plan an, ja?«

Marie nickte.

Lennie küsste ihre Finger. »Können wir wo hingehen, wo es etwas wärmer ist?«

»Klar.«

Natürlich musste Ecki gleich auf den Flur stürmen, als er die Tür hörte. Natürlich wusste er, mit wem sie ihm da gegenüberstand. Aber er trat nur einen Schritt zur Seite. »Wenn ick was tun kann …« Er blickte von ihr auf den Boden, zuckte mit den Schultern. »Bin hier.« Er nickte vor sich hin, als müsste er sich die eigenen Worte bestätigen, und zog sich in sein Zimmer zurück.

Lennie starrte auf die geschlossene Tür. »Was war *das* denn?«

»Sinneswandel.« Marie zog sie weiter in ihr Zimmer. »Oder so.« Sie lehnte sich von innen gegen die Tür, ließ eine Hand auf der Klinke liegen. »Was ist dit jetzt für 'n Plan?«

»Ich kenne einen, der ist auf dem Weg abgehauen. Der Weg ist also geprüft, sozusagen. Und er hat mir alles ganz genau beschrieben.« Lennie lehnte sich neben sie an die Tür. Ihre Schultern berührten sich. Lennies Stirn berührte ihre Schläfe, während sie ihr leise den Weg beschrieb.

Es klang verrückt. Es klang möglich.

»Dir ist schon klar, dass die schießen, wenn die da einen Fluchtversuch bemerken?«

»Die sehen uns nicht, der Zug verdeckt uns. Außerdem, was Tom geschafft hat, schaffen wir auch.«

»Wir?« Marie wurde lauter als beabsichtigt. Sie senkte die Stimme. »Du hast einen Pass. Du musst dit nicht ris…«

»Ich lasse dich nicht allein. Nicht noch mal.«

»Du spinnst.«

»Noch so eine Nacht auf dich warten, ohne zu wissen – das überlebe ich nicht.«

Marie schwieg. Sie hatte nicht vor, einen missglückten Fluchtversuch zu überleben. Aber so was ließ sich nicht sagen. Auch nicht, dass das leichter wäre, wenn sie Lennie in Sicherheit wusste. »Die schießen scharf.«

»Ist mir klar.«

»Weißt du, was dir nicht klar ist?« Marie stieß sich von der Tür ab. »Wir kommen hier nicht unbemerkt raus, und damit ist der janze Plan Essig.«

»Wegen Ecki?«

Marie schüttelte den Kopf. Jetzt würde sie sich anhören wie die Verrückte. Aber die Beobachter vor dem Haus waren real. Sie hockte sich auf den Boden, während Lennie neben ihr auf und ab lief, sie weder mit Blicken noch mit Worten für verrückt erklärte. Etwas daran war irritierend. Und etwas daran riss sie mit.

Beschissene Hoffnung. »Ick weeß vielleicht, wie.« Sie stand auf und küsste Lennie mitten auf den Mund. »Bin nur kurz nebenan.«

Ecki hockte auf seinem Bett und blätterte in einem von Mamas Büchern. Als sie daraufguckte, schlug er es schnell zu. Sie hockte sich neben ihn. »Haste dit vorhin so gemeint?«

Er nickte.

»Biste dir janz sicher, Kleener?«

Ecki richtete sich höher auf. »Hör uff damit, ick bin genauso groß wie du.«

Darauf baute sie. Und eins musste man ihm lassen, er zuckte nicht einmal mit der Wimper, während sie die Klamotten für ihn aus ihrem Kleiderschrank nahm. Stattdessen warf er nur Hose und Pullover, die sie für sich aus seinen Klamotten ausgesucht hatte, neben Lennie aufs Bett und hielt sich den Rock an. »Ihr globt echt, dit klappt?«

Lennie zuckte mit den Schultern. »Ich bin als Junge über die Grenze gekommen, da wirst du ja wohl als Mädchen ein Ablenkungsmanöver auf die Reihe kriegen.«

»Schuhe.« Marie warf ihm ein Paar zu, das ihr ein wenig zu groß war. »Die sollten passen.«

»Die ha'm Absätze.« Ecki starrte das Paar auf dem Boden an, als lägen da Außerirdische vor ihm.

»Kaum.« Sie verdrehte die Augen. Das waren maximal drei Zentimeter. »Außerdem haste noch Zeit zum Üben.« Sie ging zur Tür und winkte Lennie, ihr zu folgen.

Sie standen hintereinander im Bad, schauten sich über den Spiegel an. Marie sah zu, wie Lennie ihr durch die Haare strich. Sich so dabei zu beobachten, machte das Gefühl ganz unwirklich. Sie schloss die Augen. »Los jetzt. Ab damit.« Sie hielt die Schere hoch. Wenigstens war Ecki länger nicht beim Friseur gewesen. Die Locken würden nicht komplett verschwinden.

Die Schere knirschte, schnappte, schnitt. Marie öffnete die Augen erst wieder, als sie einen Kuss auf ihrem frei liegenden Nacken spürte. Sie hielt sich mit einer Hand an Lennies Hosenbein fest. »Scheiße, sind die kurz.«

»Die wachsen wieder.« Lennie zog sie an sich. »Versprochen.«

Marie lehnte sich an sie. Einen Moment nur. Einfach einen Moment lang dran glauben. »Wird schon.« Sie wandte sich vom Spiegel ab. »Weiter. Wir müssen hier weg sein, bevor Papa kommt.«

»Klar.« Lennie klaubte die langen Haarsträhnen auf, die sie auf den Rand des Waschbeckens gelegt hatte. Marie spülte den Rest weg.

Ihr war schlecht. Ihre Stimmung kippte alle zwei Sekunden. Marie zupfte an ihren kurzen Haaren.

»Lass die Finger davon«, sagte Lennie, die die Mütze auf Eckis Kopf zurechtrückte, die darangeklebten Haarsträhnen um seine Schultern arrangierte. »Das ist nur improvisiert, wenn du daran ziehst, kriegst du Haarausfall.«

Marie stöhnte. »Das wird niemals klappen.«

»Im Gegensatz zu dir kann ick meine Finger bei mir behalten. Dit wird! Kapiert?« Ecki stemmte die Hände in die Hüften. Die waren eckiger als ihre. Aber das würde der Mantel verbergen. Hoffentlich. Sie starrte dieses selbstständig handelnde Spiegelbild von sich an.

»Willste dit echt durchziehen?« Marie rupfte an der Bluse, damit die ein bisschen lockerer fiel. Ecki packte ihre Handgelenke. Sie wünschte sich einen seiner Redewasserfälle herbei, aber sie konnte auch seine Stille lesen. »Lass dir nicht erwischen, Kleener.«

»Du ooch nicht.«

Sie stand neben Lennie im Flur, nachdem die Wohnungstür hinter Ecki zugeklappt war. Papas alte Lederjacke drückte ihre Schultern nach unten. Trotz all der Stofflagen fühlte sie sich nackt in der Verkleidung.

»Wie lange?« Lennie blickte auf die Uhr an ihrem Handgelenk.

»Zehn.« Obwohl sie wusste, wie sich Minuten und sogar Sekunden dehnen konnten, wollte dieses Stehen im Flur nicht enden. Den einen Augenblick war sie dankbar dafür, weil sie so Lennies Hand noch ein wenig länger in ihrer spüren konnte, im nächsten schärfte der Kontakt nur ihre Angst. Sie ließ nicht los.

»Du kannst dir immer noch für den Pass –«

»Vergiss es.«

Sie hielten beide still, lauschten auf jedes Geräusch im Treppenhaus. Aber da war nichts. Marie wollte nicht hoffen. Das tat nur zusätzlich weh, wenn die Realität zuschlug. Aber das Schweigen zwischen ihnen war ein gutes. Und mit jedem verstreichenden Augenblick fiel es schwerer, sich gegen den Anstrom von Hoffnung zu wehren, der von Lennie ausging. Marie drückte ihre Hand immer fester.

»Zehn Minuten sind um.« Lennies Flüstern klang rau.

Sie ließen gleichzeitig los. Marie öffnete die Tür.

Dunkelheit begrüßte sie hinter der Haustür. Niemand schien auf sie zu warten. Sie gingen nebeneinander, machten lange Schritte. Noch nicht Richtung Friedrichstraße, dafür war es zu früh. Marie hielt sich aufrecht. Ein Blick zur Seite, zu Lennie, und sie würde nach ihrer Hand suchen. In der linken Jackentasche fand sie ein klebriges Bonbon. Es schmeckte nach roter Hustenmedizin. In der rechten Jackentasche stieß sie auf ein zusammengeknülltes Papier. Bestimmt ein vergessener Einkaufszettel. Die hatte Papa in allen Taschen. Sie ließ ihn, wo er war.

Dieses Mal suchte sie Straßen aus, auf denen viele Menschen unterwegs waren. Nicht auffallen. Im Schatten der anderen laufen. Zwei Jungs, die abends zusammen loszogen. Bestimmt sah man ihnen die Anspannung auf tausend Meter an.

Sie blieben vor dem Schaufenster einer Buchhandlung stehen. Bis auf ihre Spiegelbilder bewegten sich alle anderen darin.

»Wie weit bis zum Bahnhof?«, fragte Lennie leise.

»Halbe Stunde.«

»Dann los.«

Marie fand den Weg ohne Probleme. Lennie hatte ihr eine Skizze machen wollen, aber sie wollte nichts Schriftliches zurücklassen. Nicht einmal in kleinsten Fetzen. Ebenso hatte sie Lennie die Idee ausgeredet, Ecki in die Einzelheiten einzuweihen. *Was der Kleene nicht weeß, kann er nicht verraten.* Lennie hatte kurz irritiert geschaut. *Falls er doch erwischt wird, meinst du?* Marie hatte genickt und alles andere für sich behalten. Ecki würde sie kein zweites Mal verraten.

Sie liefen den Schiffbauerdamm entlang. Die Brücke erhob sich als dunkler Bogen über der Spree. S-Bahn-Scheinwerfer streiften das Wasser. Je näher sie der Brücke kamen, desto wahnwitziger schien ihr der ganze Plan. Selbst wenn mit Ecki alles glattlief. Aber vielleicht hatten die ihn längst gestoppt. Wenn die kapierten, wie sie ausgetrickst worden waren, konnte nicht einmal Ecki sich aus der Klemme quasseln.

Marie starrte auf Licht und Schatten unter der Brücke. Alles konnte dort auf sie warten. Lennie stieß sie an.

»Straßenseite wechseln.«

In die Einfahrt zum Bahngelände fiel wenigstens kein Licht. Sie hielten sich an die allerdunkelsten Stellen. Die Geräusche der Straße blieben hinter ihnen zurück, das Rattern der S-Bahnen wurde lauter. Neben den S-Bahn-Gleisen lagen die der Fernzüge. Auf einem davon stand ihr Zug. Auf dem Gleis wimmelte es jetzt von Uniformen. Sie leuchteten die Gleise und alle Zwischenräume ab, sie gingen durch die Waggons, kontrollierten Gesichter, Pässe, Koffer, Gepäcknetze, jede Nische, jedes mögliche Versteck.

Aber dann würden sie den Zug verlassen. Wenn der Zug wieder anfuhr, würden die Uniformen auf dem Bahnsteig zurückbleiben.

Tom hat gesagt, man sieht den Zug nicht, wenn er losfährt, nur die Dampfwolken von der Lok, aber man hört die Lautsprecherdurchsagen vom Bahnhof. Lennie hatte das ganz ruhig wiederholt. Als hätte sie das bereits tausend Mal erlebt. Hatte sie aber nicht. Nur mit dem Hochklettern von Backsteinmauern kannten sie sich beide aus, im Hellen wie im Dunkeln. Die hier war zwar ein wenig höher als die andere, über die sie beide etliche Male hoch waren, aber trotzdem war das der leichte Teil.

Sie lagen oben auf der Mauerkrone, Gesicht zu Gesicht. Noch einmal innehalten. »Bereit?«, fragte Lennie viel zu bald. Marie nickte. Geduckt, als würde sie das vor Blicken schützen, liefen sie auf der Mauer entlang, bis sie die Stahlkonstruktion der Brücke vor sich hatten.

Das Metall war eiskalt und klamm. Ihr Atem ging zu laut. Sie baumelte unter der Brücke und fühlte schon die Scheinwerfer auf sich. Jedes Umgreifen, jede Bewegung musste kilometerweit zu hören sein. Lennie hangelte sich vor ihr Stück für Stück voran.

Marie blickte nach unten. Drei Meter oder auch vier voller Leere, dann würde man aufschlagen. Wenn sie dieses Mal in einen Waffenlauf blickte, würde sich darüber kein bekanntes Gesicht befinden. Wenn sie dieses Mal rannte, würde geschossen. Sie wollte nicht fallen. Sie wollte nicht aufschlagen. Und auch keinen Schuss. Sie hangelte sich weiter. *Überleben, Marie. Lass dir ja nich' abknallen.*

Mit jedem Umgreifen wiederholte sie sich das. Sie blickte nicht mehr nach unten, sah allein auf Lennies Hinterkopf, der sich stetig vorwärtsbewegte. Das war noch so etwas: Wenn die sie erwischten, würden die auch Lennie erwischen. Und das war ganz und gar undenkbar.

Die Nische, in der sie auf den Zug warten sollten, lag etwas unterhalb der Bahngleise. Von oben waren sie hier nicht zu sehen, aber wenn jemand unten vorbeiging und im falschen Moment auf die Idee kam, nach oben zu sehen, wäre es aus. Marie konnte Lennies Anspannung fühlen, dort, wo ihre Schultern und Arme sich berührten. Sie hielten beide unendlich still. Lauschten. Die Lichter von Bahnhof und Straße tauchten alles in ein diffuses Grau. Darin konnte sie einen Teil des Kabels sehen, an dem sie sich hochziehen mussten, wenn der Zug losfuhr. Am Kabel hoch und dann noch ein Absperrgitter überwinden, dann wären sie auch schon neben den Bahngleisen, neben dem Zug. Marie dröhnte der eigene Herzschlag so laut in den Ohren, dass sie fürchtete, nichts anderes mehr hören zu können.

Sie hätte noch einmal auf Lennies Uhr schauen sollen, solange sie noch genug Licht dafür gehabt hatten. Unten auf der Straße.

Jetzt konnte sie nur Herzschläge zählen. Aber das half nicht. Kalte Finger strichen über ihre Handfläche. Das half ein wenig. Lennie tippte mit einem Finger einen Rhythmus auf ihre Hand. Fünf. Elf. Drei.

Marie tastete mit dem Daumen nach Lennies Handkante und stimmte in den Rhythmus ein. Ihr Herz schlug ein wenig leiser.

Beim Knacken des Lautsprechers erstarrten sie beide. Sie verpasste die ersten Worte. Der Rest klang umso lauter. *Einsteigen. Türen schließen. Vorsicht bei der Abfahrt des Zuges.* Lennie drückte ihre Hand. Jetzt.

Sie sprangen gleichzeitig auf. Lennie packte das Kabel, hielt es für sie still. Alles dröhnte. Sie zog sich hoch. Da war das Gitter. Und dann war sie auch schon hinüber, landete im Kies neben dem Gleis. Das Rattern der Räder prügelte auf sie ein. Lennie landete neben ihr.

»Renn!«

Sie sah das Wort eher, als dass sie es hörte. Sie rannte. Die Haltegriffe schienen viel zu hoch. Sie rannte. Sie starrte auf den Griff, bis sie ihre Hand schon darum spürte. Marie sprang. Flog. Griff. Fand Halt. Sie schwankte. Das Rattern war unter ihr. Sie klammerte sich an den Haltegriff, stand sicher auf dem Trittbrett. Sie wagte einen Blick nach hinten. Lennies Grinsen leuchtete ihr entgegen. Sie stand nur ein Trittbrett weiter. Sie brauchten kein Zeichen, um gleichzeitig die Türen aufzuzwingen. Marie drückte sich durch den Spalt ins Innere des Zuges. Sie zog die Tür zu.

Ihre Arme brannten. Ihre Beine zitterten. Sie ließ sich vom Rattern des Zuges durchschütteln, presste den Rücken gegen die Wand. Sie schwitzte und fror und zuckte zusammen, als die Schiebetür zu den Abteilen aufgedrückt wurde. Aber das war Lennie.

Sie stand mit zerzausten Haaren, glühendem Gesicht und einem Riss in der Jacke vor ihr, schwankte ein bisschen, während der Zug weiter und weiter fuhr.

Das Lächeln auf Lennies Gesicht sagte: *Geschafft!* Aber alles in Marie wartete auf ein Quietschen von Bremsen, ein Stoppen des Zuges, auf Stiefelschritte und Stimmen, die nach ihnen suchten, die sie fanden, auf Uniformen, die sie ergriffen und abführten.

Lennie stützte sich neben ihr an die Wand, strich ihr über die neuen kurzen Haare. »Darfste globen«, sagte sie. »Ganz in echt.«

»Nur wennde mir festhältst.« Marie zog Lennie an sich. So war das schon ein bisschen leichter. Lennie drehte sie herum, ließ sie nicht los, drehte sie nur so weit, dass sie aus dem Glasteil der Tür schauen konnte. Die Spree blieb schon hinter ihnen zurück. Sie flitzten an Häuserwänden entlang, während sie sich aneinanderdrückten, während Lennies Herzschlag näher klang als das Rattern des Zuges. Die Häuser fielen zurück, und sie rasten auf den nächsten Bahnhof zu. Rasten hindurch. Marie konnte gerade noch das Schild lesen. *Lehrter Bahnhof.* Sie waren nicht gestoppt worden.

Marie drückte die Lippen auf Lennies Mund. Vielleicht gab es keine einfachen Lösungen. Aber es gab Möglichkeiten.

Noch ein paar Worte

Dieser Roman hat damit begonnen, dass ich einen Teil einer Dokumentation über Berlin gesehen habe. Ein Mann erzählte, wie er sich als Kind mit seinen Kumpels zum Fußballspielen traf. Das war im Sommer 1961. Noch konnte man von einem Teil der Stadt in den anderen gehen, und die Fußballkumpel kamen von Ost und West auf einem Platz in Neukölln zusammen zum Kicken. Eines Sonntags warteten dann die Kumpel aus dem Westen auf ihre Freunde aus dem Osten, doch die kamen nicht. Es war der 13. August 1961.

Diese Geschichte blieb mir im Kopf, und ich wollte unbedingt etwas damit machen. Als dann der Verlag Friedrich Oetinger auf mich zukam und fragte, ob ich nicht eine Kurzgeschichte für #herzleer (Anthologie, erschienen bei Oetinger 2017) schreiben wolle, wusste ich gleich, dass das die Chance dafür war. Und die Kurzgeschichte kam im Verlag so gut an, dass sie mich fragten, ob ich daraus nicht einen Roman machen wolle. Ich wollte – und ich bin sehr dankbar, dass ich die Chance dazu bekommen habe.

Diese Geschichte und ihre Figuren haben mich jetzt über vier Jahre lang begleitet, und sosehr ich mich auf das gedruckte Buch freue, fällt mir das Abschiednehmen doch auch schwer. Während der Arbeit an diesem Manuskript habe ich diese Stadt, in der ich aufgewachsen bin, neu kennengelernt. Ich liebe ihre Widerständigkeit, ihre rauen wie ihre romantischen Seiten. Und eine Erkenntnis hat sich in mir noch tiefer als zuvor festgesetzt: In welchen Zustand der Welt wir auch immer hineingeboren werden, nichts ist unveränderlich.

Ich bin im November 1989 neunzehn Jahre alt gewesen. Die Mauer, die meine Stadt teilte, habe ich als selbstverständlich wahrgenommen. Etwas, das zeit meines Lebens existierte und immer da sein würde. Die Menschen aus dem anderen Teil der Stadt haben dafür gesorgt, dass das nicht so blieb. Dafür werde ich ihnen immer dankbar sein. Sie haben so vieles ermöglicht, so viele Geschichten, die es zu erzählen gibt. Ohne sie hätte ich meine Lebenspartnerin nicht kennengelernt, denn erst die Öffnung dieser Grenze erlaubte es ihr, auch in den Westteil der Stadt zu kommen, wo wir uns dann drei Jahre später begegnet sind. Seitdem leben wir hier unsere ganz eigene Geschichte, von der ich keinen einzigen Augenblick missen möchte.

Aber zurück zu diesem Buch.

Ich möchte meiner Lektorin Astrid Wedekind danken, die die Arbeit daran mit großer Geduld und anfeuernder Begeisterung begleitet hat. Diese Zusammenarbeit war eine wunderbare Erfahrung.

Ich möchte mich bei allen Freund*innen, Kolleg*innen und Erstleser*innen bedanken, mit denen ich mich während des Recherchierens, Planens und Schreibens immer wieder austauschen durfte.

Ein großes Dankeschön auch an alle, die mir in ihren Wohnungen Unterschlupf und Rückzugsmöglichkeiten für intensive Schreibphasen gewährt haben.

Und schließlich an meine Liebste: Danke, dass Du mich auch auf dieser Reise begleitet hast.

Jetzt geht das Buch auf seine eigene Reise, und ich bin gespannt, wohin sie führt.

Maike Stein

Zwei ungleiche Helden und sehr viele Kühe

Antonia Michaelis
Tankstellenchips.
Ein Heldenepos
368 Seiten · Ab 14 Jahren
ISBN 978-3-7891-0918-8

In einer Sommernacht lernen sie sich kennen: Sean, Student aus dem Iran, und Davy, auf der Suche nach einem Freund. Beide werden Zeugen eines Überfalls. Von nun an verfolgt von Verbrechern und Polizei türmen sie zusammen quer durch Deutschland: über Erdbeerfelder, unter dunklen Gewitterwolken, durch Biergärten, im Heißluftballon, mit der Bahn und auf dem Moped. Immer wieder werden sie dabei von Kühen umzingelt, das scheint ihr Schicksal zu sein. Warum sonst sollte der Wagen mit Sean und dem Abschiebebescheid ausgerechnet auf dem Weg zum Flughafen in einer Kuhherde stecken bleiben?

Auch als eBook

Oetinger

Weitere Informationen unter:
www.oetinger.de